긴 나날, 짧은 인생

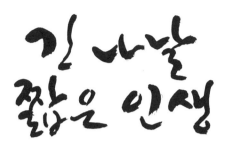

긴 하루 짧은 인생

가슴 따뜻해지는 소소한 일상들

노해 수필집

추천의 글

　노해 작가는 우리교회에 등록하여 출석한지 14년째 되는 교우로서 매주일 첫 예배를 여는 시온찬양대원으로 봉사하고 있습니다. 이를 위해서는 새벽같이 교회에 나와야 합니다. 먼 거리임에도 불구하고 빠짐없이 그리고 열심히 섬기는 모습을 보노라면 마음이 뜨겁습니다. 그가 얼마나 부지런하고 성실한 사람인가를 자신 스스로 증명해 보이고 있기 때문입니다.

　사실 나는 노해 작가가 문단에서 활동하고 있다는 사실을 몰랐습니다. 그저 신실하게 하나님을 섬기는 형제정도로만 눈여겨보고 있었을 뿐입니다. 그런데 이번에 수필집을 발간한다는 소식을 듣고서 그의 숨겨진 면모에 옅은 미소가 피었습니다. 목사인 저도 매주일 설교원고를 작성하면서, 글을 쓴다는 것이 얼마나 공을 많이 들여야 하는지를 잘 알고 있습니다. 무엇보다 창작의 수고로 책을 해산하는 일이 얼마나 고된 일인지를 실감하고 있기 때문입니다. 그것도 적지 않은 나이에 말입니다.

이번 작품에는 자연에서 느끼는 정취와 그의 다양한 삶이 연륜과 신앙으로 녹아 있습니다. 보통사람들의 속마음을 글로 풀어냈기에 많은 독자들에게 위로와 격려가 되리라 믿어 의심치 않습니다. 노해 작가를 십 수 년 동안 지켜봐온 담임목사로서 기쁨 마음으로 이 책을 추천합니다.

충정교회 담임목사 옥성석

작가의 말

일기장을 타인에게 보여주길 주저하는 것처럼 이 글을 누구에게 보여 준다는 게 왠지 망설여지고 쑥스런 마음이다. 하지만 이 책은 지금까지 살아온 인생의 타임캡슐이다.

철모르는 어린 시절을 보내고 연애편지에 정성을 들일 때부터, 촌 머슴아가 숫기 없어 말은 못하고 솥뚜껑 같은 손으로 글에다 버무려 놓은 마음이 담겨 있기 때문이다.

살아온 삶의 단편을 있는 그대로 글로 써 김장할 때처럼 한 편 한 편 독에 담아 두었는데 시간이 지날수록 묵은지 냄새가 진동해 버릴까 고민하던 중 찌개를 끓여 보라는 권유에 시골 밥상을 차렸다. 비록 맛은 촌스럽더라도 시골의 정취를 느낄 수 있다면 목표는 달성한 셈이 아닐까?

지금은 전 국토가 개발되어 아파트 천국이지만 내가 태어난 50년대 후반만 하더라도 가난하고 낙후된 모습이 우리 시골의 전형적인 모습이었다. 땟국물 흐르는 까만 얼굴에 부스럼딱지 달고 자랄 때는 몰랐지만 그 시절 먹고 마셨던 모든 것이 다 건강식이고 웰빙식품이었다는 것을 지금에야 알았다.

시골산천을 놀이터 삼아 뛰어 놀던 추억은 우리 6070 세대가 자연으로부터 받은 최고의 선물이 아니었나 싶다. 하지만 혜택 받고 자란 마지막 세대라 생각하니 서글프다.

지금은 접하기 어려운 자연의 정취이지만 추억과 사랑, 역경과 즐거움을 버무려 놓은 이 글을 읽고 한달음에 고향으로 달려가 밥 한 그릇 뚝딱 먹어 치우고 누구 눈치 볼 걱정 없이 트림 한번 크게 한다면 김치찌개 끓이기를 잘했다는 생각으로 독자에게 부끄럼이 없겠다.

노해

차례

1부 고향의 향기

2부 첫사랑

3부 전선야곡

4부 인생길에서

5부 문학을 꿈꾸다

시험 친 날

구겨질세라 가슴에 안고
부리나케 달려와
헐레벌떡 들뜬 목소리로
엄마— 나 백점 맞았어!
자랑삼아 소리치는데
대답 없는 텅 빈 우리 집

한껏 달아오른 부푼 가슴
풍선 바람 빠지듯 풀썩 가라앉고
글썽이는 두 눈에 눈물방울
뚝 뚝 고무신 코빼기에 방울져
동그란 엄마 얼굴 그린다

틀린 문제 하나 없이
빨간 동그라미 가득 친 시험지
맥 풀린 손에서 스르르 흘러 내려
빵점 맞은 시험지마냥
휴지 날리듯 마당에 뒹군다

1부

고향의 향기

가을

아마 가을비가 앙증스럽게 내리는 밤이었나 보다. 나는 낑낑대며 양손 가득 물건을 챙겨들고 힘겹게 산을 오르고 있었다. 한 손엔 빨간색 페인트를 다른 손엔 커다란 붓을 가슴에는 야심찬 희망을 키우면서!

매일처럼 오르내리던 산길이라 얼마 지나지 않아 정상에 올랐다. 머릿속은 온통 더디게 오는 가을이 얄미워 스스로 단풍을 만들어 보겠다는 엉뚱한 생각이었지만 내려다보는 산자락은 너무나 방대해 붓을 들 엄두를 못 내다가 장엄한 자연 앞에 백기 드는 심정으로 페인트 통을 들어 정상에다 부어 버렸다.

순간 내 눈을 의심케 할 광경이 일어났다. 붉은 단풍이 서서히 아래로 물들어가더니 순식간에 산 전체가 아름다운 꽃동산으로 변했다. 드디어 해냈다! 내가 단풍을 만들었다!

홍분에 들떠 있는데 어디선가 들리는 "너 자신을 알지어다"라는 큰소리에 깜짝 놀라 깨어보니 꿈이었더라. 이게 아마 가을을 점지하는 태몽이었으리라!

이 성급한 사나이의 마음을 십분 이해하셨는지 그 다음 날부터 서서히 단풍으로 물들기 시작했다.

지금은 내 책갈피에 몇 개의 단풍잎이 꽂혀있고 그렇게 갈망하던 가을은 절정으로 치달아 더욱더 곱게 물들어간다. 이 아름다운 강산을 자랑이라도 하듯이!

어느덧 가을의 끝자락.

쌀쌀한 바람이 불고 아침저녁으로는 제법 차갑다. 문득 산을 바라보니 부끄러운 듯 상기된 얼굴이야. 왜 부끄러워 홍당무가 되었을까?

그 무덥던 여름날에도 푸른 손 팔랑거리며 발랄하기만 하던 나무들!

속살 감추느라 늘씬한 몸매 자랑 못하고 두꺼운 옷자락 여미며 뜨거운 여름을 보냈는데 차가운 바람에 하나둘 살결이 드러나니 아니 부끄러울까?

인간이나 자연이나 벗으려는 찰나는 아름다운가봐!

예쁜 치마저고리 발등에 흘리고 당황스러워 몸 둘 바를

몰라 부끄러워 하는 새색시에게 하느님은 머지않은 날 부드럽고 포근한 하얀 드레스를 입혀줄 것이다.

하늘로부터 하얀 꽃잎이 한 잎 두 잎 온밤 내내 소리 없이 내려 하얀 드레스를 만들 것이며 그 옷은 천사나 하느님이 아니면 결코 만들지 못하리라.

징글벨 소리 은은하게 퍼지고 산타크로스 할아버지와 빨간 코의 루돌프가 온 세상에 사랑과 평화를 선물할 때 우리 모두 두 손 모아 감사에 기도를 올리고 행복한 백설 공주는 가을에게 안녕이라고 속삭이겠지!

가을밤

오늘이 가을의 마지막 밤이련가!

착 가라앉은 싸아한 공기와 바람 한 점 없이 고요한 이 밤.

하늘은 가장 높이 솟아올라 천정을 드러내 보이고 고이 고이 길러온 딸 시집보내기 아쉬워하는 노부부마냥 그동안 감추어 두었던 별들을 오늘 만큼은 아낌 없이 모두 차려 놓고 잔치를 하나보다.

하늘 문밖 저만치에는 동장군이 어슬렁거리고 가을은 뒤 마려운 강아지마냥 안절부절 어색스럽다. 하지만 하늘과 바람과 별이 한마음으로 기도하는 걸 보니 올 가을은 무척이나 예쁘고 정다웠나 보다.

'가을이 가면 겨울이 오겠지' 라는 말은 가을이 또 다시 온다는 서문이리라!

달빛보다 더 감미로운 별빛이 오늘 밤 나를 잠 못 이루게 한다.

가을의 작별인사가 입안에서 뱅뱅거리며 안녕을 고하지만 차마 입 밖으로 흘려보내지 못함은 그동안 정들었던 인연의 깊은 끄나풀이 아닐까?

초록이 자라 낙엽 되고 꽃망울이 꽃잎 떨구어 열매가 된 지금 알토란같은 오곡백과를 남기고 떠나는 가을의 뒷모습이 서운스럽다.

붙든다고 있어줄리 없고 떠나라고 아우성친다 해도 빨리 갈 리 없건만 내 곁을 떠나지 않기를 바라는 마음은 어머니 치맛자락 붙들고 떨어지기 싫어하는 어린 아이 같아서일까?

밤은 점점 무르익어 열매를 맺기 시작한다. 창공에 주렁주렁 매달린 이슬이 모습을 드러내 보이고 매달림에 지쳐 한 방울 한 방울 떨어진다. 오늘 밤하늘은 이별의 아쉬움을 달래기라도 하듯 유난히 맑고 높다.

별빛이 가득한 깊은 이 밤. 별빛을 시샘하던 달빛마저 서쪽으로 꼬리를 감추고 오직 별과 바람과 고요만이 가을을 위해 기도한다.

안녕을 알리는 이슬방울 하나가 새끼손가락에 가만히
입을 맞춘다.

내가 살던 고향

졸졸졸- 겨우내 꽁꽁 얼었던 얼음이 녹아 흐르면 모든 생물들이 부시시 기지개를 켜기 시작한다. 마치 추위로 꼼짝 못하게 한 동장군에게 반기라도 들듯이-

동구 밖 산모퉁이에 아지랑이 피어오름이 그러하고 시냇가 버들강아지 보송보송 피어남이 그러하고 들녘 논두렁 밭두렁에 파릇한 새싹 돋아남이 더욱 그러하다.

산비탈 보리밭에서는 동장군과 의연하게 싸워 이긴 보리가 푸른 깃발을 흔들고 매화나무와 복숭아나무에도 봄기운이 피어올라 꽃망울을 맺기 시작한다.

봄바람에 들는 동네 처녀들 바구니 옆에 끼고 나물 찾아 나서고 어린 꼬마 녀석들은 누나들 꽁무니 쫓아다니며 노랑나비 잡겠다고 이리저리 밭고랑을 달리고 뒹굴며 야단이다.

이 모든 것들은 일 년을 준비하는 즐거운 몸짓들이다.

아지랑이가 부드럽게 춤추기 시작할 때쯤이면 들녘에는 푸르름이 가득하고 아름다운 꽃망울이 활짝 피어나기 시작한다. 이때를 흔히 꽃피는 춘삼월이라 했던가?

새록새록 아름답던 추억도 피어나고 하얀 백지 위에 밤새도록 남기고 싶은 가슴 부푼 사연도 많을 때다.

처녀 총각들 얼굴에 웃음꽃이 만발하고 주고받는 대화 속에 은근한 정이 오가며 의미 있는 눈짓도 나눈다. 이러한 사람간의 풋풋한 정도 좋지만 봄에 피는 꽃들의 아름다움은 한층 더 우리네 마음을 살찌운다.

봄의 전령사라 할 수 있는 매화꽃이 지고 나면 복숭아꽃이 만발한다.

방방곡곡 어느 시골이나 과수원이 있기 마련이다. 그 규모로 따지자면 밭 한 뙈기 크기의 비탈에다 복숭아나무 삼사십 그루를 심어 놓은 것에 불과하지만 그곳은 처녀 총각들의 은밀한 밀회의 장소이기도 하고 동네 아이들의 놀이터요, 기쁨의 산실이기도 하다.

어머니 연분홍 치맛자락 같고 연지곤지 찍고 시집가던 누나의 고운 볼 같은 복사꽃이 지고 나면 이내 보리 이삭이 서서히 고개를 내밀기 시작한다.

따사롭던 태양이 열기를 품기 시작하고 지지배배 종달새 하늘 높이 날아올라 신호를 보내면 보리 이삭이 고개를 숙이고 과수원에는 붉은색을 띤 복숭아가 하나둘 보이기 시작한다.

　이때쯤 동네 아이들이 생기를 띄고 들녘에서 무언가를 줍느라 열심이다. 눈여겨보니 수확이 끝난 밭에서 보리이삭을 줍는 것이다. 어느 농촌이나 마찬가지로 하나같이 궁핍한 시절이라 벼 이삭마저도 곡식창고로 들어갔지만 일 년에 딱 한번 보리이삭은 줍는 사람 몫이 된다. 그래서 신이 난 아이들이 틈만 나면 밭에 나가 이삭을 줍는다.

　이렇게 일주일 정도 지나면 한 됫박 분량의 보리가 모아진다. 이어 과수원에 복숭아가 익었다는 소문이 돌면 학교가 끝나기가 무섭게 서너 명의 아이들이 약속이나 한 것처럼 보자기에 싼 보리를 들고 과수원으로 모여 든다. 주인아저씨는 들고 온 보자기 크기를 가늠하여 이삼십 개 정도의 복숭아를 아이들에게 값으로 내어준다. 이걸 받아든 아이들의 기쁨이란 무엇에 비하랴! 과수원 입구 평상에 쌓아 놓은 벌레 먹고 못생긴 복숭아는 덤으로 주는 것이라 한두 개씩 집어 들고 그늘진 산모퉁이로 숨어든다.

오늘은 복 터진 날이다! 배불리 먹는 게 소원이던 아이들.

누구 눈치 볼 걱정 없이 볼이 터져라 먹는 복숭아는 세상에 둘도 없는 꿀맛이요 천국이 따로 없다. 정신없이 먹다보니 배가 불러 오고 해는 지기 시작하는데 아직도 복숭아는 절반가량이나 남아 있다. 우리가 언제 먹는 싸움에서 진 적이 있었던가? 하지만 오늘 만큼은 이쯤에서 양보하고 내일 다시 마음껏 먹기로 하고 잘 숨겨놓고는 집으로 향한다.

한데 이 녀석들 걸음걸이가 시원찮다. 집에 도착하자마자 뒷간으로 뛰어가 먹었던 복숭아를 밑으로 쏟아낸다. 갑자기 너무 많이 먹어 배탈난 것이다. 하지만 내일도 복숭아를 배불리 먹을 수 있다는 생각에 기분이 좋아 마냥 콧노래가 나온다.

개구쟁이 녀석들!

벌써부터 내년 여름이 오기를 기다리는 눈치다.

몸조심

여름하면 떠오르는 게 극성스런 모기들이다. 어찌 그리 사람 냄새를 잘 맡는지 어디 한군데 숨을 곳이 없다. 집안 어디를 가도 귀신 같이 따라와 성가시게 한다. 그와는 반대로 어린 시절을 회상시켜주고 시골의 정취를 불러일으키는 모깃불이란 게 있다.

보라타작을 끝내고 나면 부산물이 생기는데 이것이 모깃불의 재료로는 제격이다. 한꺼번에 활활 타오르지 않고 은근히 타면서도 연기는 매섭고도 진하다. 의례히 어스름 저녁때가 되면 그 보리가시랭이를 커다란 소쿠리에 가득 담아 처마 밑에 쏟아 놓고는 불을 지핀다. 그 옆에는 널찍한 멍석이 자리를 잡고 온 가족이 옹기종기 모여앉아 저녁밥을 먹으면서 이야기꽃을 피운다. 한참 이야기가 무르익어갈 때쯤이면 저녁이슬이 촉촉이 내리고 높은 하늘에 매달린 별들은 총총하기 그지없다.

은은하게 떠오른 저녁달이 중천을 지날 때쯤이면 입씨름에 지쳐 한 사람 두 사람 꿈나라로 여행을 떠난다. 한데 유독 어린 손자 녀석만 꾸벅꾸벅 졸면서도 모깃불 옆에 앉아 궁상을 떨고 있다. 하지만 다 이유 있는 행동이다.

모깃불이 한창 타오를 때 아무도 모르게 살그머니 감자 세 개를 모깃불에 묻어 놓은 것이다. 그리고 어르신들이 이야기꽃을 피우시느라 정신이 없을 때 이 손자 녀석 슬금슬금 눈치 보아가면서 감자가 익어가는 것을 감지하곤 했던 것이다. 그런데 오늘따라 감자가 왜 이리 더디 익는지! 집 안 식구 모두가 잠들었는데도 감자가 덜 익은 것이다.

늦은 밤 드디어 익은 감자를 꺼내 비몽사몽간에 먹기 시작한다. 몰래 구워먹는 감자의 맛은 그 무엇에 비길 수 있으랴! 아무도 몰래 맛있게 먹고 있는데 바둑이란 녀석이 용케도 냄새를 맡고 와서는 킁킁거린다. 한 알 다주기에는 너무 아까워 절반으로 쪼개서 안쪽은 먹고 겉쪽만 인심 쓰듯 던져준다. 그리고 은밀한 식사가 끝나면 슬며시 할아버지의 품속으로 파고든다. 이런 날은 운이 좋은 날이다. 하지만 운이 나쁜 날도 있다. 그날따라 다섯 알쯤 모깃불에 묻어두고 잠이 들어 버린 것이다. 벼르고 벼렸는데 결국에는 잠이란 놈을 당해내지 못한 것이다.

이 녀석 꿈에서도 억울했던지 선잠자고 댓바람에 일어나 부리나케 모깃불로 달려갔는데 이미 다 타 버리고 싸늘한 냉기를 품고 있다. 재빨리 잿더미를 헤쳐 보지만 까맣게 타 버린 다섯 개의 감자들! 이리저리 만져보고 깨트려 보아도 도저히 먹을 수 없는 숯덩이가 되고 만 것이다. 이런 날은 지지리도 재수 없는 날이다. 오늘은 장난도 삼가 해야겠다.

할아버지가 화투짝 벌려놓고 수가 안 떨어지는 날은 "몸조심해야겠는걸!" 하시며 문밖출입을 금하시는 것을 종종 보곤 했던 것이다.

"그래 오늘은 진짜 몸조심 해야겠다"

울어버린 내력

창밖에는 함박눈이 펑펑 쏟아지고 뒤뜰 감나무에서는 부엉이가 부-엉 부-엉 우는 밤.

호롱불 밝힌 사랑방에 나이 지긋하신 할아버지와 이제 갓 말을 배우기 시작한 손자가 화롯불을 가운데 두고 앉아 있다. 이윽고 할아버지가 담배곰뱅이를 화로에 톡톡 털더니 생각난 듯

"꿀이나 먹어볼까" 하시더니 벽장에서 꿀단지를 꺼내 놓고 점잖게 흰 수염을 옆으로 가다듬고 한 수저를 떠 맛을 보시고 "고것 참! 꿀맛이구나 꿀맛이야" 하시면서 연거푸 드신다.

그 광경을 바라보고 있는 손자 녀석도 눈치가 있는지라 '한 두 숟갈쯤은 주시겠지' 하는 계산으로 오르락내리락하는 수저를 따라 고개를 까닥거리며 끈덕지게 앉아 자리를

뜰 줄 모른다.

점점 양이 줄어들수록 울상이 되어가는 손자 녀석의 얼굴표정

"도대체 할배는 눈도 없는 거야? 귀여운 손자가 눈앞에 앉아 기다리는데 혼자만 먹고!"

하며 속으로 계속 푸념을 해본다.

한 수저 두 수저 자꾸만 줄어들더니 이제 두 수저 가량 남았을까?

'이번에는 틀림없이 주시겠지' 하고 기다렸는데 이번 수저마저 할아버지 입으로 쏙 들어가 버리는 게 아닌가!

순간 글썽이던 눈에서 눈물이 한 방울 뚝! 하고 떨어졌다. 지금까지 삼킨 침의 양이 얼마며 목젖은 얼마나 길어졌는가? 하지만 마지막 기회는 있다. 마지막 남은 한 숟갈의 꿀! 이것만큼은 틀림없이 주시리라!

드디어 할아버지의 마지막 꿀 수저! 과연 이 꿀이 어디로 갈 것인가?

손자 녀석 아예 눈을 딱 감고 입을 벌렸다. 하지만 두 귀를 의심하는 할아버지 입에서 나오는 쩝 소리! 눈을 떠 보니 수저는 이미 할아버지의 입으로 들어갔다 나온 빈 수저였다.

지금껏 참고 참았던 울음이 마침내 앙-하고 터져버렸다.

나도 너 좋아해

내가 처음 압류를 당한 건 물건이 아닌 마음이었다. 내 마음 전부를 조건 없이, 그것도 자진해서 내주고 몸이 달아 안절부절 그녀의 처분만 기다리던 순진하기만한 시골소년의 짝사랑!

압류에 대해 어학사전에는 채무자의 특정재산을 처분할 수 없도록 강제적으로 확보하는 행위라고 되어있다. 나 자신을 송두리째 주고도 더 줄게 없어 전전긍긍하다 막상 내 마음 즉 내 재산을 다시 가져 올려 해도 가져올 수 없는 이상한 현상!

이것을 압류라고 표현해도 될지 모르지만 내 것을 내 마음대로 할 수 없으니 맞는 것 같고 당사자는 강제로 가져간 것이 없으니 아닐 수도 있고 알쏭달쏭 종잡을 수 없다. 이 마음의 상태는 법학이나 수학적으로는 도저히 풀 수 없는 어려운 문제다. 더군다나 더 이상한 것은 꿈을 꾸듯 내 자신이 구름 위를 둥둥 떠다니는 기묘한 현상이란 것이다.

처음에는 비밀처럼 가슴에 간직했다가 남몰래 꺼내보며 황홀경에 빠지지만 시간이 지나면 지날수록 우동가락처럼 불고 불어 가슴이 터질 것 같다. 제 아무리 예쁜 여자라도 이미 압류되어버린 내 마음에는 들어올 자격이 없으며 혹 그런 여자가 말이라도 걸어오면 마치 애인이라도 있는 것처럼 무뚝뚝하고 차갑게 대해 상대를 무안하게 만들고 만다. 결국에는 눈이 멀고 귀도 멀어 정신까지 혼미해져 병이 생긴다.

이 병을 치료하려면 상대편이 압류품을 확인하고 본인 것으로 인정해야 하는데 정작 압류한 물건은 필요하지도 않고 확인해볼 필요와 의무도 없어 아무렇게나 방치하고 나 몰라라 한다.

간혹 열려있는 압류품 상자를 우연히 보다가 진주라도 발견한 듯 화려한 커플이 탄생해 씻은 듯이 낫기도 하지만 극히 드문 예다.

반대로 내 나이 서른이 다되어가는데 나에게 자진해서 압류당하겠다는 평강공주는 언제쯤이나 나타날까?

이와 비슷하지만 뜻이 약간 다른 압수가 있다. 내가 처음으로 압수를 당한 건 초등학교 시절.

시작종이 울렸는데도 딱지치기에 열을 올리다 수업하려 들어오시는 선생님에게 들켜 소중한 재산인 보물 딱지를 변명 한마디 못하고 선생님에게 몽땅 빼앗겼던 사건.

압수의 사전적인 의미는 잘못에 대해 증거가 될 만한 물건을 강제로 빼앗는 행위라고 되어있다. 혹독한 대가를 치른 후에야 다시 돌려받기는 했지만 그때부터 내 삶의 인생 공부는 시작됐나 보다. 모든 일에는 응당 대가가 따른다는 것을 실감했으니 말이다. 그러다가 장난삼아 저지른 일이 압수의 위력을 실감케 했다. 친절하게 대해오는 짝꿍에게 관심 없는 척 딴전 피우고 이유 없이 시비 걸고 엉뚱한 여자애에게 관심 있는 것처럼 보란 듯이 과장된 행동을 했다. 여자애들은 주로 쉬는 시간에 고무줄놀이를 하며 놀았는데 남자애들이 방해할 목적으로 슬그머니 다가가 고무줄을 자르면 도망가기에 바빴다.

평상시 같으면 엄마야! 하고 도망을 쳤을 텐데 오늘따라 한쪽 끝을 악착같이 붙잡고 버티는 여자애가 있어 얼굴을 보니 짝꿍이 아닌가! 순간 왜 그랬는지 모르겠지만 나도 더욱 세차게 잡아당기며 실랑이를 벌이다가 전혀 예기치 않은 일이 터지고 말았다. 이런 돌발 상황이 어떻게 벌어졌는지 도무지 짐작이 안 되지만 순식간에 짝꿍의 치마가 벗겨져 감추어야 할 앙증스런 팬티가 공개되고 말았다. 짝꿍은 털썩 주저앉아 얼굴을 가리고 엉! 엉! 우는 게 아닌가!

나는 수습할 길이 없다고 판단하고는 줄행랑을 치면서도 궁금한 게 치마가 어떤 구조로 되어있기에 힘없이 벗겨졌는지 도무지 이해가 되질 않았다. 하여간 태어나서 가장 난감한 상황에 빠져 어찌해야 할 줄 몰라 하면서 속으로 그동안 고분고분 친하게 잘 지낼 걸! 지우개 선물할 때 고맙다고 받을 걸! 후회해도 소용없는 일이었다.

앞으로 잘 지내기로 마음먹고 진심어린 사과를 하려고 교실에 들어서는데 이미 짝꿍은 가방을 챙겨 들고 교실을 나가고 있었다. 약간 소란이 일었지만 수업은 시작되어 연필을 찾는데 필통이 통째로 사라졌다. 두리번거리며 찾고 있자 뒤에 있는 친구가 귓속말로 "짝꿍이 가지고 가던데?" 순간 눈앞이 캄캄했다. 그야말로 꼼짝없이 압수품이 되어버린 내 필통!

하지만 문제는 압수가 아니었다. 그 필통 속에는 짝꿍 이름을 써 놓고 '나도 좋아해'라고 쓴 작은 쪽지가 있었다는 것을 생각하자 갑자기 얼굴이 달아올라 홍당무가 되었다.

내 마음을 들켜버린 오늘은 제대로 되는 일이 하나도 없는 운 나쁜 날인가보다.

에라- 될 대로 되라지!

자포자기하는 마음으로 다음날 학교에 가서 짝꿍의 눈치를 살피는데 의외로 아무렇지 않은 표정이었다. 필통 속 쪽지를 읽어 보고서도 모르는 척 딴전피우는 것 같아 쑥스럽기도 했지만 그 애는 새침하게 있다가 2교시가 끝나자 무슨 말을 할 것 같더니만 조용히 책가방을 챙겨들고 자리를 떠났다.

나는 분위기에 압도되어 필통 달라는 말은 꺼내지도 못하고 사라져가는 뒷모습만 바라볼 수밖에 없었다.

다음 날 선생님을 통해서 내 짝꿍이 도시로 전학 갔다는 사실을 알게 되었다. 그 후 필통은 돌아올 수 없는 영원한 압수품이 되어 나의 뇌리에 남아 있게 되었다. 지금까지도 마음에 걸리는 것은 그때 그 사건 때문에 짝꿍이 전학을 갔나 싶어 평생 미안하고 빚진 기분이다.

다음에 만날 기회가 있으면 식사 한번 대접하고 사과 해야겠다. 그리고 그때 그 압수품은 어디에 어떻게 보관하고 있는지 물어 보고 싶다. 설령 기억이 전혀 없다고 할지라도!

지하 보물 창고

초등학교 시절. 내가 다니던 학교에는 나만 아는 비밀의 보물창고가 있었다. 이것을 설명하려면 우선 학교 교실 구조부터 알아야 한다.

교실 바닥 전체가 나무판자로 깔려있고 그 아래로 30센티 정도의 공간이 있는 마루형태로 난방과 냉방 역할을 어느 정도는 담당했다. 건물 측면 밑바닥에는 환기구 역할을 하는 사각형 구멍이 여러 개 있는데 그 구멍에 대해서 관심을 가지는 사람은 아무도 없었고 그냥 학교건물 구조물의 일부일 뿐 중요하거나 의미 있게 생각하지도 않았다.

그리고 교실 마루판은 만든 지 오래되어 삐걱거리는 소리가 났고 심한 곳은 틈이 생기고 옹이가 빠진 마루판에는 동전만한 구멍이 여기저기에 나있다.

가끔 대청소 할 때 책상을 전부 밀쳐놓고 그 마루에다 양

초를 둥글게 칠한 후 걸레로 닦아 반짝 반짝 광을 냈는데 힘들기는 했지만 선생님의 지휘 아래 열심히 했다.

그때 잠시 관심을 가지고 그 구멍에 눈을 대고 보면 아무것도 보이지 않았지만 내가 잠시나마 구멍에 관심을 가지는 건 실수로 책상에서 굴러 떨어진 지우개나 연필이 하필이면 그 구멍으로 빠져 버려 어쩔 수 없이 새로 사곤 했던 적이 있기 때문이다. 그렇게 실수한 선배들이 6년간이나 저축해 놓은 곳이 바로 그 보물창고! 그 창고의 유일한 출입구가 앞서 설명한 관심 없어 보이는 사각구멍이다.

내가 무슨 이유에서인지 그 보물창고에 대해서 관심을 가지기 시작했다. 그 이유를 굳이 밝히라고 한다면 의아하게 생각하겠지만 선생님이 아닌 여자짝꿍에게 필통을 압수당해 필기도구가 하나도 없는 상태라 어떻게 해서라도 보충해야 할 처지였기 때문이다.

어느 토요일 오후.

운동장에서 친구들과 놀다가 슬그머니 빠져나와 그 보물창고에 들어가기로 결심하고 사각형의 작은 구멍에 머리를 넣고 조금씩 힘을 주니까 겨우 엉덩이까지만 들어갔다.

고개를 들어 가만히 앞을 바라보니 컴컴해 전혀 보이지 않고 더럭 겁이 나 나오려고 하는데 엉덩이에 걸려 꼼짝

할 수가 없었다. 정신을 가다듬고 이리저리 몸을 움직여 보니 요령이 생겼다. 뒤로 갈수는 없어도 앞으로는 갈 수 있어 창고 속으로 들어갔다가 역 동작으로 간신히 빠져 나왔다. 그 와중에서도 손을 더듬어 잡히는 물건을 가지고 나왔는데 다행히 절반정도 크기의 연필을 손에 넣을 수 있었다. 이것으로 급한 불은 껐지만 압수당한 숫자에 비하면 턱없이 부족했다. 실패의 원인을 곰곰이 생각해 보니 점심에 국수를 두 사발이나 먹은 게 문제였다.

다음 토요일 오후 그날은 아예 점심을 굶었다. 그 덕분인지 전번보다는 수월하게 구멍을 통과하고 보물창고에 안착하여 주위를 살펴보기 시작했다.

처음에는 아무것도 보이지 않더니 시간이 조금 지나자 희미하게 보이기 시작했다. 땅바닥에 등을 대고 마루를 쳐다보니 뒤틀린 틈이나 옹이구멍으로 빛이 들어와 전체 윤곽이 파악되고 마음도 안정되었다. 그런데 놀라운 사실은 그 빛 아래에만 보물들이 놓여 있다는 것이다.

그러니까 바닥 전체를 어둠속에서 찾아 헤맬게 아니라 빛이 들어오는 곳만 찾아 보물을 챙기기만 하면 되는 것이다. 하지만 보물이란 게 그렇게 쉽게 손에 쥐어지는 게 아니라는 걸 알려 주기라고 하듯 여기 저기 문제점이 도사리고 있었다.

수많은 거미줄은 몸 전체를 누에고치로 만들었고 마루 판을 뚫고 나온 기다란 못은 금방이라도 찌를 것처럼 어둠 속에서 나를 노려보고 있었다. 바닥에 쌓인 먼지 또한 조금 만 움직여도 숨이 막히고 눈으로 들어왔다. 아마 몇 십 년 은 쌓인 먼지일 것이다. 좁은 공간이 주는 공포심도 상상 외로 커 서둘러 나오기로 하고 몇 군데 것만 챙겼다.

나와서 확인해보니 기대 이하로 챙긴 게 별로 없어 실망 했지만 들킬세라 서둘러 냇가로 가서 엉망이 된 몸을 씻고 옷에 묻은 먼지도 털어 냈다. 평상시처럼 아무 일 없었듯이 집으로와 저녁을 먹고 잠자리에서 차근차근 생각해봤다. 학교 앞 점방 앞에 주로 6학년 형들이 옹기종기 모여 있다 는 걸 생각해 내고는 6학년 교실이 있는 구멍으로 들어가 보면 보물이 많을 거라는 결론을 내렸다. 며칠을 기다린 후 마음을 단단히 먹고 그 보물창고로 잠입을 했다.

내 예상은 적중했다. 목표지점에 도달하여 손을 뻗는 순 간 상당히 긴 연필이 잡혔다. 그리고 다음 물건을 찾는데 갑자기 교실바닥이 무너지듯 큰 소리가 나고 어떤 물체가 나를 향해 번개처럼 돌진해 왔다. 보물을 지키는 전사가 도 굴범을 공격해 오는 것 같아 두려움에 꼼짝할 수가 없었다.

기절할 듯이 놀랐지만 가슴을 진정하고 사태를 파악해보니 낯선 침입자에 놀란 들고양이가 후다닥 내가 들어온 구멍 밖으로 사라진 것이다. 쥐 한마리가 소란을 피웠다고 해도 이 상황에서는 고양이로 느꼈을 것이다. 십년감수 했지만 그래도 큰 소득이 있었다.

깎지 않은 새 연필! 그것도 지우개까지 달린 완벽한 상태였다. 문득 생각이 바뀌어 장물아비처럼 점방으로 가지고 가 사탕으로 교환했다. 이 사탕 맛은 오늘의 무서움을 날려 보내는 최고의 꿀맛으로 고생한 것에 비해 보상이 넘쳐 6학년 형도 부럽지가 않았다. 이러니 한번 재미를 붙이면 유혹에서 벗어날 수가 없다고 했던가!

그때 연필을 집던 순간 분명히 동전 같은 느낌이 손끝에 느껴졌었다. 그래, 분명히 동전이였을 거야! 그것도 하나가 아니고 여러 개가 있다면?

이런 유혹들은 어둠과 공포심을 이기고 가슴을 가득 채웠다. 마음을 굳힌 후 형들이 남긴 유물을 기필코 찾아내고 말겠다는 의지로 진짜 도굴꾼처럼 비장한 마음으로 실행에 들어갔다.

이제는 능숙하게 잠입하여 세련된 몸놀림으로 여기저기를 뒤집어 유물을 확보한 다음 무사히 탈출하여 여유롭게

유물들을 감정하기 시작했다.

연필 한 다발. 지우개 한 움큼. 연필깎이용 칼 두 개.

그런데 세상에나! 1원 자리 동전이 세 개나 있다니! 마음을 진정하고 차분하게 계산에 들어갔다. 점방 앞을 오가며 침만 삼키던 비과 사탕이 일원에 열 개이니 도합 삼십 개! 그것도 한꺼번에 사면 덤으로 두세 개는 더 줄게 분명했다. 하지만 냉정하게 마음먹었다. 오늘은 1원 어치만 사탕을 사고 나머지는 남겨 두기로 했다.

호기도 당당하게 친구들을 불러 점방으로 가서 사탕 하나씩을 나누어 주고 나도 하나 입에 넣고는 영문도 모르고 즐거워하는 친구들을 뒤로 하고 마치 캐리비안 해적 선장처럼 우쭐대며 집으로 가는데 호주머니에는 아직도 세 개의 사탕이 남아 있었다.

그런데 한 가지 마음에 걸리는 것은 내가 동전을 내밀자 상점 주인이 의아해 하는 표정으로 바라보던 눈빛이었다. 그래서 돌다리도 두드려 보고 건너야 된다고 했듯이 나머지는 소풍날 사용하기로 했다. 그날은 우리들이 의심 없이 동전을 사용할 수 있는 유일한 날이기 때문이다.

그 후로 나에게 커다란 고민이 생겼다. 내가 더 뚱뚱해지기 전에 나머지 보물을 도굴해야 하나 말아야 하나 하는!

천근만근

초등학교 동창 중에 이근이란 친구가 있는데 공교롭게도 같은 반에 백근이라는 친구가 있어 항상 비교의 대상이 되었다. 일당 오십 즉 오십 배의 엄청난 차이 때문에 항상 적수가 되지 못해 친구들 입방아의 단골 메뉴로 오르내렸지만 행동은 오히려 반대였다.

100근처럼 무겁게 움직여야 할 친구는 철없는 심통꾸러기다. 반 친구들이 재미있게 놀고 있는 게 보이기만 하면 한걸음에 달려가 훼방을 놓고 재빠르게 도망을 치면 따라 잡을 사람이 없다.

반면 2근밖에 안 되는 친구는 과묵한 성격으로 차분하게 행동했다. 바람 불면 날아갈까 봐서 일부러 무거운 행동을 했는지도 모르겠지만 가벼운 이름 때문에 상대적으로 무겁게 느껴졌을지도 모른다. 다행히 300근이나 500근이 없어서 이름가지고 옥신각신 다투는 일은 두 친구의 일로만 한정되었다.

그런데 어느 날 백근이가 코피가 터져 울고 있는 모습이 발견되었다. 백근이가 누구인가? 그동안 친구들 코피 터지게 한 그 싸움대장이 도리어 코피를 흘리며 울고 있다니! 그 상대는 과연 누구일까 모두가 궁금해 했다.

알고 보니 놀랍게도 범인은 옆 반 친구였는데 이름이 무근이다. 참 알다가도 모르는 게 세상일이라지만 100이 0에게 당하다니 도저히 있을 수 없는 일이지만 이름의 무게하고 싸움은 별개인가 보다. 그래서 그런지 우리 반은 다른 반에 비해 숫자상으로는 무게가 높았는데 줄다리기 시합에서는 항상 졌던 기억이 있다.

기왕 이름 이야기가 나왔으니 이름에 대한 에피소드를 하나 더 소개하겠다. 1967년 북한에서 이수근이라는 사람이 남한으로 귀순했는데 남과 북이 이념전쟁으로 공방을 벌리던 때라 국가적인 차원에서 반공방첩 선전에 대대적으로 활용하고 영웅 취급했다.

때마침 이 씨네 집안에 남자아이가 태어나 이름을 철수로 할까 순신으로 할까 고민하던 중 그 유명한 이수근이가 떠올라 수근이라 했다. 이름 잘 지었다고 칭찬이 자자해 흡족한 마음으로 연신 수근이를 불러댔는데 세 살이 되기도 전에 사건이 터졌다. 그 영웅이 위장간첩이었고 월북하려다 중앙정보부에 의해 체포되었다는 것이다. 하루아침에 그는 배신자가 되고 간첩이 되었다. 그러니 배신자 간첩의 이름을 그대로 쓸 수 없는 난감한 상황에서 궁여지책으로 가운데 글자를 빼버린 게 이근이라는 설도 있다.

흔히 우리가 몸이 무거울 때 천근만근이라고 한다. 사람이 감당할 수 있는 무게를 천근이라고 보면 합당할지 모르겠지만 그 이상은 인간의 능력 밖이라 아예 표현 자체를 천근까지로만 한정했나보다. 만근은 부르기도 좋고 무겁다는 것을 강조하기 위해 붙인 접미사가 아닐까?

곡식이 익으면 고개를 숙이는데 겸손해서가 아니라 무게 때문이고 사람은 철들어 겸손해지면 스스로 고개를 숙인다. 인격의 무게는 저울 위에 올릴 대상이 아니니 스스로 쌓을 수밖에!

졸업사진

언제부터인가 앨범이 졸업생에게 가장 귀중한 선물로
자리 잡았다. 며칠에 걸쳐서 찍고 시간도 상당히 할애해야
한다. 졸업사진 찍는 날은 설레는 마음으로 최대한 멋 부려
단장하고 가장 잘 어울린다 싶은 포즈를 취해 추억을 만들
어 낸다. 사실 지금도 여행 다녀와서 하는 말이 "남는 건 사
진밖에 없다"고 하지 않던가!

내가 졸업할 때는 아주 어렵던 시절이라 앨범은 꿈도 못
꾸고 학교 선생님과 졸업반이 한자리에 모여서 김치-하며
찍은 사진이 전부다. 자세히 보니 웃는 모습은 찾아 볼 수
없고 하나같이 긴장된 표정이다. 그래서 그런지 지금도 카
메라를 들이대면 긴장부터 되어 "증명사진 찍냐?" 하는 핀
잔을 받는다.

졸업하면 떠오른 게 자장면이지만 우리에게는 그런 호

사스런 추억도 없고 그나마 조금 낫게 사는 친구는 장날 부모님 따라가 소원을 풀기도 했다. 누렇게 색 바랜 초등학교 졸업사진을 들여다보고 있자니 개구쟁이 어린 시절 천진했던 옛 추억 속으로 빠져든다.

지금 만나는 친구 대부분은 어렸을 때 모습이 어디 한구석 남아 있지만 몇몇 친구는 전혀 다른 모습으로 변해 설명을 들어야만 알 것 같다. 못생기고 콧물 질질 흘리던 친구가 멋진 배우 모습으로 나타나면 놀랍기도 하지만 괜히 질투심이 난다. 경쟁이 필요 없는 회갑을 넘긴 나이인데도 말이다. 누가 수컷 아니랄까봐!

맨 먼저 김순례라는 얼굴이 보인다. 조그만 계집애가 똑똑하고 영리해 우등상은 한 번도 빠진 적 없고 옷차림도 항상 깨끗했다. 잘 다듬어진 파 같아 함부로 대할 수 없었으며 웅변할 때는 조그만 손을 야무지게 쥐고 허공을 가르며 열변을 토했다. 곁들인다면 어떠한 일이든 똑 소리 나게 잘 처리할 것 같고 얼굴도 예뻤다. 옛 모습을 간직하고 있어 지금도 몸매 하나는 끝내준다.

그 다음은 김영배인데 둥그런 얼굴에 나이가 들어 보여 형 같은 느낌이고 힘들고 어려운 일도 잘 처리했으며 공부도 상위권이었다. 반장도 해볼 만했는데 몇몇 친구들에게 가려 빛을 못 본 것 같다. 그래도 팔씨름은 최고였다.

김병렬이는 소문만 듣고 있다. 대기업에 다니다 퇴직하여 풍경 좋은 곳에 전원주택 지어 편하게 산다고 한다. 어렸을 때 똘똘하더니 사회생활도 알차게 했나 보다. 자랑할 겸 친구들 초청해라. 공짜라면 목숨 걸고 찾아가겠다. 명심할 것은 우리 모두 먹성이 좋다!

그리고 김재원이는 유일하게 점방 집 아들로 우리들이 제일 부러워하는 친구 중에 하나다.

항상 현금을 들고 다녀 인기가 좋았는데 큰 아들 아니랄까봐 말이 별로 없고 매사에 신중을 기했다. 큰 두각을 나타내지는 못했지만 몇 살은 더 먹은 선배처럼 무겁게 행동했다.

그 옆에 있는 김현근이는 어벌쩍한 성격으로 주위가 산만하고 시끄러웠다. 사고뭉치 삼총사 중 한 명이라 슬슬 피해 다녔는데 가슴 아픈 것은 뭐가 그리 급한지 먼저 하늘나라로 가 지금은 친구들의 마음속에만 있다. 볼 수 없어 안타깝지만 그의 친화력은 모두가 본받을 만하다. 특히 술좌석에서는 안주가 필요 없다. 고기 안주보다 더 구수한 입담이 식탁 가득 넘쳤으니까.

김옥근이는 작은 체구에 배짱이 두둑해 싸움이든 일이

든 저돌적으로 밀어붙이는 성격이다. 항상 논쟁의 중앙에 서서 친구들을 장악하여 앞장서는 사고뭉치 삼총사의 행동대장으로 명성이 자자했다. 그 실력이라면 조직의 보스 자리에 있을 법한데 철들었는지 근신하며 사는 것 같다. 법으로 풀기 어려운 일이 생길 때면 가끔 떠오른다.

김백근이도 사고뭉치 삼총사의 일원으로 존재감을 나타내려고 못된 짓도 많이 했는데 지금은 철이 들어 백근 만큼이나 무겁게 행동하고 매사에 신중을 기하지만 한번 뒤틀리면 불같은 성깔이 나온다. 집에서 어떤 가장으로 행세하는지 불쑥 방문해 보고 싶었는데 우연한 기회에 딸을 만나 넌지시 물어 봤더니 아빠가 세상에서 최고란다. 본받을 것은 대한민국 최고의 구두 장인으로 외길인생이다. 백근아, 낡은 내 구두 보이지?

다음으로 노금섭이는 키도 작고 못생겨 친구들의 놀림을 많이 받았지만 인생 팔자 시간문제라고 운수업계에 주목 받는 거장으로 우뚝 섰다. 그리고 사고를 쳤는지 장가를 빨리 가서 은사님이 아들 주례를 봐주시는 영광을 받았고 맨 먼저 할아버지가 되어 떵떵거리며 잘 살고 있다. 비법이 뭔지 공유하면 안 될까?

노병춘이는 슬슬 홀리는 눈매로 여러 사람들의 마음을

사로잡아 인기가 높았는데 마음이 너무 여려 어려운 사람을 그냥 지나칠 줄 모른다. 여자 친구가 많을 것 같지만 정작 결혼할 상대는 지나가는 여자에게 무턱대고 "누구야!" 하고 불렀는데 이름이 공교롭게도 딱 맞아 떨어져 같이 살게 되었단다. 그래서 그런지 짤짤이 할 때 찍기를 잘했던 것 같다.

노상배는 지금 이 글을 쓰고 있는 놈인데 회갑이 지난 나이인데도 늦깎이 작가가 되겠다고 끄적거리고 있어 답답도 하지만 아무튼 끈기 하나는 높이 살만하다. 내 자랑 같지만 성실의 대명사인 '착실 과장'이란 별명을 달고 살았다.

가나다순으로 쓰다 보니 계속 노 씨만 나와 이번에도 노유범 차례다. 최고로 활동적인 친구다. 서글서글한 인상에 얼굴도 잘 생겨 여자들이 따라 다닐 스타일인데다가 목소리까지 부드러워 개성만점이다. 어느 때부터 순한 여자성격으로 변해 두문불출하고 있지만 조만간 모임에 나와 얼굴 한 번 보여주길 바란다. 기왕이면 내 옆에 앉아 주면 좋고!

그리고 노형균이는 스마트한 기질이 있고 사리 판단을 잘 한다. 그만의 독특한 성격으로 술 한 잔 들어가면 큰소리로 여러 사람의 고민을 들어 주고 해결하고자 노력한다. 사실 주변 친구 몇몇은 덕을 본 것 같은데 비밀처럼 말이 없다. 그런 스타일이 집에서는 환영받지 못한다는데 본인 일도 그렇게 잘 처리하는지 속으로 걱정된다.

노주연. 이름이 참 예쁘다. 성훈 선생님의 처남으로 높이 날 수 있었지만 신세지기 싫어 본인 고집대로 살아가고 있는데 친화력이 부족해 아쉽다. 늦게나마 친구들 잔치에 참석하여 존재감을 나타내고 있다. 대기만성이라고 말년에 부귀영화가 있기를 바란다.

노점숙이는 산전수전의 대표적인 여인으로 다른 사람에 비해 고생을 몇 배나 많이 했지만 어려움에 굴하지 않고 꿋꿋하게 살아가는 불굴의 여자다. 얼굴에 점이 있어 점숙이라고 했는지 모르겠지만 복점으로 생각하고 끝까지 줄기차게 잘살기를 바란다. 어떤 탤런트는 일부러 점을 만들어 놓고 복점이라며 자랑하는데 말이다.

노충열이는 국가를 위해 목숨을 바친 안중근 의사처럼 결연한 의지가 엿보이고 담담한 표정이여서 함부로 말 붙이기가 어렵다. 고향에서 자랄 때는 착하고 여리게 보여 만만 했는데 지금은 큰 뜻을 품은 열사로 보인다. 모처럼 모임에 나왔지만 자주 만나다 보면 보통사람처럼 가까워지겠지.

노기남이는 이상과 현실이 달라 매사에 어려움이 많았

지만 집안을 행복하게 잘 이끌어가는 가장으로 조금 더 배웠으면 한자리 했을 친구다. 건너 집에 살아 깨복쟁이 친구로 지냈는데 속이 깊어 배울 점이 많았다. 자식들에게서 영광을 봤으면 좋겠다. 구김 없는 모습이 부럽다.

노씨 마지막인 노순자는 공자 맹자와 더불어 성인의 반열에 올라 모든 친구들의 누나처럼 행세한다. 엄마같이 마음이 넓어 마당발인데다가 몸마저 풍성해 보인다. 그렇지만 생각보다 무게가 많이 나가지는 않는다. 안아 봤냐고 할수도 있겠지만 친척 누나이니 오해는 없도록!

모용원이는 산골짜기에 살았던 관계로 학교가 있는 동네 텃세로 기를 못 펴고 지냈는데 자라면서 기골이 장대해지고 언행마저 무거워 옛날 같으면 장군감이다. 지금 같으면 고양이 앞에 쥐처럼 찍소리 못했겠지만 다 지나간 옛날 추억이라며 진짜 장군처럼 웃어넘긴다. 졸병하고 놀 때는 졸병처럼 겸손해져 화기애애하다. 특히 여자들 앞에서는 더 그런다.

문병억이는 여자라고 해야 딱 맞다. 얼굴도 선하게 생겼고 항상 웃는 모습으로 화낸 모습을 아직껏 보질 못했다. 만약에 남자 천사가 있다면 이 친구처럼 생겼을 것이다. 잘 찾아보면 어딘가에 날개가 있을 것 같다. 지금도 씩 웃는 얼굴이 떠오른다.

　문봉님이는 체격도 있고 매일처럼 먹는 걸 가방에 넣고 와 자주 먹었다. 잘 먹어서 그런지 살이 통통했고 소화시키느라 방귀를 자주 뀌어 방귀쟁이라 놀려 댔다. 성격이 좋아 내색 없이 항상 웃는 얼굴로 가지고 온 것을 나누어 주며 선생님에게는 비밀로 해 달란다. 사실 선생님이 먼저 알고 있지 않았을까? 옆집에 살았는데 어떻게 변했는지 보고 싶은 얼굴이다.

　백남선이는 우리 반에서 유일한 백씨라 하얀색이 연상되지만 신문화 운동에 앞장선 '해에게서 소년에게'라는 시를 발표한 육당 최남선 선생님과 이름이 같다. 유명한 이름처럼 언젠가 우리에게 행복을 선물해 줄 것 같은 친구다. 안 그래도 건축업으로 부자가 되어 친구들에게 술자리를 자주 마련하는데 술값으로 다 쓰지 말고 노후준비로 얼마는 남겨 놓도록!

　박정화는 현명하고 영특해 공부를 잘했는데 체격이 작은 약골이다. 차분한 성격으로 조심스럽게 행동해 한 번도 꾸지람이나 벌을 받지 않는 모범생이었다. 그때는 그저 친구로만 놀았는데 지금 생각하니 한 발 물러나 세상을 관망했던 것 같다. 그리고 세상이 마음에 안 들었던지 먼저 하늘나라로 갔다. 부디 잘 지내고 있기를 바랄 뿐이다.

다음으로 서상만이는 성적이 상위권에 들었고 성격도 얌전하고 착했다. 겉으로는 격식을 따지는 것 같지만 이야기를 계속하다보면 속에는 예리한 통찰력이 있고 모든 일에 원리 원칙을 강조한다. 그렇지만 허용되는 범위 내에서는 역으로 이용할 줄 아는 처세술로 인생을 재미있게 살아간다. 기억력만큼은 따라갈 사람이 없다. 지금은 모든 걸 내려놓고 건강에 유의했으면 좋겠다.

서재철이하면 문필의 대가인 한 석봉과 추사 김정희가 떠오른다. 인간 인쇄기로 칠판에 글씨를 쓰면 인쇄된 글씨와 구분이 안 갈 정도로 잘 쓴다. 능력이 있어 대그룹 LG에 근무하다가 지금은 서예작가로 활동 중인데 인사동에서 '수중 서재철' 하면 모르는 사람이 없을 정도로 유명하다. 반장하던 실력으로 연애도 잘해 유일하게 중학교 동창 커플이다. 챙기는 것보다 베푸는 나눔의 대명사다.

서영기는 우리학교 선생님 아들이다. 집안으로 보면 반장과 1등은 도맡아 했을 것 같은데 선생님 아들이라고 표내기 싫어서 모든 걸 양보한 것 같다. 눈치 보지 말고 실력대로 밀어 붙였다면 지금쯤은 교장선생님 자리에서 은퇴 걱정하고 있을 텐데 말이다.

서영란이는 좋은 인상에 공부도 잘 했다. 활동적인 성격으로 모든 일에 열정적이었는데 마음 아픈 것은 어린 나이에 가장 역할을 하면서 많은 고생을 했다. 지금은 남부럽지 않게 살고 있으며 술자리에서는 끝까지 자리를 지키며 여장부임을 과시한다. 신랑과 같이 술자리 한번 주선하면 어떨까?

지나간 추억이라서 고백하겠는데 어린 시절에 영란이, 순례, 윤자를 좋아해 그 중 누가 먼저 사랑한다고 했다면 아마 따라갔을 것이다.

그래서 그런지 서윤자가 보인다. 순례만큼이나 작았는데 예쁘장하게 잘 생겨 모든 사람의 눈길을 끌었고 공부를 잘해 시험만 보면 항상 1등이라 공격과 선망의 대상이 되었다. 졸업 이후 한 번도 만나지 못했는데 언제쯤 얼굴 한번 보여 주면 좋겠다. 모임에 나오지 않는 걸 보니 좋아했었다고 고백할까봐 겁이 나나 본데 마누라 있는 몸이니 걱정하지 마라.

서춘영이는 중간에 전학 가 졸업사진에는 없다. 놓친 물고기가 크다고 했듯이 내 기억에는 가장 예쁜 여자 친구로 자리 잡고 있다. 추억 속의 여인으로 생각하며 그녀를 대상으로 쓴 글이 몇 개 있다. 기회가 되면 한번 만나 옛 이야기도 하고 글도 보여주고 싶다. 그런데 안타깝게도 얼굴이 기억나지 않는다. 그냥 이대로가 좋을까?

서삼기는 과묵하고 묵직해 조직의 보스 스타일로 필요한 말만 하고 피라미들 하고는 놀지 않는 큰형님 대접을 받는다. 모든 사태를 한걸음 물러나 관망하는 성격이지만 필요할 때는 꼭 나타난다. 영화를 볼 때 결정적인 순간에 주인공이 나타나 해결하듯!

신송자는 기억이 아련하다. 시원한 눈매에 카리스마가 있었는데 어떻게 사는지 궁금하다. 만약 여자 사장이 되었다면 사업을 당차게 꾸려가고 있을 것 같다. 아니면 부잣집 며느리가 되어 집안을 좌지우지하며 지혜롭게 이끌어갈 것 같다.

이재택이는 인생을 정직하고 빈틈없이 살고 있는 원칙주의자다. 본인 주관이 뚜렷해 솔깃한 이야기에 쉽게 흔들리지 않고 바른길을 간다. 나이에 맞지 않게 운동량이 많아 근육질로 다듬어진 몸매를 보면 친구들 중 가장 오래 살 것 같다. 거기다 몸에 나쁘다는 것은 손도 대지 않는다. 그러니 하늘나라에서는 막내가 확실하다.

이재봉이는 겉보기에는 아직도 고향 시골에 있는 것처럼 보이지만 수원에서 자장면집 한 지가 오래 됐고 체구에 비해 힘이 좋고 목소리도 크다. 겉으로는 없는 척 하지만 알뜰하게 모아 놓은 알부자가 틀림없다. 나중에 유산 상속으로 속 썩일까 걱정된다.

이성우는 성난 뿌사리 같은 표정이다. '김치~'대신 기억에 남기려고 일부러 우스꽝스러운 황소 모양을 한 것 같다. 친구들이 이름처럼 '성난 소'라고 오해하고 있으니 빨리 모임에 나와 토끼 같은 진짜 모습을 보여주기 바란다. 마누라가 여우는 아니겠지?

문종주는 달덩어리 같다. '순진하고 맑게 자라는 어린이의 표상'으로 박영기, 문병억과 함께 항상 밝은 얼굴로 셋 쌍둥이 보름달 같았다. 여자 친구들 보다 더 예쁜 웃음을 선물해 꽃밭 같은 분위기를 만들었다. 하지만 이 친구도 세상에 없다. 보름달이 밝은 미소로 떠오를 때면 친구 얼굴이 더 보고 싶다.

양철기는 환골탈태한 인물로 정치 1번지 종로에서 입지를 굳히고 언변과 배짱이 좋아 누구에게도 지지 않는다. 선거 때는 유세 선봉에 서서 대통령과 구청장을 만들기도 했으니 그 업적은 일일이 말하기 어렵다. 정치하는 친구가 있었다면 덕을 많이 봤을 텐데 우리 친구들은 왜 정치를 싫어하는지 모르겠다.

이근이는 친구들 중에 유일하게 외자 이름이고 백근이랑 무게 비교의 대상이었지만 이목구비가 뚜렷해 어떠한 스타일도 잘 소화해내는 신사다. 잘은 모르겠지만 여자들 속 많이 태웠을 것 같은데 정반대일 수도 있다. 순진한 상배처럼 말이다.

이건옥이는 친구가 아니라 누님뻘이다. 키도 크고 성숙해 우리보다 훨씬 빨리 이성에 눈떠 총각 선생님 바라보는 눈길이 은근했고 결혼도 가장 먼저 했다. 내가 여자라고 까불다가 건옥이 밑에 깔려 호되게 맞은 적이 있었으니 내 인생 최초로 싸움에서 져 여자 무서운 줄 알게 됐다.

이부덕이는 얼굴에 복을 담고 다닌다. 부잣집 맏며느리 스타일로 살림 잘하고 어르신들로부터 사랑을 받는 착한 동양 여인네로 한국 어머니의 귀감이 되고도 남는다. 현모양처는 두말하면 잔소리다.

이순덕이는 이름이 가장 부드럽다. 근심걱정 하나 없을 것 같은데 실상을 그렇지 않은가 보다. 병으로 죽을 고생하다 지금은 살 만한가 본데 그래도 건강이 걱정된다. 순덕이 아버님이 허준 다음가는 명의로 동네 사람 모두 생명의 은인이다. 아픈 사람이 순덕이네 집에 다녀오면 씻은 듯이 나았는데 나도 그 중 한 사람이다. 그 실력으로 모두 해결되었으면 좋겠다.

이인우는 전혀 생각이 안 난다. 한참 설명 듣고 또 실물까지 봤는데도 가물 가물이다. 새로 친구 하나 더 생긴 셈이다. 생각 보다 과묵하고 잘 생겼으며 의젓하기까지 해 어디다 자랑해도 될 만하니 얼굴 자주 보여줬으면 좋겠다. 인물자랑 할 일이 있으면 꼭 데리고 가고 싶다.

윤춘옥은 아리아리하다. 방금 꽃망울을 터트리고 살짝 찡그리는 모습이다. 가냘프지만 여유로운 코스모스마냥 아름다움을 간직하고 있을 것 같다. 이름처럼 봄에 피는 목련처럼 화사한 여인이었으면 좋겠다.

장춘기 이 친구도 하늘나라에 있다. 알뜰하게 잘 살았는데 건강이 나빠져 고향에 있다가 아버님 먼저 보내고 얼마 지나지 않아 아버님 만나러 따라간 것 같다.

먼저 간 친구야! 좋은 자리 준비해 놓고 기다리게. 한 명 두 명 만나러 갈 것이네. 내 자리는 특히 신경 써주고!

그리고 정맹자는 순자와 함께 높은 경지에 올랐고 그 역시 후덕한 면이 있고 체격도 좋아 너그러운 눈빛으로 모든 사람을 대했다. 공자까지 있었다면 우리 학교가 세계적으로 유명했을 텐데 그 점이 아쉽다. 오늘은 비도 오는데 '맹자'를 읽어 봐야겠다.

정재수는 재수가 있다 없다 놀렸는데 역시 재수가 있는 놈이다. 호텔 주방장 한다는 소식까지는 들었는데 미국에서 산다니 놀라운 소식이다.

개천에서 용 났다가 재수에게 맞는 말이다. 어눌하던 말투까지 변해 유창한 언변으로 친구들을 웃게 만드니 미국이 좋기는 좋은가 보다. 재수보다 영어 잘하는 놈 있으면 나오라고 해! 미국에 갈 기회가 생기면 후한 대접 받고 싶다. 전화번호 바꾸지 마라.

정현순이는 여성스럽다기보다는 다부지고 든든한 스타일이다. 하늘이 무너져도 꿈쩍하지 않을 여장부인데 아직 신문에서 보질 못했다. 자녀들이 궁금하다. 나라의 기둥으로 키워 냈을 게 분명하니까. 열사나 의사의 어머니처럼!

박영기. 지금은 개명해 완기라 부른다. 가장 밝은 얼굴로 모두에게 웃음을 선물하고 똑똑했다.

꼭 여자 같다는 느낌이어서 여자였다면 하고 엉뚱한 생각이 들기도 했었는데 사회에서 보니 키가 몰라보게 자라 친구들 중에서 제일 크다. 큰 키만큼 마음이 넓어 친구들을 반갑게 맞이하고 안아주기를 좋아한다. 문제는 여자 남자 구분이 없다는 것이다. 말년에 조심해라! 참 빠트린 게 있는데 영란이도 같은 케이스로 완기만큼이나 큰 키다. 키다리 짝꿍 같다.

권삼렬이는 두뇌가 명석하고 보통사람하고는 뭔가 달라 보였다. 그 실력이라면 어디에서 한 자리 차지하고 있을 텐데 이 친구도 졸업 이후 아직까지 보지를 못했다. 삼렬아, 잘 있지? 세수 안 해도 좋으니 한번 보자꾸나!

최상국이는 명나라에서 온 사신 같다. 드라마를 보면 상국에서 온 사신이 목에 힘주고 큰소리치는 모습을 볼 때처럼 어딘지 모르게 무게가 있고 함부로 말 건네는 게 부담 간다. 설명이 마음에 안 드는지 한마디 한다.

"네가 몰라서 그렇지, 나도 알고 보면 부드러운 남자다. 실버들처럼!"

나머지 친구들 윤선희, 유억식, 전회종, 정우석, 김기애는 아직까지 얼굴을 보지 못해 오늘은 쓰지 못하고 언제 만나거든 본인 소개를 직접 듣기로 하겠다.

'열 길 물 속은 알아도 한 길 사람 속은 모른다.'고 했듯이 겉모습과 추억으로만 쓴 글이니 마음에 들지 않더라도 이해하길 바란다. 복잡하고 골치 아픈 속사정은 누구에게나 있는 개인 가정사라 생각하고 각자가 현명하게 처리했으면 좋겠다.

아울러 우리의 큰 스승인 성훈 선생님. 맨 앞줄 선생님들 중에 제일 먼저 눈에 들어온다. "공부를 얼마나 열심히 하셨는지 혼자만 안경을 쓰셨네요. 그 덕택으로 우리들이 이만큼 성장하지 않았을까요!" 지금은 하늘나라에 계시지만 편하게 지내시길 기도하며 우리 모두 큰 소리로 외쳐 보자. "선생님, 하늘나라에서도 우리 담임해주실 거죠!"

이것으로 끝을 맺는다.

말씨름

입씨름으로 소문난 아랫마을 정서방과 건넛마을 갑돌이 아버지가 뚝배네 주막집에서 마주치게 되었다. 어이- 갑돌이 아배 아닌가? 참 이게 얼마만인가 오랜만에 만났으니 술이나 한잔 하세나. 좋지 좋고 말구 나도 목이 컬컬하던 차에 참 잘됐네!

둘이는 탑탑한 막걸리를 몇 순배 돌리더니 정씨가 먼저 말을 꺼낸다.

전번에 하다만 수수께끼마저 하는 게 어떤가?

그러니까 그때 어디까지 했지?

오늘은 참새 이야기를 하는 게 좋겠구먼. 그럼 내가 먼저 함세.

참새 두 마리가 전깃줄에 앉아 있는데 때마침 지나가던

포수가 이를 발견하고 쏘았다 이거야.

한 마리는 총에 맞아 떨어지고 한 마리는 전깃줄에 그대로 앉아 있었거든. 살아남은 참새가 포수에게 뭐라고 했는데 과연 그게 뭘까?

이 사람이 그것도 문제라고! 나를 뭘로 보고 하는 소리야? 나는 참새가 아닌가 하고 뾰루퉁하니 중얼거렸지!

그래 그럼 실탄에 맞아 떨어지던 참새가 마지막으로 한 말은?

그게 뭐더라 아! 그렇지 내 몫까지 살아 주!

오늘은 막걸리가 술술 넘어가더니만 잘도 맞추는구만.

하지만 이번 것은 어려울 걸! 참새 네 마리가 전깃줄에 앉아 있었는데 포수가 이때다 하고 방아쇠를 당겼거든. 그런데 앞 세 마리는 살아남고 맨 뒤쪽에 있던 참새가 총에 맞아 죽은 거야. 이유가 뭘까?

그것 참 이상한데. 앞에서 쏘았는데 맨 뒤 참새가 죽었다? 모르겠는 걸.

그럼 내가 말해주지. 포수가 총을 들이대니까 앞에 있는 참새들은 아이고! 날 살려 하고 납작 엎드린 것이고 맨 뒤 참새는 내 앞에 세 마리나 있는데 천하에 명사수라 해도 설마 내가 죽겠어 하고는 누가 실탄에 맞나 보려고 고개를 쑥 내밀었다가 저세상으로 간 거지!

그것 참 의미 있는 수수께끼인데 우리네 사람들도 설마 하는 마음은 버려야겠구먼.

자 한잔 받게 나. 목이나 축여 가면서 하자구.

자네와 오랜만에 만나 이렇게 입씨름 하니 술맛이 나네 그려.

이번에는 내가 참새 이야기 하나 하지. 참새 네 마리가 전기 줄에 앉아있는데 포수가 또 총을 쏘았거든. 그중 한 마리는 맞아 떨어지고 한 마리는 허공으로 날아갔고 또 한 마리는 땅으로 곧바로 내려갔지. 그리고 마지막 한 마리는 전기 줄에 그대로 앉아서 두리번거리고 있었단 말씀이야. 왜들 그랬을까?

날아간 한 마리는 참새 살려라 하고 도망친 것이고 땅으로 내려간 참새는 죽었나 살았나 확인하러 간 것이고 나머지 한 마리는 귀머거리였겠지.

그 답도 그럴싸한데 내가 요구하는 정답은 그게 아니야. 멀리 날아간 참새는 총에 맞아 죽은 친구 원수 갚겠다고 다른 친구들 부르러 갔고 땅으로 내려간 참새는 짱돌 주우러 간 거고 두리번거리던 참새는 포수가 어디로 도망가나 망을 보고 있었던 거야.

참 용감하고 의리 있는 참새들이네!

하지만 요즈음은 이런 참새도 있다네. 참새 두 마리가 전 깃줄에 앉아 있는데 또 포수가 쏘았거든. 이번에는 포수가 실수하여 날개에 맞아 떨어진 거야. 땅에서 파닥거리는 참 새를 보고 전깃줄에 앉아있는 참새가 뭐라고 했을까?

너 없이는 못살아 했겠지.

그랬으면 오죽이나 좋겠는가마는 답은 이렇다네. 아저 씨, 아저씨 저 애 아직 죽지 않았데요. 도망갈지 모르니 빨 리 밟아버려요!

사회가 각박하다보니 참새들마저도 악해졌나보군.

말이 나왔으니까 하는 말인데 요즈음 참새들 아주 영악 하다고. 허수아비를 보고는 진짜 허수아비 취급을 한단 말 이야. 그래서 말쑥하게 차려입은 신사 허수아비도 등장하 고 미니스커트 입은 날씬한 아가씨 허수아비도 생기지.

허수아비 하니까 나도 생각나는 게 있는데 들판에 큰 허 수아비와 작은 허수아비가 서 있는데 큰 허수아비가 작은 허수아비를 부를 때 뭐라고 했을까?

그거야 뭐 "허수야" 했겠지, 허수의 아버지는 허수아버 지가 아닌가!

이번에는 시계 이야기인데 일반적으로 시계는 째깍 째

깍하고 돌아가는데 만약 물속에 넣으면 어떤 소리를 낼까?

물속에 들어갔다면 당연히 물먹는 소리를 내겠지. 꼴깍 꼴깍 어때 맞췄지!

그럼 마지막으로 하나 더 함세.

식당에서 벌어진 일인데 어떤 체구 좋은 사람이 자장면 3인분을 먹고도 부족하여 양이 작다고 투덜거리자 주인장이 내기를 자청했지. 도대체 몇 인분을 더 먹을 수 있냐고 하니까 공짜라면 10인분은 더 먹을 수 있다 하여 지금부터 10인분을 더 먹으면 손님이 먹은 것 전부 공짜로 하고 만약 중간에 포기하면 먹은 양만큼만 계산하기로 했다네.

체구 좋은 손님은 모처럼 배불리 먹을 수 있는 기회이고 손해 볼 일도 없어서 쾌히 승낙하고 주는 대로 먹기 시작했는데 과연 너무나 잘 먹는 거야. 걱정이 된 주인장이 아차 싶다 했는데 아홉 그릇을 다 못 비우고 바닥에 털썩 주저앉아 버렸다네. 그래서 주인장이 그 사람에게 다가가 이젠 할 말 없죠? 했더니 손님이 뭐라고 했는데 자네는 아는가?

글쎄 모르겠는네?

손님이 다 죽어가는 목소리로 "으윽— 역시 밀가루 음식은 힘이 없어" 하고는 기절해 버렸다네.

먹는 내기만큼 어리석은 바보짓은 없다더니 두 사람 다

손해 보는 것 같군.

우리도 이제 그만 마시고 집으로 가세. 우리가 술내기를 계속하면 뚝배놈만 좋아질 테니까!

참새가 살아남는 이유

어디서 본 내용인데 시사하는 바가 커 옷을 한 겹 더 입혀 보기로 한다.

참새 2마리가 전깃줄(거기에는 광선이라고 되어있다)에 앉아 논 가운데 있는 허수아비를 보고 사람인지 아닌지를 놓고 논쟁을 벌이고 있다.

시력이 좋은 참새가 자세히 살펴보더니 "저건 사람이 아니고 허수아비야. 그러니 신경 쓰지 말고 빨리 가서 해장국이나 한 그릇 하자고."

옆에 있는 참새가 하는 말.

"우리도 시대의 흐름에 대처를 잘해야 살아남는다고. 저건 분명히 사람이 틀림없어. 그러니 오늘 아침은 건너뛰자고! 아침 식사 한 그릇에 목숨을 걸 순 없잖아! 귀신처럼 영악한 우리들 때문에 허수아비 대신 진짜 사람이 보초를 선다니까! 내가 며칠 전 뉴스를 봤는데 새로 생긴 아파트 103동 근처에 사는 친구들이 옛날 생각만 하다가 한꺼번에 10마리나 저세상으로 갔대. 그러니 포기하고 다른 식당으로 가든가!"

이 소리에 참 답답하다는 표정으로 "우리가 앉아있는 줄이 전선이 아니고 인터넷 선이라는 것을 알아야지. 지금 세상은 자고 나면 바뀐다고. 그때그때 상황에 맞게 잘 대처를 해야 해! 그래서 내린 결론인데 허수아비가 분명하니 배고픈데 말씨름 그만하고 어서 가서 밥이나 먹자고."

화들짝 놀란 참새.

"너 지금 미쳤어? 그 친구들처럼 죽고 싶어? 그럼 사람이 아니라고 단정을 내리는 확실한 증거를 대봐. 나는 목숨이 하나뿐이니까!"

우등생인양 어깨를 으쓱하더니, "시골 참새도 아니고 아둔하긴. 네가 지금까지 살아 있다는 게 참 신기하다 신기해. 너 친구 하나 잘 둔 줄 알아라. 그럼 잘 들어봐. 말쑥한 양복차림에 진짜 사람 같지만 교묘하게 만들어진 허수아비라고. 나의 이 예리한 눈은 정확해. 자세히 보라고 손에 핸드폰이 없잖아!"

이제는 휴대폰으로 인터넷 검색하고 SNS에 글을 올리

는 허수아비가 나올 것 같다. 여기서 잊지 말아야 할 인간의 최대 약점은 우리가 휴대폰에 빠져 있을 때는 참새가 떼로 몰려와도 모른다는 사실이다. 이것만은 참새에게 절대로 해킹 당하지 말자!

못난 놈 넋두리

오늘 당신의 생신을 맞이하여 둘째 아들 문안드립니다. 이 좋은날에 따뜻한 술 한 잔 올리지 못하고 머나먼 객지에서 글로 대신함을 무릎 끊고 용서를 빕니다.

지금껏 자식노릇 한 번 제대로 못하고 기쁨 한 번 제대로 안겨드리지 못한 죄, 무어라 사죄를 드려야 할지요.

부모가 자식 사랑하는 것과 자식이 부모 공경하는 것은 하늘과 땅 차이라고 하지만 당신의 희생은 이다지도 크고 깊은지요.

이루 말로 표현할 수 없는 노동의 대가와 부모님의 크나큰 사랑이 오늘의 저를 있게 하였습니다.

어느 집 자식보다도 잘 입히고 잘 먹이고 싶어 하셨으며 배움 역시 많이 심어 주고 싶어 하셨습니다. 훌륭한 사람 만들어 당신이 못 이루신 일을 대신하기를 바라셨으니 기대 또한 얼마나 크셨겠습니까? 하지만 당신의 아들은 바람의 십분의 일도 채워 드리지 못했습니다.

중학교 졸업 후 고등학교 진학 문제로 실업계와 인문계를 놓고 고민할 때 형편이 좋아지면 대학교에 갈 수 있다며 인문계를 강요하셨지만 고등학교 시절 역시 바람보다는 실망만 안겨드리고 시원찮게 졸업했습니다.

그 다음이 더 문제였습니다. 대학이란 커다란 관문이 버티고 있었습니다. 여기서 당신과 당신 아들의 고민은 이루 말할 수 없었습니다. 이 아들 녀석 실력도 문제였고 당신 역시 큰소리치며 대학에 가라고 할 정도로 넉넉한 형편은 아니었던 겁니다. 그리하여 학교에서의 배움은 여기서 끝을 냈습니다. 십이 년의 배움을 청산하는 마당에 진실로 당신에게 면목이 없었습니다.

고등학교 졸업날 최소한 교육감상 하나쯤은 당신의 가슴에 떡하니 안겨드리고 자랑스러워하시는 모습을 봤어야 했는데 저의 능력은 거기에 미치지 못했습니다.

상황이 이러하니 저의 앞날에 대하여 방관 아닌 방관을 하시어야만 했고 저 역시 살아가기 위해서는 무언가를 해야만 했습니다. 시골 청소년들이 때가 되면 으레 찾는 게 서울이지요. 저도 예외 없이 무작정 상경했습니다. 옛 말에 사람은 모름지기 한 우물을 파라고 했지요. 하지만 당신 아들은 그렇게 똑똑치 못했습니다. 왜소한 체격에 버릇없고 고집 세고 인내심도 없었습니다. 사회와 타협할 줄도 몰랐습니다. 어렵게 취직하고서도 일주일이 멀다 뛰쳐나오고 말았습니다. 영 성깔에 안 맞고 굽신거리며 얻어먹는 밥 구역질나서 못 먹겠더군요. 그때까지만 해도 사회물정을 몰랐고 배고픔을 몰랐던가 봅니다.

그래서 하는 수 없이 고향열차에 몸을 실었고 당신의 실망하시는 모습을 또다시 볼 수밖에 없었습니다. 그 모습 뵐 때 죽고 싶은 심정뿐이었습니다. 자살이라는 글자를 천장에다 그려보며 방법도 생각해 보았습니다. 하지만 그것은 다 부질없는 짓들이었습니다. 목숨이 아깝다는 것은 태어날 때부터 터득했나 봅니다.

하루하루를 무의미하게 전전긍긍 하다 또다시 서울로 갔습니다. 그때는 누구의 격려의 말도 없었습니다. 휴지조각처럼 던져져 버린 사나이가 삶을 찾아 헤매야 했습니다. 조금이라도 연줄이 있는 사람은 모두 찾아다니며 일자리를 부탁했지만 저를 반기는 곳은 없었습니다.

그때 처음으로 배고픔의 고통을 알았습니다. 몇 끼씩 굶기도 하고 하루에 라면 하나로 버티기도 했으며 빵 하나로 허기진 배를 채워야만 했습니다. 사실 그때는 눈에서 불이 나더군요.

살아서 팔팔 뛰는 육체가 이렇게 사회의 밑바닥에 방치되어야만 한다는 게 너무 억울하고 분했습니다. 이것저것 아무 거라도 해야 할 판이었습니다.

자전거로 배달도 하고 망치와 톱을 들고 목공일도 했으며 전기에 감전되어 초주검이 될 때도 있었습니다. 그때는 부모 형제도 생각나지 않더군요. 하루하루의 삶이 그대로 제 생명과 연결이 되었으니까요.

하루 일을 안 하면 하루는 죽어야 하는 삭막한 현실 속에서 당신의 뜻에 부합된 자식이 되고자 몸부림을 쳤습니다. 잠 못 이룬 밤도 많았고 눈물 흘린 날도 많았습니다.

공부도 잘하고 싶었고 부모님께 효도하고 착하고 똑똑하게 자라서 출세하여 누구보다 잘 살고 싶었습니다. 고등학교는 수석으로 졸업하고 대학교는 일류대학을 가고자 했으며 일자리는 막일이 아닌 장차관 정도는 되고자 했습니다. 하지만 세상은 그렇게 만만치가 않았으며 호의를 가지고 저를 대해주지도 않았습니다.

세상은 참 그렇더군요. 살아보겠다고 아무리 발버둥 친다 해서 잘 사는 게 아니라는 것!

그러한 생활 중에서도 세월은 흘러 명절이 다가오더군요. 거리는 온통 선물 준비로 야단법석이고 상점 앞에는 온갖 화려한 물건을 즐비하게 늘어놓고 손님을 맞이했으며 거리를 가득 채운 사람들 모두 즐거움이 넘치고 행복하고 온화하게만 보였습니다.

드디어 명절이 내일 모레로 다가오자 모두들 고향으로 떠나갔습니다. 이 아들도 마음은 수십 번 고향으로 달려가 부모님 품에 안기고 싶지만 현실은 암담하기만 했습니다. 작업복 몇 벌과 멀쩡한 몸뚱어리가 전부였습니다. 그때 외로움과 소외감을 뼈저리게 맛보아야 했습니다. 그것은 배고픔의 고통보다 더 했습니다.

내가 이 세상에서 가장 못났고 불쌍하고 비참한 사람이라는 생각이 들자 서러움의 눈물은 끝없이 쏟아졌습니다. 막일이라도 같이할 때는 한 동료요, 벗이었건만 모두다 고향으로 떠나가고 나 혼자만 덜렁하니 남아서 라면 끓이고 있노라니 그렇게 서러울 수가 없었습니다.

또 한산한 거리를 혼자서 터벅터벅 걷노라니 왜 아니 눈물 흘렸겠습니까? 이에 금이 가도록 어금니를 악물었습니다.

그렇게 세월이 지나니 쥐꼬리만 한 돈이 모아졌습니다. 옷 한 벌 장만하고 신발도 한 켤레 마련했습니다. 그리고 명절을 기다리기 시작했습니다. 얄팍한 저의 고집이나 오기였나보죠.

하루하루를 고소하게 기다리면서 때 빼고 광내어 서울 사람처럼 단장하고 드디어 꿈에 그리던 고향열차에 몸을 실었습니다. 정종 한 병과 소고기 몇 근, 사과 광주리를 양손에 가득 들고 당당하게 고향 찾아 당신의 곁으로 갔습니다. 그리고 값없는 헤세를 부렸습니다. 처음에는 고생을 많이 했지만 지금은 그런대로 살만하다고!

동생들에게 용돈도 선선히 주었습니다. 하지만 마음은 바늘방석이었습니다. 도둑이 제 발 저린다고 가난한 현실은 어쩔 수 없더군요.

편치 못한 며칠을 보내고 다시 나 본연의 자세로 돌아가 죽기 살기로 사회의 밑바닥에서 허덕거렸습니다.

시간이 지나자 다시 통장에 조금이나마 돈이 모였고 당신의 생신날이 다가왔습니다. 은행에 가 돈을 찾으니 생색낼 정도는 되었습니다. 봉투에 넣어 당신의 주소와 성함 석자를 겉봉투에 적고 제 이름까지 쓰고 나니 가슴이 뿌듯하더군요. 마치 자식 도리를 다한 것처럼 말입니다.

효도가 물질로 하는 것이 아니라고 하지만 그렇게라도 하고 나니 한결 마음이 가벼워진 건 사실이더군요.

당신의 생신을 맞이하여 같이 하지 못함에 죄송스럽고 바라시던 아들이 못되어 면목이 없습니다.

지금 당신의 아들은 원점에서 다시 출발할 것입니다. 새 마음 새 각오로 새로운 삶을 준비할 겁니다. 당신이 주신 원래의 선한 성품을 바탕삼아 현실에 맞게 살려고 합니다. 그래야만 첫 발판을 만들게 아닙니까?

국가자격증 하나쯤 취득하고 틈틈이 시간 내 책 읽고 글을 써 제 이름으로 된 책 한 권 만들어 살아생전에 선물로 드리겠습니다. 물론 당신이 진짜 바라시는 것은 면장이면 좋으시겠지만 지금 당신의 아들에게는 공염불에 불과합니다.

오늘 둘째아들을 보지 못했다고 너무 서운해 하지 마십시오. 건강하고 당당한 모습으로 찾아 뵐 날이 그리 멀지는 않을 것입니다.

"너도 이제는 그 정도 되었으니 큰소리치며 자식자랑 해야겠다."고 하실 날 말입니다.

뜻 깊은 날 두 분의 건강과 행운을 빌며 이만 줄입니다.

#아무리 보아도 불효자식 넋두리라 이번 생신에도 우표를 붙이지 못했다.#

어버이날

1984년 5월 7일.

어버이날을 하루 앞둔 늦은 저녁이다. 카네이션 한 송이 준비하는 손길들이 바쁘고 효도하겠다는 다짐을 해본다.

"낳으실 때 괴로움 다 잊으시고 기르실 때 밤낮으로 애쓰는 마음"

어버이 은혜는 하늘보다 높고 바다보다 넓다 라고 하지 않던가?

올해가 내 나이 스물일곱이다. 군대도 다녀와 이제는 거리낌 없이 나의 길로 나아갈 때이다.

그 세월 동안 부모님 얼굴에는 깊은 주름살이 자리 잡고 투박스런 손 마디마디는 지나오신 험준한 인생행로와 자식 사랑의 깊이를 말해주고 있다. 자식들의 잘됨을 생의 목표로 삼아 한평생을 헌신적 사랑으로 살아오신 두 분. 이 세상에 자식 이상의 재산이 어디 있으며 그 보다 더 큰 행복이 어디 있을까?

자나 깨나 자식성공만을 바라며 팔월의 뜨거운 태양도 마다 않으시고 엄동설한의 추위도 아랑곳하지 않으신 두 분, 내 몸이 가루가 되어 자식이 잘된다면 기꺼이 달게 받으실 당신들이다.

지금은 인생 초로의 문턱에 와 계신 당신들.

몸도 마음도 옛날 같지 않아 안타까워하시는 당신 두 분.

이제는 그 사랑 돌려받으실 때이고 당신의 자식들 역시 그만큼 성장했습니다.

봄에 씨앗 뿌려 가꾸고 다듬어 가을에 수확의 기쁨을 맛보듯이 당신들 역시 뿌려 놓으신 사랑의 열매를 바라보며 인생의 깊이와 맛을 느끼실 때입니다.

당신들의 기대에 딱 맞아 떨어지는 튼실한 열매로 영글지는 못했지만 그 사랑 그 손길 저버리지 않는 자식들이고 형제간에 우애하며 살아가는 우리 모두는 당신들 앞에선 순종자들입니다.

당신들의 핏줄을 이어 받고 당신들 두 손으로 키워진 우리들, 대대손손 이어지며 더욱 알찬 열매와 씨앗이 될 것입니다.

오늘을 어버이날이라고 합니다. 일 년 삼백예순날 중 하루를 정해 카네이션 달아드리고 편히 쉬게 하신다, 효도한다 야단 떠는 것은 마음이 편치 않고 죄스런 마음입니다.

일 년 내내 효도해도, 아니 평생을 갚아도 열 중 하나에도 못 미칠 당신들의 끝없는 사랑. 하지만 당신의 아들은 아직까지 기쁨을 안겨드리지 못했으며 멀리 떨어져 있다는 핑계로 그 흔한 꽃 한 송이마저도 달아드리지 못하고 마음속으로만 당신들의 건강과 은혜에 감사를 드리고 있을 뿐입니다.

자정이 훨씬 지난 지금 당신들을 그리며

"낳으실 때 괴로움 다 잊으시고 기르실 때 밤낮으로 애쓰는 마음-"의 노래를 당신의 성상을 헤아리며 불러봅니다.

이 노래 소리에 당신들의 주름살이 한 가닥 한 가닥 풀리기를 두 손 모아 기도합니다. 하지만 당신들께서는 이 밤이 지나면 또 다시 삽과 호미를 들고 논밭으로 나가실 겁니다. 농사일을 천직으로 여기시며 오로지 흙과 더불어 살아온 인생. 그 투박한 손가락 마디마디에서 우리들이 열렸고 자랐습니다.

어느 해 여름 아들을 광주로 유학 보내 고등학교 다닐

때, 급하게 보실 일이 있어 오신 적이 있었습니다. 반가운 마음에 덥석 잡은 당신의 두 손은 제가 잡아본 아버지 손 중에서 가장 거칠었고 딱딱했습니다.

아들 유학비 마련하시느라 밤낮없이 일하셨지만 돈은 항상 부족하여 이곳저곳에서 빌리시기를 반복하셨습니다. 그 고생으로 까맣고 푸르게 변한 손.

놀라는 아들에게 "매일 매일 일하느라 풀물이 들어서 이렇구나. 도시에 온다고 우물 콘크리트 바닥에다 박박 문질렀는데도 빠지질 않았구나." 하시면서 겸연쩍어하시던 모습.

그때 나도 모르게 눈물이 나와 신발 등에 떨어진 자국을 보고 애써 외면했습니다. 그리고 다짐했습니다. 어서 빨리 성장하여 부모님 편히 모시고 그 거칠어진 손을 곱게 해드리고 주름살도 펴드린다고-

그 뒤로 수년의 성상이 지났습니다. 그동안 당신께서는 더욱더 주름진 얼굴이었으며 편안할 날이 없었습니다. 거기에다 기력까지 옛날 같지 않아 보였습니다.

그 모습 뵐 때마다 저의 마음은 편하지 못했으며 무거운 마음뿐이었습니다. 항상 생각일 뿐 좀처럼 효도를 행동으로는 옮기지 못했습니다.

오늘 또 다른 어버이날을 맞이했습니다. 당신의 건강을 빌며 51번째 마지막 노래를 정성으로 부르며 불효한 마음 달래봅니다.

"낳으실 때 괴로움 다 잊으시고 기르실 때 밤낮으로 애쓰는 마음--- 어머님의 은혜는 가~이 없어라!"

언제일지도 모를 날을 기약하며. 불효자가.

사랑합니다

노릇노릇 황금빛 출렁이는 벌판.

이승의 마지막 흔적 사망신고를 마치고 당신이 평생 힘써 일하시던 들녘을 걸어봅니다.

주인 발자국 소리인가 귀를 쫑긋 했다가 낯선 발자국 소리에 이내 실망하고 시무룩해지네요.

몇 안 되는 논 중에 가장 크고 잘생긴 이 논은 다랭이논 2개를 손수 합배미한 다섯 마지기로 우리 식구 돈줄과 생명줄이었지요.

산모퉁이 돌아 길쭉한 비탈밭도 가시넝쿨 걷어내고 땀흘려 일구신 땅으로 고구마와 감자를 심어 가족들의 배고픔을 채워주던 소중한 식량원이었고요.

돌멩이 많아 척박하고 못생겼지만 여기가 좋고 정이 간다며 죽어서도 이곳에서 쉬고 싶다고 하셨지요.

피땀 흘려 가을 농사 끝내고 느슨해진 농한기. 어김없이 찾아오는 투전꾼들의 꾐에 빠져 기나긴 겨울밤을 주막에서 날을 새우고 빨간 토끼 눈으로 남의 집 몰래 들어가듯 조심스레 사립문 열고 들어오시곤 했다.

그렇게 겨울이 지나고 농사일이 시작되는 따스한 봄날.

그토록 아끼고 자랑하시던 고래 논에서는 새로운 주인이 일을 하고 있었다.

습관적으로 향하던 발걸음 멈추고 애써 외면하시는 눈가에 물방울이 맺힌다.

"어이– 자네– 올겨울에는 꼭 고래 논 찾아야지!"

잘라버리겠다던 손목은 어느새 유혹의 손길을 따라가고 있었다.

"그래, 이번이 마지막이다. 잃어버린 전답을 올겨울에는 꼭 찾아와서 새끼들 쌀밥에 고깃국 배불리 먹이고 그 지긋지긋한 보릿고개도 끝내야지" 다짐하며 두 눈에 힘을 주었다.

어머니는 집 마루에서 당신은 주막에서 그렇게 날을 새우다 순진하신 당신은 올겨울에도 살점을 커다랗게 떼이고 말았다.

당신의 윗물은 깨끗했습니다. 항상 넘치고 맑았습니다.

법 없이도 살 사람이라는 주위의 칭송이 전혀 부끄럽지 않게 살아온 당신!

농부의 아들로 낳고 자라 효자소리 들으며 고향시골을 끝까지 지키신 우직한 당신!

농사일을 천직으로 여기며 욕심 없이 살면서도 유독 자식농사에는 열정을 쏟으셨지만 큰아들을 중학교만 마치고 어쩔 수 없이 서울로 돈벌이 보내고 큰아들에 대한 처사가 아니라며 늘 마음 아파하셨다. 그러면서도 당신을 쏙 빼닮은 아들이라고 자랑하시며 든든해서 좋다고 하셨다. 둘째 고등학교 보낼 때도 여간 힘든 시기였는데 큰 아들이 매월 보내오는 돈이 큰 힘이 되었고 셋째 넷째는 다행히 터울이 길어 한숨 돌리고 전문대와 대학교까지 보내셨다.

마지막으로 외동딸을 고등학교로 끝낸 게 항상 마음에 걸려 아들이었다면 어떻게든 대학을 보냈을 텐데 하는 미안함과 아쉬움으로 딸 바라보는 눈에 눈물이 고이곤 하셨다.

"모름지기 사람은 앞에 서서 이끌어야지 뒷줄에서 시키는 대로 끌려가서는 희망이 없다" 하시며 남보다 한자라도 더 배워서 가르치는 사람이 되어야 한다고 강조하셨다.

땅 파서 농사짓는 일은 당신으로만 족하다시며 논밭에

투자하기보다는 자식농사에 온 열정을 쏟으시고 줄곧 지체 높은 사람이 되기를 학수고대 하셨고 급기야 자식농사가 끝날 때쯤에는 면서기라도 되기를 바라셨다.

비록 당신의 기대만큼 잘 지어진 농사는 아니라 할지라도 당신이 걸어온 발자취에 누가 되지 않게끔 아랫물 역시 윗물 닮으려고 노력하며 살아갑니다.

당신이 떠나신 텅 빈 자리. 병원에 계실 때만 해도 빈자리로만 여겨졌는데 막상 떠나고 나시니 집안 전체가 당신의 자리였음을 이제야 알았습니다.

가슴 아프게도 먼저 가셨지만 우리 형제들 어머님 잘 모시고 비워버린 그 자리를 대신 채우려고 열심히 노력하겠으니 편하게 가셨으면 합니다.

추수 끝난 벌판처럼 휑한 마음. 생각할수록 더 커지는 당신의 흔적들!

좋은 추억 나쁜 기억 모두 지워내고 당신이 골라 놓으신 쉼터에 아담한 집지어 편안히 모셨으니 이제 이승에서의 모든 인연 끊으시고 자유로운 영혼 되어 나비처럼 훌훌 날아 근심걱정 없는 천국으로 가시기를 간절히 기원합니다.

우리 다시 태어나도 당신은 우리의 아버지이셔야 합니다.
사랑합니다!

기적소리

하늘에서 굉음이 들려 올려다보면 하얀 구름을 만들며 날아가는 손톱만한 깡통이 자기 몸체보다 수백 배나 큰 그림을 그려 내고 자랑스럽게 큰 소리 치는 모습은 시골 어린이들에게는 좋은 구경거리였다.

하얀 은백색의 비행기라고 하는 물체가 시야에서 사라지면 소리도 없어지고 우물에 눈물 한 방울 떨어져 없어지듯 구름도 곧 하늘에 흡수되고 만다.

제트구름을 비행기가 만들어 낸다는 게 신기하기도 하지만 도대체 비행기는 무얼 먹기에 목화솜이처럼 부드럽고 하얀 방귀를 뀌는지 궁금하고, 그 길이 또한 어마어마하게 길어 교실칠판에다 처음에서 끝까지 그려도 다 못 그릴 정도다.

문명의 혜택이 미치지 못해 전깃불 없는 가난한 농촌 마을 아이들이지만 하늘을 날아가는 비행기는 하루에도 몇 번씩은 쳐다볼 수 있는 특권이 있었고 밝은 태양과 맑은 공기 신선한 바람, 돌 틈에서 나오는 맑은 샘물 같은 자연과 하늘이 내리는 혜택을 하나도 빠짐없이 누렸다.

커다란 화면에 그려 놓은 수많은 별자리!

은하수를 흐르는 돛단배의 향연!

조금씩 자라던 달이 어느새 보름달이 되어 친구처럼 놀았고 천둥번개에 놀라 갑자기 내리는 소낙비는 한여름 더위를 식혀주었고 솜털 같은 눈 폭탄도 우리들에는 최고의 선물이었다.

하지만 땅위를 쏜살같이 달려간다는 기차는 상상속의 괴물일 뿐이다. 새까맣고 커다란 물체가 무섭게 달려오는 모습을 처음 보는 사람은 혼비백산 줄행랑을 치고 그 괴물이 내지르는 소리는 천둥소리보다 더 크다.

'기찻길 옆 오두막살이'나 '비 내리는 호남선' 노래 속에 나오는 열차들을 수없이 머릿속에 그려봤지만 실물을 본다는 것은 동경의 대상이었다. 그러던 촌놈이 부모 곁을 떠나 도시 한 귀퉁이에 자취방 얻어 첫 잠자리에 들었을 때 멀리서 들려오는 기적소리는 처량하고 서글픈 소리였다. 새까만 괴물일망정 목소리만큼은 가슴 밑바닥을 휘저어

한 번도 느껴보지 못한 외로움과 그리움을 불러 일으켜 어린가슴을 아리게 했다.

내가 뛰어놀던 고향과 포근한 엄마 품이 안개처럼 밀려왔고 당장 걸어서라도 집으로 가고 싶은 마음이 간절했다. 심란한 마음에 한참을 뒤척거리다 새벽녘에야 잠이 들곤 했는데 특히 비 오는 날 밤에 들리는 기적소리는 기계가 만들어낸 소리라기보다는 인간이 부르짖는 절규의 소리였다.

그러한 시절을 보내고 이제는 어른이 되었지만 지금도 옛 생각을 떠올리면 어린 시절로 다시 돌아가 그때처럼 가슴이 저려 기적소리에서 헤어나질 못한다.

이 소리는 단숨에 어른을 어린이로 만들어 버리는 기적의 소리다. 첫사랑처럼 가슴 저리는 기적소리는 추억일까? 낭만일까?

덤

배고프던 시절에 덤으로 무엇을 먹을 수 있다는 건 행운이고 기쁨이다.

덤으로 먹는 것 하면 제일 먼저 떠오르는 게 미역귀다. 장에 가면 미역 파는 사람이 상술로 미역귀를 떼어 맛보게 한 후 미역 살 것을 권유한다. 미역국은 생일날 빠질 수 없는 음식이라 어머니는 몇 번이나 이것저것 고르시다 그 중에서 귀가 가장 많이 달린 미역 몇 가닥을 사가지고 오셨다. 잠시 그늘에 말리면서 선심 쓰듯 미역귀를 하나씩 떼어주시는데 처음에는 딱딱하고 짭짤하지만 점차 부드러워지고 입안에 고소한 맛이 가득 찬다.

껌처럼 오래 씹고 싶어 아껴가며 오물거리지만 어느 순간 꼴깍 넘어가 버리면 다시 꺼낼 수 없음을 안타까워한다.

그다음이 말린 오징어 다리다. 문어나 낙지 보다 다리 수가 많아 한두 개 떼어내도 구분이 안 가는데 혹 누가 이의를 제기해도 원래 그 숫자라며 둘러대면 보통은 그냥 넘어간다. 그리고 오징어 눈깔이라고 하는 앵두만한 혹 같은 게 달라붙어 있는데 이것도 먼저 떼어가는 사람이 임자여서 누구나 눈독 들이는 덤 먹거리다.

후에 알게 되었지만 눈깔이 아니라 오징어 입이고 딱딱해서 잘 씹히지 않아 뱉어냈던 것은 이빨이라고 한다. 또 제사상에 올릴 때는 격식 상 홀수가 맞다 해서 다리 하나를 떼어서는 혹시나 하고 눈이 빠지게 바라보는 아이에게 인심을 쓰기도 한다.

그리고 시골에서 최고의 곡식은 단연 쌀이다. 보리밥도 배부르게 못 먹던 시절이라 쌀밥은 제삿날에나 먹어볼 수 있는 귀하고 귀한 음식이다. 가마솥에 밥을 할 때 보리 중앙에 할아버지 몫으로 쌀 한줌을 넣는데 아궁이불 조절을 잘못해 밥솥 물이 넘치면 쌀과 보리가 뒤섞여 보리밥에 하얀 쌀밥이 조금 섞여 쌀밥 몇 알을 먹는 행운도 있다. 이런 날은 며느리 바라보는 시어머니 시선이 곱지 않고 시아버지의 언짢은 표정이 역력했다.

평소 "생쌀을 먹으면 이빨에 벌레가 생긴다"며 손도 못 대게 하던 쌀을 허락은 아니지만 부모님 묵인 하에 한 움큼

먹을 수 있는 특별한 날이 있는데 일 년에 딱 한 번 방아 찧는 날이다.

보통 저녁을 먹은 후 방앗간에 가기 때문에 동생들은 집을 지키고 맏형이 부모님을 따라가 이것저것 일손을 거든다. 마침내 하얀 쌀이 쏟아져 나오면 자루에 담는데 이때가 절호의 기회다. 최대한 크게 한 주먹을 집어 입에 넣고 오물거려도 못 본 체 하신다. 그런데 부모님도 모르시는 진짜 덤이 있다는 사실!

아무도 모르게 쌀 한 주먹을 주머니에 슬쩍 담고는 집으로 와 바지를 벽에 걸고 다른 옷으로 살짝 가려 놓는다. 다음날 아침 슬며시 뒷마당으로 가면 병아리가 암탉 쫓아가듯 어김없이 동생들이 비밀스런 눈빛을 교환하며 뒤를 쫓아간다. 그리고 부모님 몰래 덤의 잔치가 벌어진다.

그런 후 며칠은 신기하게도 부모님 말씀보다 형 말을 더 잘 듣는다.

요즈음 덤의 대명사는 할인 마트의 원 플러스 원.

눈이 번쩍 뜨여 이것저것 장바구니에 주워 담고 부자된 기분이지만 제값 다주고 샀다는 계산이 나와 상술에 속았다는 느낌에 은근히 부화가 난다. 또 덤으로 주는 포인트가 이미 물건 값에 포함된 내 돈이라는 의구심마저 들고 세상에 공짜 없다는 진리가 생각나 씁쓸한 마음으로 마트를 나오면서 혹 지금 내가 살고 있는 인생이 다 살지 못하고 먼저 간 사람 몫은 아닌지 그래서 덤으로 사는 건 아닌지 되돌아보며 겸손하게 살아야겠다고 다짐해 본다.

치맛바람

대대로 내려오는 농사를 천직으로 알고 아들딸 많이 낳아 단란한 가정 꾸려가는 게 제일이요, 욕심 부려 봐야 배불리 먹는 게 소원인 우리 농부님들!

간혹 벼락부자가 되겠다고 노름판으로 전전긍긍하는 이도 있지만 노름해서 부자가 되었다는 소리는 아직 들어보질 못했다.

다만 가뭄에 콩 나듯 노다지 광산을 발견하여 일확천금을 거머쥐었다는 이야기가 있지만 이것은 어디까지나 하늘의 별따기다. 야심 많고 뱃심 좋은 자의 무용담으로 백년에 한두 번 있을까 말까하는 일이다. 평생 땅이나 알고 하늘의 처분만 바라는 어리숙할 정도로 순박하고 인정 많은 농부님들, 어찌 일확천금인들 꿈이나 꾸겠는가?

설령 손안에 금은보화가 들어온다 해도 금기물인양 덮

어두고 묻어두고 했을 테니까!

그런데 근대에는 어떠한가? 개화기로 들어서면서 신식 교육이 들불처럼 일어나 너도 나도 교육에 열을 올렸다. 내 지금은 가난하지만 우리 아들딸들에게만은 가난과 무지를 절대로 물려 줄 수 없다는 신념으로 손수레 끌고 밀며 허리띠 졸라매고 한푼 두푼 절약하여 자식들의 뒷바라지와 등록금 마련에 일생을 바쳤던 것이다.

보다 나은 내일을 위해 부강한 나라를 위해 그야말로 헌신적으로 아니 광적이랄 정도로 열을 올렸다. 이 열정이 급기야 극성으로 변했으니 우리 한국여성의 부끄러운 일면이 아닐 수 없다. 기왕 공부를 시켰으니 일등을 해야 했고 그것도 좋은 학교에서 일등을 해야만 직성이 풀리는 것이다. 술술 잘 풀리는 실타래처럼 공부를 잘해 일등을 했으면 문제가 다르겠지만 시골 농부의 자식으로 태어나 농사짓는 것만 보아온 터라 잘할 리 없다. 아무리 극성을 떨어도 체면유지하기 어려우니 뇌물공세로 나온 것이다. 그게 바로 학교 마당을 상대로 한 치맛바람이다.

이 바람의 위력은 꼴찌를 일등으로 끌어 올리더니 결국에는 반장까지 만들었다. 하지만 이걸 보고 다른 부모들이 그냥 있을 턱이 없다. 너도 나도 현금봉투 만들어 학교를

제집 드나들 듯 뻔질나게 드나드니 속 옅은 여편네의 오두
방정이 아니었을까?

그건 그래도 자식 성공시키겠다는 지어미의 눈물겨운
노력이란 점을 높이 사 눈감는다고 치자.

하지만 현대판 치맛바람은 어떠한가?

속칭 복부인! 이것은 바람의 범주를 벗어난 광풍이다. 때
마침 불어 닥친 사라호 태풍의 세력권에 동승하여 일진광풍
을 일으키니 온 나라가 발칵 뒤집혔다. 졸부라 칭하는 벼락
부자가 신출귀몰하여 하룻밤 지나고 나면 허허벌판에 아파
트와 빌딩들이 우후죽순으로 솟아나 인산인해를 이루어 야
단법석이다. 거기에다 이 바람의 진로는 태풍마냥 종잡을
수 없다. 서울에서 태풍주의보가 내렸는데 전라도 광주에서
바람이 불고 그런가 하면 경기도 안양은 태풍경보라!

이렇듯 세차게 바람이 불어 치맛자락을 날리다 보니 다
급해진 복부인들 치맛자락을 여며보는데 뜬금없는 단속바
람이 몰아쳐 숨을 곳을 찾아 혼비백산. 이리 뛰고 저리 뛰
는 모습이 가관이라 눈 뜨고 볼 수 없다.

그래도 얼굴은 팔리기 싫어서 아예 치마를 홀랑 뒤집어
얼굴을 감싸니 속절없는 팬티 자랑이라 이 여인네들 볼 장
다 본 것이다.

한바탕 태풍이 지나고 복구 작업 착수하여 큰 손 작은 손 가릴 것 없이 커다란 팔지 끼워 정신수련장으로 보내니 그 모습 처량하구나. 하루아침에 부자가 되었다가 하루아침에 유치장 신세니 그 자식들 종잡을 수 없어 정신이 몽롱하다.

우리가 언제까지 가난했고 언제부터 잘살았는지. 지금은 잘살고 있는지 못사는지 영 헷갈린다. 그 아들 녀석 감옥살이하는 어미를 면회와 울먹거리며 하는 말.

"그 안에 있는 게 잘 사는 거야!

피- 그럼 나는 잘 살지 않을래.

엄마 우리 못 살아도 좋으니 그 속에서 나와! 그리고 나 밥 줘! 엄마가 해주는 밥 먹고 싶단 말이야!"

이 아줌마- 그래도 태풍 속에서 아들 하나 건졌네!

작은어머니

나에게 잊을 수 없는 만남이 있다. 친구를 사귀어 자연스럽게 알게 된 친구의 작은어머니를 나 역시 작은어머니라 불렀다.

나는 그 친구의 집을 하루가 멀다 하고 찾아 다녔고 급기야 그 집 구성원처럼 되어버렸다.

우리 집인지 친구 집인지 분간하기 어려울 정도였고 말 그대로 친구어머니가 나의 어머니였으며 친구어머니도 친자식처럼 대해 친구와 내가 쌍둥이 형제라고 하는 게 더 어울렸다.

그러다보니 자연스레 작은댁도 들렀고 작은어머니를 뵐 수 있었다. 작은어머니는 온화하고 자상하신 분으로 이웃 대하기를 친가족 대하듯 했다. 우리네 농촌생활이 모두 그러하듯이 집안 살림은 별로 부유해 보이지 않았다. 얼굴 또

한 빼어난 미모는 아니었으며 우리의 고향을 그대로 닮은 순박한 시골여인네의 모습이었다.

학교졸업 후 일자리 찾기까지 빈둥대며 시간을 보내다 누구나 한 번쯤은 고향을 등지듯 나 역시 도회지로 떠났으며 세월을 발바닥에 달고 살아보겠다고 버둥거렸다.

그러던 중 작은어머님이 고향을 떠났다는 소식을 들었다. 그것도 가난에 쪼들리다 조금이라도 더 나은 삶을 찾아 떠나가신게 강원도의 어느 광산촌이라 했다.

항상 웃으며 지내시기에 그런대로 살만 하신가 생각했었는데 얼마나 힘들었으면 정든 고향과 이웃 친지들을 뒤로 하고 타향으로 떠나셨을까?

생각이 여기에 미치자 뚜렷하게 꼬집어 말할 수 없는 어떤 대상을 향해 왠지 모를 울분이 솟구쳤다. '우리 사회가 이렇게도 살아가기 힘든가' 하는–

그 뒤로는 소식이 끊겼다. 나 역시 살아보겠다는 일념으로 앞뒤 생각할 겨를 없이 두 눈 크게 뜨고 맨발로 뛰었다. 그리고는 일 년에 한두 번 있는 명절에야 겨우 고향에 갈 수 있었고 친구네 집에 들르는 것도 그때뿐이었다. 그때마다 마음 허전하기가 이루 말할 수 없었다. 그 어디에서도 인자하신 작은어머니의 모습은 찾아 볼 수 없었고 허전한 마음으로 집 근처를 배회해야만 했다.

마음 같아서는 당장이라도 "작은어머니!" 하고 달려 들어가고 싶지만 낯선 사람이 주인으로 들어앉아 있으니 그 집을 바라만 보다가 막연하게나마 '언젠가는 만나볼 기회가 있겠지' 하며 발길을 돌렸다.

그러던 어느 날 친구로부터 전화가 왔다. 작은어머니가 집안일 행사 차 서울에 오셨단다. 하던 일을 부랴부랴 마무리하고 막차에 몸을 실었다. 버스는 왜 이리 천천히 가는지!

추운 겨울이었고 지하철 공사한다고 길을 온통 파헤쳐 도로 사정은 형편없었다. 자정이 다 되어서야 겨우 목적지에 닿을 수 있었다.

날씨는 몹시 춥고 통금을 알리는 방범대원의 호루라기 소리가 나지 않을까 하는 조급한 마음으로 뛰어가는데 길 모퉁이 저만치에 작은어머니가 서 계시지 않은가! 그렇게 반가울 수가 없었다.

한걸음에 뛰어갔더니 두 손을 덥석 잡으시며 "추운데 밤길 오느라 고생 많았지!" 하신다. 한데 나의 손보다 작은어머니이 손이 더 차가웠다. 추운 날씨도 마다 않고 오랜 시

1부 고향의 향기

간 밖에서 기다리고 계셨나보다. 내가 온다는 말을 듣고 줄 곧 밖에서 기다리고 계셨던 것이다.

집안에 들어가서 기다리라는 식구들의 만류에도 불구하고 그 추운 곳에서 기다리고 계셨다는 것이다. 서둘러 방으로 들어가서야 얼굴을 자세히 볼 수 있었는데 예전보다 못하심이 분명했고 주름살도 늘었지만 인자하심만은 예나 다름이 없었다.

"추운데 집안에 계시지 왜 밖에 나와 계셨느냐"고 하니 "내가 방안에 있을 때 오면 초행길에 무척 고생했을 텐데 도리가 아니다" 하신다.

그 이야기를 들을 때 가슴 밑바닥에서 뜨거운 감정이 솟구쳤다. 부모마음 만분의 일만 헤아려도 효자라 했듯이 내가 작은어머니 생각하는 마음과 작은어머니가 나를 생각하시는 마음이 이토록 다르니 왜 아니 부끄럽고 고마우신 정에 눈물 아니 흘리랴!

그동안 어떻게 지내시고 생활은 어떠한지 물음에 두 손을 잡으시며 "예전보다는 나은 편이다" 하시며 눈물을 보이셨다.

생활이야 어떻든 고향을 등진 죄책감으로 잠 못 이루시고 고향을 찾아가 보려고 해도 용기를 못 내시는 게 분명했다.

정말 오랜만에 정겨운 대화를 나눌 수 있었고 그토록 보고 싶던 인자한 모습을 모처럼만에 대할 수 있어 포근한 마음이었다. 하지만 만남도 짧은 시간일 뿐. 다음날 아침 아쉬운 작별을 해야만 했다.

무척 서운해 하시는 작은어머니를 뒤로 하고 발걸음을 옮겼다. 얼마쯤 갔을까? 모름지기 사내대장부는 작별할 때 뒤를 돌아보지 않는다고 했던가? 하지만 뒤를 돌아보지 않을 수 없었다.

작은어머니는 그때까지도 나의 뒷모습을 바라보고 계셨다. 아니 눈물을 훔치고 계시는 게 아닌가!

그 뒤로 작은어머니를 뵙지 못했다. 가끔씩 소식은 듣지만 어떻게 사시는지 몸은 건강하신지 생각일 뿐. 명절 때면 더욱 보고 싶고 무척 그리워진다.

하루빨리 자리를 잡아 그리운 고향집으로 다시 오셔서 예전처럼 정성스럽게 끓여주시던 떡국을 맛있게 먹을 수 있는 날이 꼭 오기를 바라고 그런 날이 틀림없이 오리라 믿는다.

그때는 친어머니 대할 때처럼 어머님이라 불러야겠다.

꼬마 아가씨

　사막 같은 황량한 길을 가다 뜻밖에 꽃밭을 발견했다. 새까만 사내들만 드글거리는 향기 없는 집에 살다가 애교 넘치는 딸부잣집에 가게 되었으니 심봉사 눈 뜨듯 커진 두 눈은 시선을 어디에 두어야 할지 몰라 민망해하다가 꼬마 아가씨에게 시선을 돌리고 팔을 벌렸더니 기다렸다는 듯이 가슴에 안겼다.

　사춘기 끝날 무렵 지나가는 아가씨 전부가 애인 같은 시기에 예쁜 나비가 가득한 집을 찾아냈으니 여자 복이 터져 황홀경에 빠졌다. 마음이야 모든 꽃을 다 갖고 싶었지만 마음에 든 꽃 하나만 선택해야 했는데 용기가 없었다. 도무지 속마음을 알 수 없고 잘못 꺾었다간 가시에 찔릴 수도 있으니 내색은 못하고 막내인 꼬마 아가씨하고 놀 수밖에 없었다. 오빠가 있긴 했어도 다분히 의도적인 과잉 친절로 따뜻하게 대해 주는 오빠가 나타났으니 착 달라붙어 떨어질 줄 모르고 하루 종일 같이 지냈다. 목마 태워주면 기분이 좋아 그때 한창 유행인 대중가요를 자랑삼아 큰 소리로 불렀고 다시 듣고 싶다면 신이나 더 큰 소리로 부르며 이 골목 저 골목을 다녔다. 처음 보았을 때 말괄량이 삐삐 같은 모습으로 성격과 머리카락 색상도 같았고 언니들 닮아서인지 꼬마 아가씨라 부를 만큼 참 예뻤다. 언니들이 막내라고 귀여워해 옷과 신발 그리고 머리치장까지도 도시 아이 못지않게 예쁘게 단장해 줘 시골 아이 같지 않았다. 입에 담기는 뭐 하지만 무척 이국적으로 보여서 모두들 '미국 가시내 미국 가시내' 하고 불렀는데 영문을 모르는 꼬마 아가씨는 칭찬하는 말로 알아듣고 활짝 웃으며 좋아라 했다. 어르신들은 그 모습을 보면서 "말이 씨가 된다는데" 하시며 "앞으로 뭐가 될지 몰라!" 했었다.

잘 따르는 꼬마 아가씨와 놀면서도 항상 내 눈은 어떤 언니를 골라야 할지 호강에 빠져 바쁘게 돌아갔다. 차라리 맞선 보러 왔다면 상대가 정해져 중심을 잡았을 텐데 비슷비슷한 꽃 중에서 한 송이를 고른다는 게 생각처럼 쉬운 일이 아니었다. 마음에 들어 한참 바라보다 바로 옆에 있는 꽃이 더 예뻐 보여 시선을 돌리고 집을까 하다가 또 다른 꽃에게 손이 가듯 마음이 왔다 갔다 했다. 가령 어떤 꽃을 사야 할지 결정 못한 상태에서 우연히 꽃집에 들려 한 송이를 고를 때처럼 말이다.

그렇다고 떡줄 생각은 전혀 없는데 공개적으로 손을 내밀었다가 뾰쪽한 가시에 찔릴 수도 있었으니 신중에 신중을 기할 수밖에 없었다. 반대로 결정을 못 내리고 갈팡질팡하던 그때는 꽃 들 중에 가장 아름다운 꽃이 용감하게 찜해주기를 은근히 바라고 있었던 게 솔직한 심정이었다.

길다면 긴 시간이었지만 복잡 미묘한 관계를 정리하지 못하고 그 곳을 떠나게 되었으니 황금 같은 기회를 놓치고 말았다. 그 후로 꼬마 아가씨 돌봄도 끝이 났다.

어떤 아가씨가 혼기를 채우고서도 결혼을 미루다가 갑자기 미국으로 시집간다고 했다.

가끔 술 한잔 하면서 세상 돌아가는 이야기 나누며 "과거에 내가 업어서 키웠으니 귀한 줄 알고 잘 모시고 살아라." 하면서 형님 소리 듣고 싶었는데 말도 안 통하는 미국 남자를 신랑감이라 소개했다. 전혀 예상치 못했던 일이라 극구 반대했지만 외국사람 같지 않게 성실하고 착하게 보였고 인물도 빠지지는 않았다. 사실 남녀 관계라는 게 누가 반대한다고 해서 되고 안 되고의 성질이 아니지 않는가! 더군다나 사랑에는 국경도 없다고 했는데!

결혼식을 마치고 미국으로 떠났고 지금은 아들 낳고 화목한 가정 꾸려 사랑하는 남편과 남부럽지 않게 살고 있다. 처음 소개할 때 이름이 '고든'이라고 해서 미국에도 '고'씨가 있나 했었다. 또 아들 이름을 '알렌'라고 부른다기에 우리나라 최초 선교사 알렌이 떠올라 친근감이 갔고 그 선교사가 만든 제중원이라는 병원이 지금의 세브란스 병원이니 자랑스럽기까지 했다. 그래서 그런지 외국사람 같지 않고 우리나라에 있는 가족 같은 느낌이다. 연말이면 아들 자랑하고 싶어 한국과 미국 합작품인 잘난 아들 앞세운 근사한 사진을 연하장삼아 보내 주고 있다. 더구나 순서 정해 집안 식구들 미국 구경까지 시켜주고 있으니 꼬마 아가씨 덕을 톡톡히 보고 있다. 그것도 말로만 듣던 '그랜드 캐니언'을 동네 뒷산처럼 구경시켜주고 마치 본인 소유인양 어깨를 우쭐하며 자랑한다.

애인이 필요한 시기에 마음의 결정을 못하고 꽃향기 가득한 그 집을 떠나면서도 언젠가는 기회가 다시 오리라 다짐하고 그러면 '꼬마 아가씨도 볼 수 있겠지' 생각했었다.

　그 후로 훌쩍 자라버린 고등학생 때 다시 볼 수 있었는데 응석부리던 어릴 적 철부지 모습은 사라지고 속이 꽉 찬 숙녀가 되어 있었다. 어려운 환경에 구애 받지 않고 열심히 공부하는 걸 보고 내 고등학교시절이 생각났다. 부모님의 열정과 진념으로 고등학교를 다닐 수 있었지만 나이에 맞지 않게 일찍 집안 사정을 알아버린 후부터 '내가 대학에 다니면 살림은 더 어려워져 집안사람 모두가 고생하겠구나.'는 생각이 들어 대학 입시공부보다는 평소에 좋아하던 여러 책들에 관심을 가지기 시작했다. 독학이라는 최후의 방법이 있긴 했지만 그때만 해도 대학이 필수는 아니었고 취직해 돈 버는 게 더 현명한 선택이라 생각했었다. 대학에 목숨 걸었더라면 지금 어땠을까? 하는 생각도 들지만 그때 그 산물이 오늘날 글을 쓰게 만들었는지도 모른다는 생각으로 선택에 대한 후회는 없다. 굳이 이 자리에서 생뚱맞게 대학진학을 포기한 핑계를 합리화하는 이유는 꼬마 아가씨의 현명한 선택이 대견스러워서이다. 사실 나보다 더 어린 나이에 어려운 집안 형편을 알았을 것이다. 그 힘든 환경 속에서 학원이나 과외 없이 명문대학을 졸업했으니 본인은 물론 가문에 영광이 아닐까? 눈치는 챘겠지만 이쯤에서 꼬마 아가씨가 막내 처제임을 밝힌다. 갈팡질팡하던 사내가 인연의 끈인지 행운인지 기회를 다시 잡아 우여곡절 끝에 딸부잣집 일원으로 합류하게 되었고 바람 잘날 없지만 그런대로 가정을 꾸려가고 있다.

미국으로 훌쩍 떠나 버린 후 처제가 쓰던 방에 가끔 가보면 주인 잃은 책들이 기다림에 지친 듯 풀 죽은 모습으로 책꽂이를 지키고 있었다. 자세히 보니 대학전공 책보다는 문학계통의 책이 많아 나와 취향이 비슷하다고 생각하며 마음에 든 몇 권을 가져와 읽어 보곤 했다. 소설책으로 가득한 책장만 봤을 때는 대학공부보다는 마음을 가꾸는 일에 치중했던 걸로 생각이 들겠지만 장학금 받으며 졸업했으니 나와는 달리 다방면에 소질이 있었나 보다.

내가 군 생활 삼년 동안 어렵고 힘든 일도 많았지만 가장 절실했던 것은 그리움이 아니었을까? 말이 씨가 되어 꼬마 아가씨가 미국에 살고 있지만 가장 힘든 게 그리움이리라! 가족들에게 표시 안 내고 의연하게 사는 걸 보면 '미국 가시내'가 빈 말이 아니었고 배달민족 여장부가 틀림없으니 앞날에 꽃길만 있기를 바랄 뿐이다.

말은 안 통하지만 기회가 되면 미국에 있는 '고든' 동서

에게 "자네도 나처럼 아내에게 찜 당했나!" 하고 물어 보고
싶다.

영상

한차례 소낙비가 후련히 쏟아졌다
무지개 피고 하늘은 높다

앞산은 물기 머금어 생기롭고
청초하기는 새침스럽기까지 하다

시원스런 바람이 인다
긴 머리카락이 얼굴을 간지럽힌다

기분 좋아 휘파람이 나온다
산비둘기 계곡으로 날고
바람은 입술을 스친다

향기가 물신 코끝을 지나 가슴에 퍼진다
그녀의 스카프는
분명 나를 부르고 있었다

2부

첫
사
랑

그때가 그때였나 보다

그때가 그때였나 보다. 돌이켜 생각해 보니 그때가 막 사랑이 꿈틀거리며 움트기 시작한 시기였나 보다.

도시 친구들보다 늦게 이성에 눈 뜬 시골 촌놈이어서인지 같은 또래 여자를 보면 얼굴이 홍당무가 되고 말붙이는 것은 아예 엄두조차 못 냈다.

단발머리에 하얀 교복만 봐도 가슴이 설레고 눈이 부셔 고개를 숙이고 도망치듯 빠르게 지나갔고 저 만치에 두세 명만 보여도 아예 돌아 다녔다. 순진한지 숙맥인지 오히려 말을 걸어올까 봐 가슴이 조마조마하고 두근거렸다.

시골에서 도시로 유학? 온 처지라 자취방을 얻어 살게 되었다. 살림살이라고 해야 고작 냄비 몇 개와 그릇 서너 개가 전부였다. 중학교까지만 해도 시골에서 자라 동네골목이 놀이터처럼 익숙해 눈감고도 다녔지만, 막상 도시에 오니 모든 게 생소하고 번잡해 적응하기 힘들었다. 그때의 나는 문턱 낮은 자취방과 학교를 시계추 마냥 오가고 촌놈 티를 벗지 못한 순진한 시골소년으로 어리숙하기 짝이 없었다.

얼마쯤 시간이 지나니 학교 가는 길도 어느 정도 익히고 같은 집에 사는 사람들과 눈인사 정도는 할 수 있어 조금씩 적응이 되었다. 그 집에는 여러 개의 방이 있었고 건넌방에는 남매가 살고 있었는데 오빠는 나보다 한두 살 위로 보이고 여학생은 두세 살 어려 보였다. 한집에 살지만 서로 얼굴 마주쳐도 가볍게 눈인사 정도만 할 뿐이였고 나 역시 소심한 성격이라 한 달이 지나도 서먹서먹 대화 없이 지냈다.

그러던 어느 늦가을 토요일 오후쯤으로 생각된다. 배가 고파 부지런히 자취방으로 달려와서는 항상 그러하듯이 쌀을 씻기 위해 마당에 있는 수돗가로 가는데 건넌방 문이 열려 있고 그 여학생이 웅크린 자세로 잠을 자고 있었다. 꽤 싸늘한 날씨였는데 잠결에 발로 걷어찼는지 담요가 발끝에 있었다. 왠지 의무감처럼 담요를 덮어주어야만 한다는 생각이 들어 조심조심 방으로 들어가 담요를 덮어 주었다.

그 찰나! 가만히 자고 있어야 할 여학생이 스프링 튕기듯 일어나지 않는가?

얼마나 놀래고 무안하던지 "감기들 것 같아서-"라는 말만 남기고는 꽁무니 빼듯 내방으로 달려오고 말았다. 도둑 쳐다보듯 놀란 토끼 눈으로 바라보던 여학생을 생각하니 괜히 분별없는 행동을 한 것 같았다.

'잠을 잘려면 문이나 잘 닫고 잘 것이지 이게 뭐람' 후회해도 소용없는 일이었다.

그 사건을 계기로 더욱 서먹해지고 얼굴을 똑바로 바라볼 수 없었다.

그러던 어느 날, 부엌에서 저녁 준비를 하는데 남매의 대화가 들렸다. 이사를 간다는 것이다.

이유는 알 수 없었고 내가 간섭해야 할 상황도 아니고 해서 지나치는데 그 여학생의 말이 귀를 쫑긋하게 했다.

"오빠 이사 안 가면 안 돼? 난 여기가 좋은데!"

그리고 남매의 언성이 높아졌다.

"지금까지 오빠 말을 잘 듣더니 요새 따라 너 왜 그래?"

이어 동생의 울먹이는 소리가 들렸다.

여기까지밖에 들을 수 없었다. 밥 다는 냄새가 진동했으므로-

그리고 며칠 뒤 학교에 다녀와 보니 그 방이 비어 있었다. 아쉽고 허전한 마음에 집 전체가 텅 빈 것 같았다. 평소

대수롭지 않던 물건이 사라진 뒤에야 보물처럼 여겨지듯이 방 저 방 기웃거려 보았지만 어머니 없는 빈 집처럼 공허하기만 했다.

소중한 뭔가를 잃어버린 것처럼 서운하고 괜스레 나 자신에게 화가 났다. 저녁 준비하려고 찬장을 여니 책 한 권과 쪽지가 놓여 있었다.

순진한 오빠 마음 오래 간직할게!

사실 오빠가 옆방으로 온 뒤로부터 학교 끝나면 빨리 집에 오고 싶고 집에 오면 괜히 기분이 좋아지고 가슴이 두근거렸어!

내가 왜 이러는지 나도 모르겠고 이런 마음 처음이야!

그리고 담요 덮어주던 그날 오빠 손수건이 방바닥에 있었어. 책과 같이 넣어 두려고 했는데 그러지 못하고 가지고 가.

놓고 가면 빈 가슴으로 살아갈 자신이 없어!

미리 이사 간다고 말하려고 했는데 차마 말이 안 떨어졌고 오빠가 자취방으로 온 뒤로부터 친오빠가 이사 가야겠다고 했어.

나는 싫다고 반대하며 언성을 높였고 친오빠는 내가 이상해졌다며 내 의견은 무조건 무시했어. 그리고 이 책 읽는 것도 까닭 없이 싫어했고……

몇 번은 보았을 것 같은 그 책은 황순원의 소나기였다.

병아리와 약속

대한민국 군인 임무를 마치고 사회 이곳저곳을 전전긍긍하다 한 곳에 자리를 잡고 열심히 사회생활 하던 때다. 회사일로 여의도 우체국 수납계에 갈 일이 있었다.

생각보다 큰 우체국 안을 한참 헤매다가 그 부서를 찾아갔는데 크게 호통 치는 소리가 들렸다.

"아무리 처음이라고 하지만 그것도 못 하다니 말이 되는 거야?"

사십대 초반의 간부쯤 되어 보이는 사람이 야단치는 소리였다. 자세히 눈여겨보니 꾸지람의 대상은 갓 스물을 넘어 보이는 여직원이었다. 그 아가씨는 얼굴이 홍당무가 되어 몸 둘 바를 모르고 있었다. 그러나 그 여직원은 곧 본연의 자세로 돌아와 "열심히 배워서 잘 하겠습니다" 하며 고개를 숙이고는 옆 좌석 직원에게 "언니 잘할게요." 하고 고

객인 나를 맞이했다.

아담한 체구에 예쁘장한 얼굴이었다. 창구에 있는 직원 모두가 같은 단체복을 입고 있었는데 특이하게도 그 아가씨에게는 이름표가 없었다.

곧 상황 파악을 하고 "아가씨 사회생활 처음 시작했나 보죠?" 했더니 "오늘이 첫 출근이에요" 하며 약간 얼굴을 붉혔다. 하지만 두 눈빛만큼은 열심히 해보겠다는 각오가 역력히 보였다

그 모습을 바라보니 나의 첫 사회생활이 떠올랐다. 일을 배우기 위해 고분고분 하기보다는 화가 치밀고 아니꼽고 더럽다는 생각과 여기 아니면 밥 먹고 살 데가 없나 하며 가까스로 얻었던 직장을 박차고 나와 버렸던 기억. 지금 생각하면 너무나 경솔한 나의 철없는 행동이 아니었던가?

하지만 이 아가씨는 잘도 참고 있었다. 배울 점이 많은 아가씨구나 생각하니 호감이 갔다. 그래서 내가 먼저 말을 꺼냈는지도 모른다. 아니 이 일을 마치고 곧바로 나가면 다시 만날 기회가 없을 것 같아 행여나 하는 마음으로 작업을 걸었는지도 모른다.

회사 옆에 있는 명찰가게를 떠올리며 "이름표가 없는데 새겨다 줘도 될까요?" 했더니 잠시 망설이더니 의외로 순

순히 이름을 적어주었다.

속으로 일단 성공이다! 쾌재를 부르며 회사로 왔다.

다음날 명찰가게에 들려 아무개라는 이름표를 만들어 주머니에 넣었다. 그리고는 우체국에 갈 일이 있기만을 기다렸다. 하지만 기회가 오지 않았다. 일부러 시간을 낼 수 있는 형편도 아니어서 차일피일 미루다보니 약속마저 희미해져 갔다.

'그래 이 이름표가 아니라도 그 아가씨는 이미 다른 이름표를 달았겠지'

마음속으로 위안을 하며 시간을 보내다보니 몇 주가 지나버렸다. 그리고는 약속마저 까맣게 잊어버리고 말았다.

아마 그 아가씨는 사회에 나와서 첫 약속이었을지도 모른다. 그런 생각을 하니 약속이라는 두 글자에 대한 심한 부끄러움을 느꼈고 그 아가씨에 대한 마음도 자신감이 없어지고 말았다.

지금은 그녀의 이름조차 생각나지 않고 우연히 마주친다 해도 얼굴도 몰라보겠지만 그녀의 앞날에 행복이 가득하길 바라는 마음이다.

다시는 약속을 어기는 사람이 되지 말아야지를 되새기며 –

선수 친 놈

"아- 미쓰 조? 약혼했어! 같은 직장 상사하고."

혹시나 하고 있었는데 그야 말로 청청벽력이었다.

그동안 조리 있게 아기자기 구상해 놓은(순전히 나만의 생각이지만) 그녀와의 만남은 여지없이 깨어지고 말았다. 정수리를 육중한 둔기로 얻어맞은 기분이다.

그러니까 나는 삼년 전에 꽃은 없고 남자만 있는 삭막한 최전방군대를 갔었고 청춘의 열기를 속으로 속으로 간직하다가 사회로 나온 지 3개월.

군생활 동안 어찌하지 못해 묵혀 두었던 곧 터져버릴 것 같은 사랑을 누구에게 쏟을지 쉬 마려운 강아지 마냥 두리번거리며 상대를 물색하던 중 내 눈을 번쩍 뜨게 하는 대상을 발견한 것이다.

그날은 태양이 둘이었다. 구름 한 점 없는 청명한 하늘에 눈부신 태양이 떠올라 사랑스런 손길로 막 싹트기 시작한 새싹을 어루만지고 있었고 간지러운 아지랑이 사이로 걸어오는 황홀한 또 다른 태양이 있었다.

오! 내 마음의 태양!

내 분신이 가슴을 열고 들어오는 착각에 아찔한 현기증이 일었다. 첫눈에 반한다는 게 바로 이런 거구나! 무어라 말할 수 없는 감정에 휩싸여 손은 더듬거리고 다리는 휘청거렸다.

그야말로 마음속에 그려오던 나의 천사 나의 이상형이다. 억지를 쓴다면 하늘이 점지해준 나의 반려자가 분명했고 그동안 허실 없이 차곡차곡 쌓아놓은 사랑을 한꺼번에 쏟아 부을 상대를 발견한 것이다.

그 사랑의 실타래를 한 가닥 한 가닥 정리하여 멋들어지게 연결하려고 하던 차에 이 무슨 운명의 장난이란 말인가!

이 사실은 분명 나에게 너무나 큰 충격으로 다가왔다. 중병을 앓고 난 사람처럼 비틀거렸고 모든 게 혼란스러웠다. 보다 못한 동료가 위로의 말이 필요하다고 생각했는지 "골키퍼가 있다고 공이 안 들어가냐! 전번 사우디아라비아와 축구 경기할 때 자살골도 있더라! 그러니 용기를 가지라고! 사나이가 마음먹었으면 몸이 부서져라 싸워 보는 것 아니냐고. 어차피 사랑도 싸움이고 전투이니 용기를 내라고 용기를!"

그래 그 말이 맞다고 해두자. 그래야만 내 마음이 다소나마 안정이 되고 위안이 될 테니까.

사실 육체적인 힘과 배짱으로 따지자면 두려울 것도 없다. 외형은 다소 외소해 보이지만 웬만한 운동은 다 해봤고 징병검사를 1급으로 합격하여 대한민국 육군 병장으로 전역한 사나이 중에 사나이다.

그것도 육군 보병 오리지널 코스를 밟아 전방고지를 빠짐없이 누비고 영하 2~30도의 혹한에서도 동장군을 따돌렸으며 강인한 군인임을 전방 고지 고지에 알렸고 도저히 불가능해 보이는 훈련도 거뜬히 소화해 인간의 한계를 증명했다. 첩첩산중 어두운 밤에도 무서운 줄 모르고 묘지 옆에서 잠을 잤다.

그러한 내가 이상하다. 미스 조– 왠지 자신이 없다. 군기가 빠져서일까 아니면 내 손에 개인화기 소총이 없어서일끼?

아닐 거다. 선수(선수 치다)라는 그 알량한 두 글자와 약혼이라는 그 우라질 글자가 나의 뇌리를 짓누르는 것이다. 하지만 그 여자를 단념하기에는 가슴의 상처가 너무나 크다.

오장육부는 사그리 없어지고 앙상한 갈비뼈만 남을 것 같다. 가슴에 오롯이 자리 잡아 뜨겁게 용솟음치는 사랑을 아낌없이 건네줄 사람을 찾았건만 그 가슴에는 이미 다른 사람의 사랑이 자리 잡고 있다니! 하늘이 무너져 내리는 것이다.

누구를 원망하랴! 하나님? 그 여자? 나 자신? 도무지 해답이 없다.

벙어리 냉가슴으로 답답한 마음을 억누르는 참기 어려운 날이 이어졌다.

그러던 어느 날 한 남자를 봤다. 국가대표 농구선수가 분명했다. 키로 보나 덩치로 보나 근육질로 단단히 무장한 주전 선수가 텔레비전 화면을 압도하듯 내달리던 모습.

그래 틀림없이 TV에서 보았을 거야. 이런 기회도 흔치 않은데 사인 한 장 받아 볼까?

그 순간 옆구리에 매달린 빨간 농구공이 보였다. 처음에는 그 남자의 그늘에 가려 존재조차 없었는데 점점 가까워지자 농구공이 꽃으로 보이기 시작했다. 그건 내 가슴을 꽃밭으로 만들어 버린 주인공 바로 그녀가 아닌가!

확실히 고목나무에 꽃이 핀 것처럼 어울려 보이지 않았다. 내 자존심이나 질투심이 작용해 형편없는 커플로 단정 짓지 않았다 하더라도 다른 어느 누가 보았다면 환영받는

짝이 아니다 싶었을 거다.

그 약혼자의 존재를 상상으로만 키우다가 막상 얼굴을 확인하고 나니 주눅 들어 수그러지던 사랑의 열정이 서서히 일어나기 시작했다.

사나이 대 사나이로 한바탕 싸워 볼까? 그럼 언제쯤 선전 포고를 하지?

하지만 자신이 없다. 지피지기이면 백전백승이라 했는데 그 여자에 대해서 아는 게 하나도 없다.

설날 할머니 고쟁이 속에 들어 있는 주머니에서 세뱃돈으로 나에게 얼마가 올 것인가 도무지 짐작이 안 가던 것처럼 안개속이다.

혹 기나긴 싸움 끝에 승자가 되더라도 그녀의 마음을 얻는 것은 더더욱 힘든 일. 하여 선수 친 놈에게 양보하는 게 모두에게 바람직한 처사라 생각하고 사랑의 화살을 내려 놓기로 했다.

물론 청춘의 열기가 용솟음치며 사랑싸움을 부추겼지만 아전인수 격으로 '그녀의 행복이 나의 행복'이라며 가슴을 다독였다.

그리고 새로운 용광로에 사랑의 불을 지피기 시작했다. 나도 선수 칠 그날이 오기를 기대하며!

팔방미인

뒷모습이 아름다운 사람은 어딘지 모르게 깊은 인상을 남긴다. 여러 사람이 모여 있을 때 뒷모습만 보면 남자 여자로만 구분되고 조금 떨어져서 바라보면 그 마저 비슷비슷 같아 보인다. 뒷모습은 진짜 모습을 상상하게 만들어 흥미롭다.

어느 날 길을 가다 뒷모습이 단아하고 세련된 여자를 발견하고는 한참이나 뒤를 따라간 적이 있다. 혹시 뒤를 돌아보지 않을까? 아니면 말이라도 걸어오지 않을까? 저 여자가 애인이 되어 준다면 얼마나 좋을까!

설레는 마음을 다독이며 다시 바라보니 그 여인은 간데 없고 그저 평범한 여자가 뒤를 돌아보며 경계의 눈빛을 보내고 있었다.

또 어느 날은 옆모습이 너무 아름다워 넋을 잃고 바라보다가 앞에서 본다면 천사일수도 있다는 황홀경에 취해 나도 모르게 야릇한 마음으로 뜨거운 시선을 보냈나 보다. 그 여자 이상한 느낌을 받았는지 내 쪽으로 고개를 돌렸는데 상상을 빗나간 여자의 얼굴이 나타나 망상에서 벗어난 적도 있었다. 그녀 역시도 실망했겠지만-

사람이나 물체나 보는 각도에 따라 천차만별이다. 하나의 산을 두고 앞마을과 뒷마을이 서로 다르게 부르는데 여기서는 소 모양이고 반대쪽은 날아가는 새 모양으로 보여서란다.

그런데 정말로 아름다운 사람이 있다. 사방팔방 어디에서 봐도 백합꽃 같은 사람. 흠잡을 구석이라고는 한군데도 없는 완전무결한 아름다움의 결정체! 우리는 그런 사람을 세련되게 탤런트라고 부른다. 그중에서 국민배우로 칭송받는 주인공은 온 국민의 로망이다. 그래서 오빠로 연인으로 마음속에 자리 잡아 열광하게 만든다.

살면서 사회통념을 깨는 일이 누구에게나 한 두 번은 있게 마련이다. 어린 시설 옆집 오빠가 매일처럼 못살게 굴어 쳐다보기도 싫었는데 어느 날 갑자기 백마 탄 왕자로 보일 때, 코 흘리며 징징대던 어린애가 언제부터인가 연애의 대상으로 보여 그녀 주위를 서성일 때처럼 말이다.

이러한 감정이 자라 눈꺼풀에 콩깍지가 끼면 탤런트보다 더 멋지고 국민배우도 부럽지 않은 찰떡 커플이 탄생한다.

그러면 보는 각도는 완전 무시된다. 앞모습이고 뒷모습이고 바라만 봐도 예쁘니 이런 사람이 어디에 있다 이제야 나타났냐며 좋아 죽는다.

천생배필은 그렇게 호들갑 떨다 결혼하고 백년해로하지만 대부분은 시간이 지나면서 바라보는 각도에 따라 마음에 들었다 미웠다 혼란스러워져 결국 고민하고 방황하다 가슴에 상처를 입고 만다. 그 산물로 남자든 여자든 아련한 추억 하나쯤 가슴에 간직하며 살고 있지 않을까?

낚시하다 놓친 물고기처럼 추억의 연인은 세월이 흘러도 항상 아름답고 지상에서 아름다운 여인은 하늘에서도 아름다울 수밖에 없다. 단테의 신곡에 등장하는 천상의 여인 베아트리체처럼 말이다.

그는 다시 볼 수 없는 마음의 여인을 하늘나라 천사로 만들어 놓고 만족해하고 우러러 추앙하며 그녀에게 순종하지 않는가?

어머니처럼 모든 사랑을 소화해 내고 넓고 포근한 가슴을 간직한 여인!

그런 여인은 마음 속 그리움으로만 남아 있으니 그나 나나 추억은 추억일 수밖에 없나보다. 그런데 왜 떠난 연인은 모두 팔방미인으로만 느껴질까?

삐뚤이

뒤늦게 안 사실이지만 내 왼쪽 머리가 삐틀어져 있다.

특히 어렸을 때 이발소에 가면 "고 녀석 얼굴은 잘 생겼는데 머리가 찌그러진 메주 같다"는 말을 자주 듣곤 했다. 하지만 내 눈으로 직접 확인할 수 없어 별 관심 없이 지내다가 모자를 쓰게 되면서부터 확연하게 알게 되었다. 내 모자는 머리 모양 따라 왼쪽이 찌그러져 있다.

까까머리에 모자를 쓰던 중학교 시절을 보내고 스포츠머리로 이발할 수 있는 고등학교 때부터는 이발소아저씨가 알아서 뒷머리 수평을 잡아 주어 이성에 눈뜨고 감수성이 예민한 시기를 탈 없이 보낼 수 있었다.

유추해서 아기 시절로 가본다. 옛 시골집이 다 그러하듯 독립적인 작은 방이 아니라 상하 방처럼 칸막이로 구분되는 큰 방 작은 방이다. 오른쪽에 아버지가 누워계시고 내가 가운데에서 어머니 쪽으로 누워 젖꼭지를 입에 물고 한 손으로는 세상에서 가장 소중한 반대쪽 젖가슴을 만지고 있다. 지혜롭지 못해서인지 불편한 시골집 구조여서인지 몰라도 늘 왼쪽을 향해 누워있는 상황이라 나 역시 불편했다.

아침이 되면 아버지 어머니가 나가신 방에 나 홀로 있을 때도 밝은 빛이 들어오는 방향인 왼쪽 방문을 바라보고 있다. 내가 배고파 보채는 소리를 내면 급하게 들어오신 어머니가 바로 누울 수 있는 방향이 문 앞이라 그 방향에서만 젖을 먹이곤 했다. 그렇게 몇 개월이 지나다 보니 수세미만한 작은 베개에 각이 생겨 삐뚤이가 될 것을 염려한 어머님이 반대쪽으로 고개를 돌려주시지만 이미 습관이 되어 버린 내 고개는 어느 틈엔가 원상태로 돌아가 있다.

습관을 바꾸기 위해서 자주 신경을 써 주시면 좋으련만 눈코 뜰 새 없이 바쁘게 일을 해야 할 처지라 그러지를 못하신다. 아버지와 어머님이 자리를 바꾸어 주무시면 틀어진 머리가 균형을 잡을 수 있겠지만 어머니 역시 편한 방향으로 습관이 들어서인지 아니면 말 못할 다른 사정이 있어서인지 항상 같은 방향이다. 그때쯤 간혹 잠자리에서 이런 말을 듣곤 했다.

"자고로 사내자식은 뒤통수가 반듯해야 의젓해 보인다"

고 하시면서 내 머리를 어루만지시다가 칸막이 쪽을 바라보시며 한숨을 짓곤 했지만 다른 조치는 없었다.

그러던 어느 날 밤에 어머니가 슬그머니 나를 방문 쪽으로 밀치고 벌려진 그 사이로 자리를 옮겨 누우셨다. 나는 처음 겪는 일이라 얼떨결에 오른쪽으로 고개를 돌렸는데 어두워 보이지는 않고 다만 몸이 불편하신지 숨소리가 고르지 못했다. 순간 큰 방에서 인기척이 나자 부리나케 어머니는 제자리로 오셔서 나를 안아주셨고 숨소리는 이내 조용해졌다. 기저귀가 축축하고 차가웠지만 소리를 내면 안 될 것 같은 묘한 분위기에 눌려 칭얼거리지도 못하고 초롱한 눈으로 아침을 맞았다. 뒤늦게 기저귀를 확인하시고 갈아 채운 뒤에 아버지와 어머니는 평상시처럼 밖으로 나가시고 나 혼자 누워 있는데 궁금했다. 입버릇처럼 금쪽같다시던 아들을 문 쪽으로 밀치고 무슨 이유로 두 분이 같이 계셨는지 모르겠고 서운함마저 들었다.

아버지가 먼저 오라고 하셨는지 어머니가 곁으로 가셨는지 잠결이라 잘 생각이 나지 않지만 '어머님이 오른쪽 방향이면 내가 더 좋겠다'는 생각을 하며 밖은 훤했지만 허기진 잠속으로 빠져 들었다.

꿈속에서 해님이랑 같이 노는데 한심하다는 표정으로 바라보더니 나보고 멍충이라 놀려댔다.

측은지심

　동네 슈퍼는 일 년 삼백육십오일 항상 열려 있는 것으로만 생각했는데 신정에 쉰다는 주인아저씨의 말에 라면 다섯 봉지와 달걀 다섯 개를 샀다.

　보통 신정은 하루만 쉬고 한 달 정도만 지나면 진짜 설 명절이라 모두들 거기에 맞추어 쉬는 날을 계산해 일정을 잡곤 했다. 하지만 이번 신정은 공교롭게도 일요일이 겹쳐 이틀연속으로 쉬다보니 준비한 식량이 바닥났다. 이번만 견디면 식당에서 맛있는 밥을 먹을 수 있으니 참을까 생각하다가 선심이라도 쓰듯 여기저기 주머니를 뒤져 보니 동전 몇 개가 나왔다. 쉬는 날이라고는 하지만 쇠도 소화 시킬 수 있는 혈기왕성한 몸에다 최소한 한 끼 정도는 선물해야 도리일 것 같았다. 주머니를 털어 동전을 세어보니 달걀 하나까지는 살 수 있어 평소보다 많은 양의 물을 넣고 연탄

난로 위에 냄비를 올렸다.

그리고 가게 문이 열리자마자 잠옷 겸 외출복인 운동복 차림으로 문밖을 나서는데 함박눈이 펑펑 내려 도로에 하얗게 쌓이기 시작했다.

'아! 이런 날은 사랑하는 애인과 다정하게 팔짱끼고 데이트하면 딱 좋은 날인데' 생각하며 하늘을 올려다보니 옆구리가 시리고 쓸쓸한 마음이 들었다. 나타나지 않는 미래의 연인을 향해 마치 내 책임은 전혀 없다는 듯 그녀만 원망하며 처량한 신세를 한탄했다.

'펑펑 내리는 첫눈을 맞으면 뜻밖의 행운이 찾아온다는데 혹시 오늘이 아닐까?'

가당치도 않은 서글픈 망상 속을 헤매다 도리질하듯 두어 번 머리를 흔들고 두 손을 주머니에 찔러 넣고 슈퍼로 향했다. 양말도 신지 않은 맨발로 슬리퍼를 끌며 종종 걸음으로 가게로 들어가는데 어떤 아가씨가 우산을 쓰고 유심히 내 모습을 보고 있는 게 아닌가!

애써 못 본 척 외면하고 라면 한 봉지와 달걀 한 개를 집어 들고는 우유를 고르는 척 딴전 피우며 슬쩍 보다가 그만 그 아가씨와 눈이 마주쳤다. 순간 도리어 내가 들킨 것 마냥 민망해 황급히 시선을 돌리고 생각해보니 나와 비슷한 또래로 아담한 몸매에 서글서글한 인상이 좋아 보였다.

'눈 오는 날 우산 쓸 정도면 부자 집 딸이겠지' 속으로 생각하며 다시 보니 TV 드라마 주인공처럼 주위를 압도하여 옆 사람들은 모두 묻혀 버리고 도드라진 백합 한 송이가 활짝 피어 있는 듯했다.

명절인지 눈 내리는 아침이어서인지 몰라도 내 눈엔 분명 그렇게 보였지만 세수도 하지 않은 내 몰골이 창피해 서둘러 계산을 치른 뒤 달걀은 주머니에 넣고 라면과 우유를 챙겨들고 나오는데 또 눈이 마주쳤다. 아니 시종일관 나에게서 눈을 떼지 않고 빤히 바라보고 있었던 것 같다.

어디서 만난 적이 있나? 버스 옆 좌석? 아니 생전 처음 보는 여자인데?

하지만 그 아가씨는 마치 오래 전에 허락이라도 받아 놓은 것처럼 아니면 팔짱이라도 끼워 본 것처럼 머리에서 발끝까지 구석구석 훑어보고 있다. 그 아가씨 지금 무슨 생각을 하고 있는지 모르겠지만 금방이라도 상냥한 얼굴로 말을 걸며 내게로 와서 우산을 씌워 줄 것만 같았다. 아니면 형편없는 행색을 한 밑바닥 인생을 관찰이라도 하는 걸까?

혹시 내가 너무 잘생겨서 사랑의 화살을!

얼핏 평강공주와 바보온달이 떠올랐지만 언감생심 머리

를 흔들고 망상에서 벗어나 줄달음쳐 방으로 들어왔다. 아직도 그녀의 시선이 몸에 묻어 있는 것 같아 얼굴이 화끈거렸다.

행여 '말 붙일 기회를 주지 않고 무심하게 사라지는 나를 따라와 문 밖에서 서성이지 않나' 하는 달콤한 환상에 빠져 빼꼼히 문을 열어보기도 했다.

아무리 생각해봐도 궁금증이 안 풀려 혹 얼굴에 달걀껍질이라도 붙어있나 거울을 들여다보니 뭐에 들킨 듯 상기된 얼굴의 사나이가 있을 뿐이었다. 계속 가슴은 쿵쾅거리고 얼굴은 달아올랐지만 그 여자의 모습은 더욱 생생하고 또렷하게 떠올라 첫눈 오는 날 행운을 놓친 것 같은 아쉬움에 상상력을 키워 그녀의 생각 속으로 들어가 봤다.

축 늘어진 추리닝 바지는 영화 부시맨에 나오는 부메랑같이 생겼죠.

다 낡아빠진 바지 엉덩이 사이로 때 묻은 속옷이 드러나 보이고 이틀이나 면도를 안 한 수염은 까만 연탄재가 묻어있는 것 같고 며칠간 세수를 건너뛰어 꾀죄죄한 얼굴에다 머리카락은 뒤엉킨 라면가락처럼 복잡하게 얽혀있고 명절에 떡국 한 그릇 못 먹고 라면으로 끼니 때우는 한심한 사나이! 그래서 누나나 엄마처럼 모성애를 담은 측은한 눈길로 바라보았다.

너무나 한심하게 느껴져 내 생각 하나를 빠르게 추가했다.

겉모습은 그래 보여도 심성은 착한 것 같고 때 빼고 광내어 잘 차려 입으면 멋진 사나이가 분명해!
순수하고 착해 보여 나하고 잘 어울릴 것 같아! 어쩌면 내가 찾고 있는 이상형일 수도 있어! 용기 내어 말을 걸어볼까!

순간 연탄난로 위에 올려놓은 냄비에서 물이 넘쳐 콩 볶아대는 소리에 꿈결 같은 달콤한 생각에서 빠져나와 부랴부랴 여섯 번째 라면을 끓여 콧잔등에 땀이 나게 먹었다.

전우

휴전선 비무장지대
목숨 걸고 동고동락한 전우
인생여정에 긴 세월은 아니지만
가장 팔팔한 인생 황금기에
청춘을 불사른 특별한 인연

국방 의무 마치고 다시 만나
형제보다 더 끈끈한 우정 40성상
철책과 지뢰밭 안주삼아 맥주잔 소주잔 기울이며
이야기꽃에 검은 머리 반백 넘고
이마에 인생 계급장 달렸다

좋은 인연 만들기도 부족한 인생
살아온 날보다 살아야할 날이 짧은
그래서 세월을 탓하기보다
전우여 자주만나 즐거움 나누세

좋은 점 존중하고 허물 덮어 주고
내 자랑 숨기는 게 진정한 전우애 아닌가?
가다 멈추면 아니 간만 못하는 법
기왕 이리 맺어진 좋은 인연
한명 두 명 망자가 될 때까지
손잡고 같이 가는 변함없는 친구
우린 멋진 사나이!

3부

전선야곡

통일된 조국

님이여 !

당신은 우리의 터전이요 우리의 조국이로소이다.

당신의 두뇌는 명석합니다.

당신의 눈동자는 빛납니다.

당신의 두 귀는 밝습니다.

당신의 심장은 뜨겁습니다.

당신의 팔은 튼튼합니다.

당신의 다리는 강합니다.

님이여 !

하지만 왜 당신은 절반의 나신입니까 왜 자유롭지 못합니까?

님이여 !

우리는 선조에 선조 때부터 위대하고 거룩한 집을 짓기 시작했습니다.

옥돌 갈아 주춧돌 박고 계수나무 깎아 기둥 세웠습니다.

삼척동자에서 백발노인에 이르기까지 시골 촌부에서 정승에 이르기까지 몸과 마음을 다했습니다.

그 집은 세월 따라 아름답게 지어져 갔습니다.

우리의 가슴은 희망으로 가득 찼습니다.

당신의 기뻐하시는 모습이 눈에 잡힐 듯 했습니다.

님이여 !

하지만 수난의 날이 왔습니다.

지리한 장마가 시작 됐습니다.

당신은 바람 앞에 등불이었습니다.

눈보라와 북풍까지 몰아쳤습니다.

꽃망울져 있던 우리의 꿈은 시들기 시작했습니다.

님이여 !

당신 앞에 수난의 계절은 왜 이다지도 긴지요.

우리는 쓰러져가는 기둥을 안고 발버둥 쳤습니다.

씻겨 나오는 주춧돌을 안고 몸서리 쳤습니다.

찢겨진 가슴 두 동강난 심장을 안고 당신을 수호했습니다.

피눈물로 당신의 미래를 약속했습니다.

당신 역시 당신을 포기하지 않았으며 미소도 잃지 않았습니다.

님이여!

드디어 지리한 장마와 살을 애는 북풍이 멈쳤습니다.

하지만 옛 모습은 형체를 잃었으며 찬란한 광체도 빛을 잃었습니다.

가슴속 심장만 가늘게 고동을 멈추지 않았습니다.

우리는 잿더미 속에서 불씨 하나를 찾았습니다.

그건 불멸의 영혼 바로 당신이었습니다.

님이여 !

우리는 다시금 그 터전위에 새로운 집을 짓기 시작했습니다.

새 마음 새 각오 새 희망으로 보다 더 거룩한 집을 지었습니다.

당신과 우리의 마음에 꼭 드는 그러한 집이었습니다.

당신의 머리는 사랑과 평화의 색이길 바랬습니다.

하늘 닮은 파란색이길 바랬습니다.

하지만 다시 지은 집은 우리의 바램과 희망을 앗아가는 빨간 색깔의 지붕이었습니다.

님이여 !

당신은 어찌하여 우리의 소원을 저버리는 빨간색입니까?

우리는 눈물을 머금고 걸맞지 않은 당신의 품에 안거했습니다.

하지만 먹구름 일고 천둥치고 비가 새고 벌레가 찾아들었습니다.

북풍이 몰아치고 햇볕은 따가웠습니다.

들짐승이 침범하고 잠자리는 아늑하지 못했습니다.

당신의 심장은 예전처럼 뜨겁지가 못했습니다.

당신의 가슴은 넓지가 못했습니다.

님이여!

당신은 우리를 버리지 않았습니다.

우리도 당신을 죽도록 사랑합니다.

당신은 죽지 않았습니다. 용기도 잃지 않았습니다.

당신은 위대합니다.

당신은 활기 발랄합니다.

당신은 포근합니다.

당신은 인자하게 미소 짓습니다.

당신은 아름답습니다.

당신은 용감하고 총명합니다.

당신은 아시아의 빛입니다.

당신은 인류문화의 꽃입니다.

당신의 서광은 온 누리에 빛납니다.

님이여 !

우리의 가슴은 하나입니다.

뜨겁게 고동치는 심장도 하나입니다.

님이여 ! 동포여 !

포근한 우리의 안식처를 마련해야합니다.

땀 흘려 하루의 일과를 마치고 석양의 노을빛 받으며 평화롭게 돌아갈 우리의 집.

자유와 평화 사랑과 웃음이 넘치는 아름다운 우리의 조

국을 만들어야합니다.

　몸과 마음을 다주어 꼭 안길 그러한 당신의 가슴을 !

　무궁화 꽃 만발한 우리의 터전을 !

군인의 일기

새해가 밝았으니 포부하나 말하고 싶다.

지난해의 잘잘못을 가리는 것도 아니고 그렇다고 특별나거나 거창한 것도 아니며 그저 소박하고 실천하기 쉬운 바람이다.

새해 아침 깊은 계곡 맑은 물 들이키며 다짐해본다. 올해는 하늘을 삼백 육십 번 이상 쳐다보겠다는 것이다. 그러니까 최소한 하루에 한 번씩은 하늘을 우러러 보는 것이다.

신년 들어 오늘이 여드레 째. 뜨는 해와 지는 해 그리고 밤하늘의 별을 보았으니 기대 이상이다.

여기는 강원도 두메산골. 국방 의무로 부름 받은 곳이 첩첩산중 최전방이다. 어린 시절 고향시골 자연의 품에서 자랐지만 자연의 혜택을 가장 많이 받고 사는 게 아마 지금이 아닌가 싶다. 맑고 신선한 공기와 계곡 깊은 곳에서 샘솟는 정갈한 옹달샘! 먼지 한 점 없이 정화된 높고 푸른 하늘!

산 정상에 올라 나 여기 왔노라 외쳐도 보고 산새들 노래 소리에 콧노래로 화답하며 하루를 보내는 즐거움. 내 여기서 무엇을 더 바랄까?

문명의 혜택에서 멀리 떨어져 있는 산간 오지지만 뿌옇게 오염된 도시의 거리와는 비교할 수 없이 신선하다. 질주하는 자동차 매연과 큼직큼직한 산업 혁명의 괴물들이 하늘과 바다로 내뿜는 공해는 사람을 질식시킬 정도다. 그 탁한 공기 속에서 하늘의 달님 별님 보겠다고 10층 옥상까지 올라가 하늘을 우러르고 깊은 밤 나 홀로 창문에 턱 괴고 공기가 맑아지기를 기다리던 때를 생각하면 지금의 나는 얼마나 행복한가! 이러한 자연에 한없는 고마움과 포근함을 느낀다.

내 생에 있어서 두 번 다시 이런 기회는 없을 것이라고 생각하니 더더욱 자연과 친해지고 싶다. 높푸른 하늘을 하루에도 수십 번씩 아니 수백 번이라도 쳐다보아야겠다.

힘든 군 생활 속에서 내면을 바라본다는 게 쉽지는 않지만 잠시라도 생각하는 시간과 행동의 옳고 그름을 돌이켜 볼 수 있는 기회를 만들자.

무언가 실마리가 풀리지 않고 답답한 마음과 복잡한 머

리로 중심 잡기 어려울 때 하늘을 우러러보라! 어쩌면 아! 하는 소리와 함께 해결책이 나올지도 모를 일이다.

나는 마음이 심란할 때면 하늘을 우러러 마음의 평화를 찾곤 한다. 작열하는 태양이나 한 조각의 구름이나 반짝이는 별이든 고요한 달이든 매한가지다. 마음을 시원하게 해주는 청량음료처럼 가슴을 펑 뚫리게 해준다.

그래서 올해는 별들의 수만큼이나 하늘을 우러러 볼 것이다. 군인으로써 그러한 호사를 누릴 수 있을지 염려는 되지만 마음먹기에 달리지 않았을까?

나는 대한민국 군인이로소이다

와르르 무너졌다. 족구 배구 기마전 줄다리기까지도!

더구나 우리 중대의 전통이자 아성처럼 여기던 축구마저도 어이없이 무너졌다.

날씨도 청명스런 오늘 말이다.

대대 체육대회 날.

그동안 갈고 닦은 기량과 훈련으로 연마한 체력을 유감없이 발휘할 수 있는 중대별 대항이다.

하지만 우리중대는 각오와는 다르게 패패의 연속이었다.

훈련 때도 포열, 포 다리, 포판 메고 어느 소총 중대보다 피와 땀을 많이 흘린 강인한 체력을 소유한 우리들이 아닌가! 한번 떨어진 사기는 다시 일어설 줄 모르고 응원마저도 의기소침해졌다. 완패의 자멸을 자초할 것인가? 아니면 마지막 남은 경기에서라도 승리할 것인가? 마지막 희망을 가지고 대열을 재정비하고 정신무장을 굳건히 했다.

종목은 10km 완전군장달리기! 사회에서 말하는 육상의 꽃 마라톤이다. 오늘 경기의 마지막 종목인 만큼 가장 귀추가 주목되는 경기다. 그리고 우리 군인이 필수적으로 갖추어야 하는 체력의 한계 테스트다. 중대별로 차례차례 출발하고 마지막으로 우리 중대도 출발! 모두 다 진지한 태도로 굳센 의지를 다지며 힘차게 달리기 시작했다. 숫자적으로 열세인 우리 중대인 만큼 몇 명을 제외한 중대원 전원이 참가해야 정원수에 도달할 수 있었다.

우리 모두는 고참에서 이등병까지 합심단결 하여 서로를 격려하며 달렸다. 반환점을 돌아 부대로 오는 길은 오르막길이라 더욱 힘든 시간이다. 사실 반환점까지가 체력의 한계였다. 그 다음부터는 모든 체력을 소진한 제로의 상태로 지금부터는 정신력 싸움이다.

힘겨워하는 신참들의 총을 들어주는 고참병의 전우애에 힘입어 뛰고 뛰었다. 밀고 당기고 고함치고 사나이의 오기와 군인의 깡다구로 달리고 또 달렸다. 어느덧 결승점이 아스라이 보였다. 이제는 정신력도 고갈되어 발걸음은 천근만근이다. 죽기 아니면 까무러치기로 혼신의 힘을 다해 달리는데 어디선가 들리는 "노 일병 힘내라 힘!" 마음은 달리는데 몸은 비틀거려 뒤에서 고참이 외치는 격려 겸 거역 못할 명령 소리다.

이때 출발선에서 비장한 말투로 "사내대부인 군인들의 경기에서 패배란 없다. 또렷한 정신만 있으면 반드시 이긴다." 하시던 중대장님의 훈시가 번개처럼 머리를 스쳤다.

그래 뛰자 뛰자 뛰자 하고는 기억이 없다. 알고 보니 결승라인 앞에서 까무러쳐 쓰러진 것이다. 기절한 나를 전우들이 끌어서 결승점을 통과시켰고 곧 바로 의무대 신세를 져야했지만 결과는 우리 중대가 우승했단다.

화이팅! 화이팅! 8중대 만세!

반공방첩

막이 열리고 북녘 하늘에 시선을 둔 병사가 서 있다.

김병장, 손에 들고 있는 게 무엇인가?

아 이거 보시다시피 드라이버와 전자회로를 점검 수리할 수 있는 공구라네.

아니 푸른 제복의 군인이라면 한손엔 총칼을 한손엔 굳센 의지를 지녀야 할진데 어찌해 전자수리공의 모습인가?

뜻이 있는 곳에 길이 있나니- 이리 봬도 가슴속에는 뜨거운 통일의 염원이 불타고 있다네.

그래! 그럼 어디를 갈려고 그런 차림으로 나섰는가?

혹을 고치러 가는 중이구만.

뭐 혹?

김병장 어디가 좀 이상한 것 아니야? 옛날 동화책 속에 나오는 도깨비 혹이 지금 어디에 나타났을 리는 만무하고.

맞아. 그 도깨비 혹을 수리하러 가는 중이라네! 순진한 어린이들 마음속에서 놀던 도깨비 혹이 번지수를 잘못 찾아 악의 구렁텅이 속에서 제 모습을 잃어버리고 광분하고 있다네.

도대체 무슨 말인지 통 알 수가 없구만.

뱁새가 어이 황새의 깊은 뜻을 알 수 있으랴!

너무 괄시하지 말고 황새의 고고하신 이야기나 좀 들어 보세.

그렇담 간단명료하게 말하지. 김일성이를 만나러 가는 중이구만!

아 그 김일성이놈의 뒤통수에 붙은 혹을 말하는구만! 진작 그렇게 말할 것이지. 그 혹의 악명으로 말할 것 같으면 세상 삼척동자도 다 아는 사실 아닌가? 동화 속에서 어린 가슴을 놀라게 하고 상상의 나래를 펼치던 도깨비 혹이 붉은 마수의 손에 들어가 평화를 파괴하고 자유를 박탈하고 온 인류를 억압하는 공산당의 사령탑이 되었지 않은가! 그 작은 혹에서 자행되는 만행이 어디 한두 가지인가? 공동생산 공동분배라며 지상낙원을 외치지만 안으로는 모든 주민을 학대하고 민권을 유린하며 온 세계를 붉은 손아귀에 넣으려고 하루도 쉬지 않고 날뛰는 모습이란 어디 눈뜨고 볼 수 있단 말인가? 하늘 높은 줄 모르고 날뛰다가는 반드시 죽음의 계곡으로 떨어지고 말걸세. 그리고 말이야 누차에 걸친 우리의 평화통일 제의와 대통령 국정연설에서 제의한 평화통일 법안에도 일언반구도 없지 않은가? 적화통일에 눈이 뒤집혀 우리가 부르는 평화통일의 노래가 들리지 만무하지.

그래서 이 몸이 가는 거라네! 그놈의 혹을 180도 확 바꾸어버리려고.

어떻게 말인가?

간단해. 인간의 피를 빨아먹는 전자 칩을 평화의 회로로 바꾸면 되거든. 그러면 평화의 길로 두 손 들고 나설 것이며 세계평화를 부르짖으며 5천만 우리 국민 앞에 머리 숙여 사죄할 것이구만.

도대체가 믿어지지 않는데? 그렇게 꽉 막힌 머리통이 하루아침에 180도로 바뀔 것인가?

아니, 자넨 눈부시게 발전하고 있는 대한민국의 경제성장과 기술향상을 믿지 못한다는 말인가?

그런 건 아니지만.....

우리 우릴 믿으라고 하면 된다는 우리 5천만의 염원과 막강한 60만 대군이 힘을 합치면 못할게 뭐가 있단 말인가!

오! 그렇구만.

동시에 -

우리 평화통일의 길로 앞으로 갓!

막이 내린다.

봄이 오네

온통 하얀 눈으로 뒤덮인 최전방 군 막사. 삭막함을 감추려는 듯 진달래 화분이 놓여있다.

실내온도 18℃ 유지!

먼지와 땀으로 얼룩진 페치카 당번의 오기와 진념이 오늘 한 송이의 꽃을 개화시켰나보다.

18℃를 넘어 20℃를 유지한 그의 별명은 22구공탄. 꽃을 피우고야 말겠다는 그의 신념만큼이나 숨죽이며 기대하던 전우들.

야! 진달래꽃이 피었다!

울러 퍼지는 환호의 목소리. 한겨울 엄동설한 속에서 고개를 내밀까 말까 고민하다 얼떨결에 살포시 터트린 진달래꽃 한 송이. 삭막한 내무반에서 찬미의 노래가 흘러나왔다.

진달래 피고 새가 울면 두고두고 그리운 사랑~

꽃잎에 입 맞추며 사랑을 주고받았지~

설중화 설중화 했더니 오늘에야 너를 보게 되었구나!

제일 먼저 핀 꽃이 내 것이다!

"나는 여자 친구에게 보내야지" 하면서 진달래 예찬에 여념이 없다.

며칠 후 만발한 진달래 가지에 작은 새 한마리가 날아왔다. 정녕 꽃을 찾아 날아든 것은 아닐 테고 추위를 피해 따뜻한 내무반으로 왔으리라!

급격한 온도 변화에 놀란 듯 아니면 장병들의 부산한 움직임과 군가소리에 위축이라도 된 듯 고개를 이리저리 갸웃거리며 불안한 듯 작은 눈망울을 굴린다.

이내 적응이라도 하듯 조심스럽게 페치카 주위를 돌아보고 톡톡 쪼아대며 애써 노력을 하지만 생소함에 어리둥절하더니 한마디 한다.

"꽃이 핀 것을 보면 봄은 봄이로되 왠지 춘삼월 꽃향기 대신 쾨쾨한 사랑방 냄새만 풍기니 내 정녕 봄을 잘못 찾아왔나보다" 하고는 기절하여 바닥으로 떨어져버린다.

투신자살이다! 정신 착란이다! 가스를 마셨다! 떠들썩한 와중에서도 위생병! 위생병! 외침과 동시에 달려오는 김병장.

한 마리 새의 초죽음 앞에서 실망을 금치 못한다. 어떻게든 살려보라는 극성에 이마에 땀이 맺히는 지극한 정성 덕택으로 조금씩 살아 움직이기 시작한다. 만족스런 표정으로 땀을 훔치며 하는 말.

"너는 나를 생명의 은인으로 여길 지어다!"

살아난 새는 감사하다는 듯 환호성과 박수소리에 맞추어 하늘로 날아갔다.

그 너머로 봄은 오고 있었다.

지뢰

얼마 전 북한이 매설한 목함지뢰가 터져 우리 군인이 발목을 잃었다는 안타까운 소식을 뉴스를 통해 알게 되었다. 문득 군대 시절 지뢰에 얽힌 아찔한 사연이 떠올랐다.

최전방 휴전선은 대부분 지뢰밭이고 겨우 통로만 지뢰를 제거한 후 나머지는 철조망을 치고 출입을 금지하는 '지뢰' 푯말을 붙여 놓았다. 민간인의 출입이 금지된 지역을 민통선이라 부르는데 말 그대로 사람은 없고 군바리들만 모여 사는 삭막한 곳이다.

전방 군인들은 작전상 매일처럼 이곳을 드나들고 지형지물을 익히다 보니 지뢰에 대한 위험성이 갈수록 무뎌져 경각심마저 희미해진다.

그날 우리 분대는 그곳에 투입해 진지 만드는 임무를 수행하는데 잔디는 필수 품목이다. 찾다보니 철조망 너머에

양질의 잔디가 유혹하듯 넓은 마당을 이루고 있어 돌멩이를 여러 군데 던져 확인해 보았는데 별 이상이 없었다. 우리는 신속하게 철조망을 넘어가 사용하기 좋은 모양으로 떼를 떠서 전쟁영화에 나오는 난공불락의 진지를 만드는 작업에 열중했다. 아시다시피 떼 때는 작업을 하려면 삽과 앞발을 이용해 사각 모양을 만들고 뒷발은 끊임없이 잔디를 밟는 반복 작업을 해야 하는 일이었지만 아무 탈이 없었다.

이제 몇 장만 더 뜨면 상황 완료! 그런데 비상사태가 벌어졌다.

일반적으로 떼를 때어 놓을 때 뒤집어 놓는다. 지금까지 하듯이 이번에도 떼를 확 뒤집어 놓는 순간, 아니 이럴 수가! 우리를 경악케 하는 눈앞의 상황에 순간 숨이 멎었다.

통조림 깡통 모양의 대인지뢰 뒷부분이 하나! 둘! 셋! 하면 바로 터질 듯이 우리들을 향해 위협을 하고 있었다. 모두 혼비백산하여 안전한 곳으로 대피하고 부대에 연락했더니 한참 후에 주임상사가 달려와 단 한발로 명중시켜 폭파시켰다. 우리는 부대에 복귀해 혹독한 대가를 치러야 했지만 영창만은 면했다.

그 상황에서 얼차려 받느라 경황이 없었지만 취침 후 생각해보니 목숨을 담보로 한 무모하고 위험천만한 행동이었다. 만약 삽이 지뢰의 안전핀을 건드렸다면 국군병원으로 후송되었거나 이 세상 사람이 아닐 거라 생각하니 모골이 송연했다. 그 와중에서도 천만다행인 것은 분명히 군화 뒷발로 안전핀을 밟았을 텐데 무사했다는 것. 분명 우리 대원 중에 착한 일을 무지무지 많이 한 전우가 최소한 한 명은 있어 하나님의 보우하심을 받은 게 틀림없다.

전우여 고맙다. 이렇게 살아있음에!

한방

혈기 왕성한 군인 때의 일이다. "체력은 국력이다"라는 구호를 내걸고 중대별로 겨루는 체육 대회 날.

나는 일병계급을 갓 달고 군 생활에 어느 정도 적응해가는 시점에서 패기의 꽃이라는 권투 선수로 지명되어 한판을 겨루게 되었다. 상대는 우람한 체격으로 한참 고참 격인 상병이었다.

군대에서는 입대 순서에 따라 서열이 생기는데 그 서열대로 줄을 선다면 일병과 상병의 차이는 까마득해 시야에서 찾아 볼 수 없는 존재로 하늘같은 존재다. 서열로 보나 신체로 보나 승패는 이미 정해진 듯이 보였다.

드디어 시작을 알리는 호루라기소리에 맞춰 탐색전에 들어갔다. 가볍게 스텝을 밟으며 툭툭 잽을 날리다가 기회를 엿보면서 치고 빠지기를 몇 차례 하던 중 상대방의 허점이 보여 펀치를 날렸다. 순간! 번쩍 번개가 튀더니 비틀거리며 쓰러지고 말았다. 역시 상대는 강자였다.

내가 이때다 하고 주먹을 날리는 순간 기다렸다는 듯이 상대방 강펀치가 정면으로 날아와 얼굴에 작렬을 한 것이다. 고등학교 시절 작은 체구에 기죽지 않으려고 태권도와 유도를 열심히 했는데 복싱은 줄넘기와 스텝 그리고 잽과 샌드백치기 등 기본동작만 6개월 정도했을 뿐 정식으로 링에서 뛰어본 경험은 한 번도 없었다. 하지만 군에서는 경험과 종목을 중요하게 여기지 않는다. 마땅한 선수가 없었던 이유도 있었지만 앞으로 군 생활을 편하게 하려면 이런 기회에 뭔가 보여 줘야 할 한 방이 필요하다는 것을 군 생활하면서 파악하고 은근히 기다렸는지도 모른다.

태권도로 다져진 주먹을 믿고 도전했는데 힘 한번 못쓰고 쓰러지다니 앞으로 감당할 일들로 눈앞이 캄캄했다.

사냥꾼이 토끼를 발견하고 화살을 쏘았는데 빗나가 놓치고 말았다. 첫 사냥부터 실수를 하면 그날은 운이 좋지 않은 날이다. 신중을 기하여 사냥을 하는데도 번번이 놓치자 힘만 들고 온몸이 지쳤다. 겨우 꿩 한 마리를 잡아 점심을 해결하고는 피곤해 잠이 들었는데 눈을 떠보니 어느덧

해가 기울어 어둑어둑해졌다. 정신 차리고 일어나 하산하려고 활을 집어 드는 순간 눈앞에 집채만한 호랑이가 금방이라도 달려들 태세로 기회를 엿보고 있는 게 아닌가! 아마 언제부터인가 지켜보며 움직이기를 기다리고 있었던 게 틀림없었다.

사냥꾼은 무의식적으로 화살을 잡았는데 딱 한 개밖에 없었다. 이 한 방으로 호랑이를 잡느냐 내가 죽느냐 생사의 기로에서 말 그대로 죽을힘을 다해 활시위를 당겨 호랑이를 겨냥했다.

아무리 생각해도 화살로 호랑이를 잡는다는 것은 계란으로 바위를 치는 격이라 호랑이 얼굴 정중앙에 있는 급소를 맞추어야만 그나마 승산이 있고 조금이라도 빗나가면 호랑이 밥이 되고 말 처지였다. 꿈쩍 않고 노려보는 호랑이를 향해 혼신의 힘을 다해 화살을 날리고는 그 자리에서 기절하고 말았다.

죽었는지 살았는지 모르는 긴장된 시간이 지나고 날이 밝아 그 사냥꾼 힘겹게 눈을 떠 바라보니 희미하게 사물이 보이기 시작했다. 살아있음을 확인하고 호랑이를 이겼다는 기쁨으로 눈을 비비고 다시 보니 커다란 바위 중앙에 그 화살이 꽂혀있는 게 아닌가!

숫자의 열세에도 불구하고 오기와 깡다구로 다져진 군기가 무색하게 한 방에 나가떨어지다니 우리 중대 체면이 말이 아니었다. 다시 일어나 싸울 준비를 하는데 다행히 호루라기가 울려 1회전이 끝났다.

2라운드가 시작되자마자 승기를 잡은 상대방이 이때다 싶어 무차별적으로 주먹을 날리는데 나는 속수무책이었다. 앗차 하는 순간 또 내 얼굴에 주먹이 날아와 비틀거렸다. 순간 사냥꾼의 비장한 각오로 싸우면 못 이길게 없다는 각오로 얼얼한 눈을 뜨고 상대방을 쏘아보니 날아오는 주먹이 보이고 그 얼굴이 쟁반만큼 크게 보였다. 날아오는 주먹을 살짝 피함과 동시에 그 큰 얼굴에다 회심의 일격을 가하고 왼주먹을 날리는데 허공을 갈랐다.

와! 하는 소리와 함께 내 손이 번쩍 위로 올려졌다.

비틀거리는 나를 의무대로 데려가기 위해 부축해주는 손길이 남달랐고 평소 하늘같던 고참마저 친형님처럼 친근하게 느껴졌다.

오늘 이 한 방은 박격포탄보다 더 쎈 위력을 발휘해 당장 병장계급장이라도 단 것처럼 아픔은 씻은 듯이 사라지고 다리에 힘이 생기고 어깨도 으쓱했다.

확실한 보험처리로 남은 군 생활에 믿는 구석이 생겼다

는 생각이 들자 가슴은 기쁨으로 차오르고 든든해진 마음
은 하늘같은 고참도 부럽지 않아 연신 미소가 흘러나왔다!

눈길이 머무는 것

즐거운 마음으로 뿌린 씨앗
자라는 새싹 바라보며 고민한 끝에
공평한 시선으로 바라보기로 했다

튼튼한 놈 남기고 여린 놈은 뽑아버려야
맞는 건데
여린 놈 애처로운 눈길 외면할 수 없어
못난 놈에게 정성을 쏟기로 했으니
무모한 선택이였다는 생각

세상 부모마음이야 열손가락 모두 길 되길
바라지만
세상살이 어디 뜻 대로만 되랴
모든 시작은 선하지만 앞섬과 뒤섬이 공존
하는 현실
가끔은 선택의 기로에서
멍텅구리 같은 행동을 하는 것도
삶에 활력과 운치를 더하는 멋 아닐까

4부

인생길에서

수험생을 위한 기도

높은 곳에 계시는 하나님!

인자하신 눈으로 조용한 나라 대한민국을 한번 내려다 봐 주십시오.

서울 한 귀퉁이 허름한 단칸방에서 불철주야 책과 씨름하는 철없는 수험생이 갈피를 못 잡고 허둥대고 있습니다. 그게 누구냐구요?

자랑하기에는 부족한 점이 많지만 하나밖에 없는 친여동생이라 실례를 무릅쓰고 부탁의 글을 올립니다.

학교 성적은 그리 좋은 편이 아니고 중간정도에서 엎치락뒤치락 합니다. 머리가 나쁘면 공부라도 열심히 해야 할 텐데 태평세월을 보내다 이제 와서 두 달 남았다 한 달 남았다 야단을 떱니다. 당연이 오빠로써 도와주면 좋으련만 대신할 수 있는 일이 아니라 그저 안타까운 마음으로 지켜

볼 수밖에 없어 답답하기만 합니다.

아마 하느님께서 이글을 읽으실 때쯤이면 열흘이다 일주일이다 부산떨며 날새기 벼락치기 공부에 초비상상태일 것입니다. 미련한 동생에게 한 번만 기회를 주십시오. 그렇다고 답안지를 가르쳐 달라든가 커닝하는 방법을 알려달라는 무례한 부탁은 아닙니다.

동생의 돌 큐에다 아이큐 오십만 더하여 주십시오! 그렇다고 해서 어디가 크게 잘못되는 것은 아니잖습니까?

하나님께서도 잘 알고 계시듯 집에서는 부모님 말씀 잘 듣고 자기 일은 자기가 알아서 할 줄 아는 착한 소녀랍니다. 지금까지 그녀의 행동이 천국에 갈만큼 특별하게 잘한 일도 없지만 그렇다고 지옥 갈만큼 못된 짓을 골라서 한 것도 아니니 넓으신 아량으로 얼마 남지 않은 기간 동안 흔들림 없이 차분하게 마무리 할 수 있도록 명석한 지혜를 주십시오.

높은 곳을 향해 드리는 부탁이오니 불쌍히 여겨 은혜를 베풀어 주시옵소서. 합격하는 날 그 영광 하느님께 돌리겠습니다!

동생 사랑하는 오빠의 마음이라 이해하시고 야단치지 마시고 용서바랍니다.

부디 환절기에 옥체 만수무강 하십시오.

외출

기회가 주어졌다. 진달래 개나리 만발하고 높은 하늘과 햇빛 싱그러움이 가득한 북한산 어느 계곡. 바라보는 앞산에는 기암괴석이 절벽을 이루고 허리춤에는 농도 짙은 운무가 도도히 흐른다.

금방이라도 산신령이 나타나 어디에 있다 이제야 왔느냐? 호통 치며 지팡이로 뒤통수를 내려칠 것만 같다.

때맞추어 간간이 봄비마저 내린다. 물기 머금은 온 산 온 계곡은 새 생명의 노래로 밝기만 하다. 이 좋은 곳이 지척인데 울에 갇힌 송아지마냥 좁은 터를 뱅뱅 돌다 울타리를 탈출했으니 어린 시절 소풍가는 마음이다.

어느 누구도 울타리를 만들지 않았지만 스스로 틀에 갇혀 줄에 매인 강아지마냥 주변만 서성댔으니 누구를 탓하랴!

이런 날은 고삐 풀린 망아지마냥 어디든 가고 싶다. 바람과 구름이 아니라도 새처럼 자유롭게 자연과 벗하고 싶다.

어린 시절 같이 놀던 친구들이 나를 계곡으로 이끈다. 노랑나비 꽃을 찾고 꿀벌도 뒤질세라 날갯짓이 바쁘다. 다람쥐 달리기하고 새들도 햇빛에 옷깃 풀어 먼지를 털어내고 시냇물 졸졸 장단 맞춰 잔치마당에 흥을 돋는다. 천방치축 피라미는 연신 옆구리를 찔러대고 가재도 덩달아 달리니 바위 위에 그림을 그리던 고동도 손을 놓고 몸을 굴린다.

흐르고 흘러 깨끗해진 계곡 물은 찌든 내 마음까지 씻어내듯 가슴을 가로질러 다음 길을 재촉한다.

동네 목욕탕에 간들 이리 깨끗하게 닦을 수 있으랴! 살갗 때만 밀어내다 속살을 깔끔하게 청소하니 막힌 곳이 뻥 뚫린 기분이다. 잘 정리된 마음에다 숲속 영양분을 가득 들이키니 속살이 통통해져 7년 근 인삼 서너 뿌리가 배 속에 가지런히 누워 있는 것 같아 든든하다.

이런 호사를 일 년에 몇 번이나 누릴 수 있을까? 정작 가족나들이 한번 제대로 못하고 사는 현실이 답답하고 야속하지만 묵묵히 제자리를 지켜주는 가족들이 있어서 고맙다.

다음에는 온 가족이 외출하는 기회를 꼭 만들고 싶다!

넘치는 사랑

오곡백과 무르익는 가을이라 풍부함이 넘친다. 풍족함의 대명사라 일컫는 추석 한가위가 지나면 본격적인 수확철이다. 먹고살기 어려운 시절에도 이 계절만큼은 먹을 게 넘쳐났다.

그런데 역설적으로 농사가 잘되면 풍부함이 넘쳐 오히려 가격이 떨어져 농민들 시름이 깊어진다.

어느 해 양파 농사가 잘되어 굵고 질 좋은 양파가 생산되었는데 집집마다 물량이 넘쳐 길가에다 산더미처럼 쌓아놓았다. 과잉생산으로 정부수매도 안 되고 가격은 떨어져 애불단지가 되었던 것이다. 시골에서 양파를 다마내기라고 했는데 오죽했으면 망아내기라고 했을까!

수요와 공급이 맞지 않아 벌어지는 일이었지만 이것의 균형은 나라님도 어찌할 수 없는 참으로 해결하기 어려운 고질병 중에 하나다. 올해 감자 가격이 높아 돈 좀 벌었다고 소문나면 너도 나도 감자를 심어 온 나라가 감자 천지라 천덕꾸러기 신세로 전락하여 값이 폭락하고 만다. 다음해에는 감자 심기를 모두 기피하니 또다시 가격이 오르고 없어서 못 파는 악순환이 계속된다.

그런 중에도 운이 좋은 사람은 요리조리 잘도 피해가며 재미를 보지만 대다수의 농민들은 종자 값 건지기도 어렵다. 풍부함은 가득 차 좋은데 넘침은 수렁에 빠트려 허우적거리게 만든다.

넘침은 사람 건강에도 심각한 부작용을 유발한다. 사람이 병드는 게 과거에는 부족해서 생겼지만 지금은 넘쳐서 생긴다.

병원에 가면 신경을 많이 써서 술을 많이 먹어서 지방분을 많이 섭취해서 등등 이름도 어려운 여러 종류를 들이대며 과잉섭취로 인해 생긴 병이니 삼가라며 간단하게 처방하지만 어찌된 일인지 병원은 인산인해를 이룬다.

그럼 사랑이 넘치면 어떨까? 이것 역시 과하면 병이 생기는데 치료할 약이 없다는 게 문제다. 약으로 치료할 수 없는 병이지만 홍역처럼 한번쯤은 겪어야 할 특이한 병 중에 하나다.

하지만 요새는 신통방통한 사랑의 묘약이 나왔는지 아니면 백신이라도 개발했는지 애걸복걸 매달리지도 않고 오매불망 기다림도 없이 손 한번 흔들고 뒤돌아서면 끝이고 평강공주나 노국공주 같은 사랑은 전설 속으로 사라진 지 오래다.

그러니 사랑다운 사랑은 메말라 그 흔한 사랑싸움조차 구경하기 어렵고, 대신 사고파는 성문제로 사회가 어수선하다.

솔직한 내 심정은 사랑공장을 만들어 춘향이표 지고지순한 따끈따끈한 사랑을 가슴이 메마른 사람들에게 하나씩 나누어 주고 싶다. 아니면 최근 사회문제로 불거진 폐쇄원전을 활용해 핵폭탄만큼 강력한 사랑 탄을 만들어 지구촌 곳곳에 터트린다면 사랑바이러스에 감염되어 사랑이 넘쳐나는 행복한 세상이 되지 않을까?

말 한 마디

고심에 쌓인 어느 가장이 옥상에 올라 먼 산 바라보며 줄담배를 피우고 있다. 중대 결심을 한 사람처럼 비장한 모습에 굳은 얼굴이다. 이제 막 담배를 끄려는 찰라 저만치에서 반갑게 손을 흔들며 "여보 나야! 당신 좋아하는 음식 사왔어! 빨리 방으로 내려와"해서 자세히 바라보니 다름 아닌 아내였다.

그 소리에 정신이 번쩍 들어 담배를 비벼 끄고는 방으로 내려 왔다.

요즈음은 어려움의 연속이다. 사회 첫 직장에서 배운 기술이 평생 직업이 되어 열심히 살아 왔는데 언제부터인가 힘들어지더니 이제는 쓰는 돈보다 버는 돈이 적다.

자연 생활비가 적게 들어오니 집안이 삐걱거리고 언성

이 높아진다. 사업 부진으로 기가 죽고 의기소침해져 주위 사람 볼 면목도 없다. 밖에서는 거래처에 시달리고 집에 오면 아내 눈치 보아야 하니 일찍 출근하고 늦게 들어와 되도록이면 마찰을 줄이며 죽은 듯이 살고 있다. 그런데다 곧 이사까지 가야 한다. 전세 값 올려달라는 집 주인의 전화는 빗발치고 돈 마련할 형편은 안 돼 어쩔 수 없이 이사 가야 하니 능력 없는 가장의 자격지심으로 소외감마저 든다. 자연히 부부 동반 외출이 줄어들고 각자 알아서 일보는 게 편하다. 급기야 밖에서 나를 만나면 창피하다는 생각으로 외면할지 모른다는 생각까지 들었다. 이러한 마음이 드니 모든 게 귀찮고 인생이 허무해졌다.

그런 아내가 주위 사람 신경 쓰지 않고 큰 소리로 나를 불러 반갑게 손 흔들어 주니 살아갈 희망과 용기가 솟아 딴 마음 먹지 말고 열심히 살아야겠다고 마음을 고쳐먹었다.

시간이 지나 이사 갈 때가 되었다. 짐 정리하던 아내가 남편의 책상 서랍에서 봉투 하나를 발견했다. 궁금해 열어 보던 아내가 "아니 이이가!" 하며 깜짝 놀란다.

그건 남편의 유서였다. 쭉 읽어 내려가니 고뇌에 담긴 남편의 심정이 구구절절 써져 있고 마지막에 편지의 추신처럼 덧붙인 글이 있다.

"그날 자살하려고 유서를 써놓고 옥상에 올라가 마지막 담배를 피우고 옥상 아래로 뛰어 내리려는 순간! 멀리서 들리는 아내의 목소리! 그건 천둥 같은 생명의 소리 아니 하느님의 목소리였다."

눈물범벅으로 다 읽고 나더니

"난 이제 단칸방으로 이사 가도 행복해!"

긍정

　여기에 사과 일곱 개가 있다. 어떻게 먹으면 사과 전부를 맛있게 먹을 수 있을까? 간단하다.

　일곱 개 중에서 제일 좋은 사과를 먼저 골라 먹는다. 그 다음에는 남은 여섯 개 중에서 제일 맛있어 보이는 사과를 또 먹는다. 그렇게 먹다보면 마지막까지 맛있는 사과를 먹을 수 있다.

　반면 나쁜 사과부터 먹는다면 마지막까지 나쁜 사과를 먹을 수밖에 없다.

　장미꽃이 우아하고 아름답게 피어있다.

　"왜 하필이면 그 예쁜 장미꽃에 가시가 돋쳐 있을까?" 라며 짜증내고 멀리한다면 꽃이라 할 수 없을 것이다. 반대로 "가시나무에 어쩌면 저렇게 아름다운 꽃이 피었을까!" 하는 생각으로 바라본다면 여왕처럼 보일 것이다.

그렇담 상대방이 나를 바라 볼 때 어떻게 하면 긍정적인 시선으로 바라볼 수 있을까?

물론 첫인상은 외모에 따라 다르겠지만 같이 있을수록 지루한 줄 모르고 그 자리에 더 머무르고 싶은 생각이 생겼다면 당신은 이미 긍정적인 사람이다.

자랑하고 싶은 마음이야 누구에게나 있겠지만 자랑만으로 그 사람에 대한 평가가 결정된다면 수긍할 사람이 어디 있겠는가? 당신의 마음속에서 우러나는 진실됨만이 당신에게 호의적인 시선으로 쏟아질 것이다.

차 한 잔일지라도 은은하게 배어나오는 향기가 오래 남듯 뒷모습에 시선이 머무르고 오래 기억되는 사람이라면 긍정적인 삶을 살고 있는 게 확실하다.

백의민족

오래된 책을 보면 우리 민족을 이렇게 표현하고 있다.

'동방의 예의바른 민족으로 흰옷을 즐겨 입었다'

그러한 나라에 개화를 선봉으로 한 서양 사람들이 들어와서 깜짝 놀랐다. 그때가 여름이었는데 모든 사람들이 하나같이 백색 옷을 입고 있는 게 아닌가! 햇빛을 반사시키는 흰옷을 입고 시원한 나무 그늘에 앉아 부채로 더위를 식히고 있는 과학적이고 여유로운 광경은 검정색 양복차림으로 땀을 뻘뻘 흘리는 자신들과는 너무나 대조적이었다. 아니 검정색 옷을 입은 사람은 한 사람도 찾아 볼 수가 없었다. 이러한 문명국이 이 세상에 존재한다니 놀라울 뿐이었다.

거기에다 더 놀라운 것은 식사하는 광경이었다. 우물에서 길러온 오염되지 않은 시원한 물을 사발에 붓더니 밥을 씻어서 먹는 게 아닌가!

계절이 바뀌어 서늘한 바람이 불고 날씨가 제법 쌀쌀해졌다. 들에는 곡식이 익어 황금벌판이고 산에는 울긋불긋한 단풍이 바람에 날리고 아침저녁으로는 손이 시리고 입김이 생기기 시작했다. 이렇게 기온이 내려가면 검정색 옷으로 일제히 바꾸어 입어야 문명인이라 할 수 있는데 그 어디에서도 검정 옷을 준비하는 모습은 찾아 볼 수 없었다. 간혹 하복에서 동복으로 갈아입는 시기가 예상과 맞지 않아 빨리 입게 되면 더워서 땀을 뻘뻘 흘리고 조금 늦게 입으면 며칠은 추위에 떨어야 했던 것처럼 약간의 착오가 있을 거라 생각했다. 하지만 첫눈이 내려도 하얀 옷 그대로였다.

점차 의구심이 들기 시작했는데 가끔 회색 옷을 입은 사람을 발견하고 자세히 보니 때에 절여 흰색 옷이 회색 옷처럼 보였던 것이다. 설마 검정색 옷 자체가 없는 게 아닌가 하는 의심마저 들었다.

또 위생적으로 식사하는 광경을 쭉 지켜보다가 눈을 의심케 하는 행동을 목격해야했다. 식사를 마친 후 밥 씻었던 물을 한 방울도 남기지 않고 다 마셔버리는 게 아닌가! 가난한 나라에서 한 가지 옷만 입는 것은 어느 정도 이해가 되는데 밥 씻은 물을 먹는 행동은 도저히 이해할 수 없었다.

어두육미

멸치는 뼈가 없다. 아니 있어도 통째로 먹었다. 똥이라는 까만 내장까지 그대로 넣고 끓여 맛을 냈다. 배고프던 시절이라 어떻게 요리하던 모두 맛있게 먹었고 마지막에는 두 배나 커진 멸치를 오래 씹으며 즐거워했다. 마늘 고추 된장 간장 같은 양념 중에서 유일하게 고기양념이기 때문이다.

어려운 생활 속에서도 가끔 갈치나 조기 같은 생선요리를 만들어 먹을 수 있었는데 구수한 냄새가 진동해 군침부터 흘리지만 식구 수에 비에 턱없이 부족하다. 밥상에서 아버지가 내장과 뼈를 발라내고 살코기를 식구들에게 나누어 주다 보면 정작 아버지 몫은 없고 머리와 뼈만 남는다.

보다 못한 어머님이 "당신도 살 좀 드시구려" 안타까워 한 마디 거드시지만 아버지는 "생선은 머리가 제일 맛있고 내장은 쌉쌀한 맛이 일품이다" 하시고는 "살코기는 퍼석거려 무슨 맛으로 먹는지 모르겠다" 하시며 자리를 뜨신다.

그랬다. 자식들은 아버지가 살코기는 싫어하고 머리와 내장만 좋아하시는 것으로 알았고 가시와 내장은 항상 아버지 몫이라 여겼다. 정말 맛이 없어 살코기는 안 드시는 걸로만 알았다.

그러던 자식이 결혼해 아들 딸 낳고 어느 날 오붓하게 저녁식사를 하고 있었다. 어렸을 때 아버지가 하시던 것처럼 뼈를 골라내 살코기를 식구들에게 나누어 주다가 갑자기 그의 눈에서 눈물방울이 소리 없이 흘러내려 앙상한 가시 위로 떨어졌다.

철없던 어린 시절 부엌에서 어머님과 아버님이 나누시던 이야기를 그때는 아무 생각 없이 그냥 지나쳤는데 갑자기 영화의 한 장면처럼 뚜렷하게 떠올라 가슴밑바닥에서 뜨거운 감정이 북받쳐 올라 마음이 아렸기 때문이다. 그날은 수업이 1시간 정도 빨리 끝나 집에 왔는데 부엌에서 무슨 소리가 나기에 들어보니 어머님이 요리하시던 조기 한 마리를 아버님 입에 넣어주시며 "애들 오기 전에 당신도 통째로 한 마리 먹어 보시구려" 하시니 아버님이 맛있게 드시고는 "역시 고기 맛은 살코기가 최고지! 얼마나 부드럽게 잘 넘어가는지 오랜만에 몸보신 했네."

한참 맛있게 살코기를 먹고 있던 아들이 아빠 얼굴을 빤히 쳐다보며,

아빠! 왜 울어 목에 가시 걸렸어?

유통기한

"내 것 있어?"

"아마 냉장고에 몇 개 있을 걸."

문을 열어 보니 대형마트 알뜰상품 코너에 시들하게 놓여 있는 식품처럼 빨대 꽂힌 우유팩 2개와 유통기한이 지난 식품 몇 개가 풀 죽은 모습으로 한쪽 귀퉁이에 격리되어 있었다.

일요일 아침 늦잠 자고 일어나 배고프던 참에 먹다만 우유에다 내 몫으로 지정된 음식을 몽땅 먹어 치웠더니 냉장고가 한결 넓어졌다.

언제부터 이런 습관이 들었는지 확실치는 않지만 배고픈 시절, 음식에 대한 애착이 낳은 결과가 아닐까 싶다. 배고픔에 대한 아픈 기억이 지금까지도 머릿속에서 지워지질 않고 음식에 대한 집착으로 남아있다.

그날 옆집에서 별미라며 맛이나 보라고 죽 한 그릇을 가져 왔다. 마침 부모님은 밭에 나가시고 형과 나 단 둘만 있어 절반씩 나누어 먹기로 하고 똑같이 대접에 담았다. 남의 떡이 더 커 보인다고 형이 가져간 그릇의 죽이 더 많은 것 같아 바꾸자고 했더니 거절과 동시에 먹기 시작했다. 한 수저라도 더 먹겠다는 심산으로 먹기를 거부하고 어머님께 고자질하겠다고 으름장까지 놓았지만 어느새 그릇을 다 비운 형이 "먹을 거야 안 먹을 거야?" 다짐하듯 물었는데도 안 먹겠다고 계속 고집을 부렸다.

빤히 얼굴을 바라보던 형이 내 앞에 있던 죽 그릇을 제빨리 가져가더니 순식간에 다 먹어 버렸다. 조금이라도 더 먹겠다고 고집부리다 그 마저도 못 먹었으니 억울하고 분해 배고픈 줄도 모르고 몇 시간을 서럽게 울었던 것 같다.

어느 날 퇴근하여 집에 왔더니 식탁에 여러 가지 식품이 올려져 있었다. 방금 마트에 다녀왔나 생각하고 그 중 하나를 집어 입에 넣으려는 순간, 안 돼! 하는 짧은 소리가 아내의 입에서 튀어 나왔다. 동시에 딸이 급하게 오더니 그 음식을 손에서 빼앗아 가버린다.

기분이 상해 퉁명스런 소리로 "집에 있는 음식인데 누구

나 먹으면 됐지, 몫이 정해진 것 마냥 호들갑떨며 빼앗아가다니 치사하다 치사해" 하고 신경질을 냈더니

"아빠 그게 아니고 유통기한이 일주일이나 지났다고!"

"그럼 이 모든 걸 다 버리겠다는 거야?"

"그럼 어떻게 해. 먹으면 배탈날 텐데!"

이 소리에 기분이 더 나빠져 그동안 하고 싶었던 말을 쏟아냈다.

"냉장고에 너무 많이 사다 넣으니 복잡해서 못 찾고 그럼 또 사오게 되고 안쪽에 있는 음식은 상해서 버리고 그러면 환경오염은 더 심해질 테고 돈은 돈대로 들어가고 지구는 지구대로 망가지면 다음 세대는 어떻게 살아갈지 생각이나 해봤느냐? 우리가 언제부터 잘살았다고 이러느냐? 먹는 걸 버리면 죄 받는다!" 등등 참았던 말이 봇물처럼 터져 나왔다.

그리고 "그 유통기한이란 것도 사고파는 기간을 말하는 것이지 보관시간을 말하는 게 아니다. 냉장고에 넣어두면 한 달 정도는 괜찮다" 하고는 지금까지 유통기간이 지난 음식을 먹었어도 아무 탈 없었으니 내가 다 먹을 거라고 큰소리치고 버리지 못하게 했다.

그 이후로 문제의 그 식품들은 모두 내 몫이 되어 버렸다.

어느 날 저녁 9시 뉴스를 보는데 유통기한이 3개월이나 지난 재료를 사용해 음식을 만들어 팔다가 그 회사 대표가 구속되고 그 제품들은 전량 회수해 폐기처분했다는 소식과 함께 먹는 것 가지고 장난치면 천벌을 받는다는 격언을 들먹이며 이런 사람은 일벌백계하여 이 사회에 경종을 울려야 한다고 했다. 그 뉴스를 주위 깊게 바라보던 딸이

"아깝다! 아빠 몫인데!"

노상방뇨

후미진 뒷골목에 방범등이 희미하게 빛을 발하고 있다. 머쓱하게 서있는 전봇대에 수명 다한 전구가 간신히 매달려 깜박깜박 마지막 힘을 쏟고 있다. 이마에는 '불조심'이라는 딱지가 붙어있고 콧잔등에는 '하숙생 구함'이라는 광고지가 빛바랜 손수건마냥 달려 있다.

한 사나이가 희미한 불빛에 모습을 드러내기 시작했다. 말쑥한 양복차림에 넥타이까지 맨 정장차림이다. 어디서 한잔 했는지 다리는 비틀거리고 입에서는 신세타령인지 노래인지 모를 흥얼거리는 소리가 흘러나왔다. 골목 분위기 때문인지 주머니에 달랑 동전 몇 개만 들어있을 것 같은 어딘지 모르게 빈곤함이 묻어나는 모습이다. 생일날이나 아니면 집안잔치 때나 차려 입는 그래서 어딘지 어색하고 몸에 맞지 않아 빌려 입은 옷처럼 보였다.

그는 전봇대 앞에 오더니 일말의 망설임도 없이 바지 앞 단추를 풀고는 노상방뇨를 시작한다. 가득 차 무거운지 힘겹게 꺼내놓고는 힘차게 쏟아낸다. 방광 위험수위 일보직전에 수문을 연 탓으로 그 기세가 자못 당당하다. 허리춤 높이에 붙어있는 소변금지와 가위가 그려있는 준엄한 경고장을 당장이라도 떼어낼 듯이 세차게 쏟아져 내린 후에 물줄기는 두발 벌린 가랑이 사이로 2미터 이상을 기어가고 있다.

기세 좋게 뻗던 물줄기가 한 풀 꺾여 흐느적거릴 때쯤 그 사내는 용무를 마치고 부르르 한번 떨더니 시원스러운 듯 콧노래를 부르며 다시 걷기 시작했다. 가사의 내용은 정확히 알 수 없지만 걸음걸이로 보아 요즈음 유행인 뽕짝이나 육자배기임에 틀림없다.

그는 늘 해 왔던 것처럼 일상의 일부분인양 전혀 양심에 가책이나 거리낌 없이 뒤도 돌아보지 않고 불빛에서 멀어져 갔다.

곧이어 하얀 털옷을 입은 개 한 마리가 순서를 기다리기라도 했다는 듯이 급히 오더니 전봇대 주위를 킁킁거리다가 아직도 살아있는 장어를 유심히 바라보고 크기에 놀라 움칫한다. 그리고는 한쪽 다리를 들어 올려 온기가 남아있는 거기에다 찔끔 갈기고는 유유히 사라진다. 그 둘 다 배설의 쾌감을 만끽하면서!

곧이어 희미한 불빛 사이로 멀어지는 개와 사람이 클로즈업되더니 빨간색 넥타이를 단정하게 맨 하얀 개가 무게 없이 스쳐갔다. 분명 그 빨간 넥타이는 눈에 익어 낯설지 않았다.

골동품

　TV를 시청하다 가끔 진품명품 프로를 보면 어느 골목에 쓰레기처럼 버려진 물건을 가져다 감정을 받아보니 국보급 문화재여서 큰돈을 챙겼다는 일화도 소개된다. 어떤 사람은 집들이 선물로 받은 그림이 집 몇 채 값에 팔려 부자가 되었다는 이야기나, 간혹 헛간 귀퉁이에 버려져 있던 요강이 이조 백자로 변신해 횡재했다는 사람들처럼 나도 우연히 고가의 골동품을 발견하는 행운이 오지 않을까하는 생각을 가끔 해 본다. 그런 맥락에서 기막힌 상술 하나를 소개한다.

　유서 깊은 도시나 유물이 자주 발견되는 섬 지방을 여행할 때 돼지꿈을 꾸고 복권을 사 일확천금을 바라는 요행으로 진가를 몰라 버려진 유물이나 고물을 유심히 관찰하는 사람들이 있다. 그 중 한 사람이 어떤 섬을 여행하다 유물처럼 보이는 물건 하나를 발견했는데 가까이에서 유심히 살펴보니 진품명품에서 봤던 것 하고 비슷했다. 비전문가인 그에 눈에도 일반 물건하고는 확연이 달라보였다. 그건 다름 아닌 개 밥그릇으로 사용하고 있는 예사롭지 않는 사발인데 바로 옆에는 개가 지키고 있어 욕심대로 그냥 가져오기는 어려울 것 같았다. 그래서 적당한 값으로 사발을 구입하기로 하고 머릿속으로 빠르게 정리했다.

촌 동네라 비싼 값을 요구하지는 않을 것 같은데 그렇다고 사발에만 관심을 가지면 의심을 살까봐 '아예 그 개를 사면 밥그릇은 그냥 따라 오겠지'라고 생각하는 찰라 어디서 나타났는지 시골할아버지가 관심 없는 척 지나가는 말투로 "젊은이 그 개가 마음에 드시오" 하신다.

그도 이때다 싶었지만 심드렁하게 "뭐 그저 그런데 가격이 맞아야 사죠" 했다.

할아버지가 위아래로 슥 훑어보더니 "당신 행색으로 보아 이 개를 사기는 힘들 것 같소. 이래봬도 이 개가 나를 먹여 살리는 우리 집 보물덩어리요. 그러니 정 사고 싶으면 시가의 다섯 배는 내고 가져가시오!"

속마음을 들킨 것 같아 뜨끔했지만 태연히 "아무리 그래도 그렇지 다섯 배라니요?"라고 토를 달며 노인네의 속마음을 읽어 보려 했다.

"내가 처음에 뭐라고 그랬소. 아마 형편이 안 되는 것 같은데 없던 걸로 합시다!"

이 소리에 정신이 번쩍 들어 '어리숙한 시골 노인네가 아니구나' 생각하고는 이 핑계 저 핑계 대가며 흥정을 벌여 마침내 네 배 값을 치르기로 합의했다. 그리고 전혀 관심이 없는 개를 인수받고는 심드렁하게 흘리는 말로 "가다가 개에게 밥을 주어야 하니 이 사발은 가져가도 되죠?" 하고 집으려하니 그 할아버지 연세에 비해 놀라울 정도로 민첩하게 사발을 낚아채서 품에 안고는 "천만에 말씀! 그동안 이 사발이 개 수십 마리를 그것도 아주 비싼 값에 팔아준 보물인데 어림없지 어림없어!

나를 시골노인이라고 우습게 봤다가 큰코다친 사람이 어디 한 둘이여!"

금줄

금줄하면 목걸이나 팔찌의 가느다란 금빛 줄이 떠오른다. 금광의 금맥이나 금 수저를 떠올리는 사람도 있겠지만 나이 드신 분들 생각에는 아기가 태어난 집 대문에 빨간 고추와 숯을 달아 놓은 새끼줄로 부정 탄 사람이 들어오지 못하게 하는 금지의 줄이다.

그 시절에는 길에서 마주치는 어르신께 인사만 잘해도 착한 어린이고 선생님 말씀 잘 들으면 모범생이었다. 위험한 곳이래야 시냇가 물 깊은 곳이고 높은 나무에 올라가는 것이었다. 그러니 제약 받는 일이 없고 학교 다녀와 부지런히 농사일 돕고 잔병 없이 잘 크고 잘 놀면 그만이니 마음에 근심 걱정이 없었다. 간섭 없이 자유분방하게 클 수 있었다. 요즈음으로 치면 학교 다녀와서 과외나 학원에 갈 필요가 없다는 것이다.

그래도 어린이들이 가장 무서워하는 것은 순경인데 마을하고 한참 떨어진 면소재지에 있을 뿐 누가 잘못했다고 잡으러 오는 일도 없었다. 간혹 밀주 단속할 때나 가을 학교운동회 때 귀빈으로 초청받아 본부석에서 면 유지행세하며 앉아 있는 게 전부였다.

하지만 이러한 시골동네에서 유독 출입을 엄격하게 금지한 곳이 있는데 아기가 태어난 집으로 대문에 금줄을 쳐놓고 부정을 방지했다. 삼신할미가 점지해 아기가 태어난 신성한 곳으로 모두들 금기시했다. 외부 사람은 그 누구도 들어올 수 없고 집안사람마저도 되도록이면 출입을 삼가고 좋은 곳과 좋은 일로만 외출을 했다.

또 하나는 정월대보름 마을 당산제를 지내기 위해 당산나무 전체를 금줄로 빙 둘러쳐놓고 상갓집 다녀온 사람이나 살생을 한 사람은 비록 거리가 멀더라도 스스로 알아서 그곳을 피해 돌아 다녔다. 그리고 당산제를 주관하는 사람이 정해지면 그를 제관이라 부르는데 그가 최고로 우선시하는 게 부정을 방지하는 것이다. 이것은 누가 시켜서가 아니고 당연히 서로 간에 지켜야 할 약속으로 여겨서 문제가 된 적은 단 한 번도 없었다. 지금처럼 지키고 서서 통제하거나 위험을 알리는 줄을 쳐 출입을 막고 사고현장에는 폴리

스라인을 설치해 관계자만 출입하지만 사고가 또 일어나 출입금지선이 유명무실해져 허탈한 느낌이 들 때도 있다.

중요한 것은 금지선이 아니라 사람이 그 선을 지키느냐 아니냐. 거미줄 같은 규제에도 불구하고 새로운 규제가 자꾸 생기는 걸 보면 시민의식이 부족해서인지 간섭이 너무 많은 것인지 모를 일이다. 사회가 복잡해져 금지하는 규제가 많은 지금 금줄의 상징성과 자율성이 돋보이던 그 시절이 그립다.

흡연

한 사나이가 옥상에서 습관적으로 담배를 피우고 있다. 처음에는 호기심으로 피웠고 청년기에는 멋과 낭만으로 피웠다. 하지만 세월이 지나니 중독이 되어 하루에 두 갑으로도 부족하다.

아침에는 첫 담배라고 피워 물고 밥 먹고 나서는 소화제라고 한 개, 출근해서는 힘들다고 한 개, 신경질 나서 한 개, 머리 터질 것 같아 한 개, 욱해서 한 개. 기분 좋아서 한 개. 심심해서 한 개. 이러다 보니 오전이면 담배 한 갑이 바닥을 드러내고 만다.

새해에 반성할 점을 손가락 꼽아가며 작심하지만 길어야 일주일이다. 그 중 대개가 첫 번째가 금연이요, 두 번째가 금주다. 시간이 지나면 금주는 절주로 바뀌고 금연은 중독성을 이기지 못하고 이런 저런 변명을 찾다가 그럴듯하게 "술 끊는 놈이 독하다고는 하지만 담배 끊는 놈만큼 지독한 놈은 없다. 그런 놈에게는 내 딸을 줄 수 없다"는 말을 내세우며 장가가기 위해서 어쩔 수 없이 피운다는 핑계다운 핑계로 정당화 시킨다.

그래서 장가는 갔지만 세월이 변하니 새로운 걸림돌들이 생겨나 마음 놓고 담배 피울 곳이 마땅찮다. 집에서는 아내 눈치 보느라 횟수를 줄이고 그것도 신혼 때라 넘어갔지만 아기가 태어난 후부터는 베란다로 쫓겨나 어쩔 수없이 추위에 떨면서 한 대씩 피워 무는 처량한 신세로 전락됐다.

하지만 그 정도는 낭만처럼 생각할 수 있다. 아기가 자라니 아예 밖으로 내쫓는데 그것도 주위 사람 눈치를 보아야 하니 차라리 옥상으로 올라가 마음 놓고 줄담배를 피운다.

식당에 가서도 참아야 하고 차 탈 때도 운전할 때도 마찬가지다. 이제는 걸어가면서 피우는 것도 금지다. 아니 벌금까지 날아와 마누라하고 한바탕하고는 며칠은 죽은 듯이 살아야 했다.

이 모든 것의 결론은 건강으로 집약되는데 안타까운 것은 폐암 선고가 내려진 후에야 뒤늦게 야단법석 떨며 방법을 찾아보지만 이미 늦어 손쓸 방법이 없고 마지막 날을 기다리는 안타까운 신세다. 그래서 몸에 덜 해롭다는 담배가 있다 해서 피워 보았지만 성냥불을 두 손으로 감싸고 빨아 들이는 그 맛을 세상 무엇에다 비교할 수 있으랴!

화장실에 앉아 평화롭게 담배 피우는 그 즐거움을 언제 또다시 누릴 수 있을까?

아- 옛날이여!

술

차례 지낸 후 산소에 다녀왔더니 아버님이 마루에서 코를 골며 주무시고 계셨다. 평소 친구처럼 지내시던 옆집 어르신과 같이 - 그것도 세상모르게!

문득 말로만 듣던 어릴 적 내 모습이 아버님 모습과 클로즈업되었다.

내가 자랄 때 옆집이 주막이었다. 주막이라 해야 일반 가정집과 별반 차이가 없어 타지사람이라면 그냥 지나칠 정도로 평범했다. 손님도 동네어르신들이 모여 심심풀이로 화투놀이와 잡담으로 시간을 보내는 곳으로 지금으로 치면 노인정이라 생각하면 딱 맞는데 차이점은 술을 팔았다는 것이다. 그곳이 옆집인 관계로 할아버지께서 항상 나를 데리고 다니셨는데 술을 마실 때마다 내가 빤히 쳐다보곤

해서 어느 날은 소주 한 잔을 따라 "먹고 싶어서 그러냐" 하시면서 내미니 선뜻 받아서 한 잔을 다 마셨단다.

무슨 이유에서 술을 먹이셨는지는 몰라도 그 당시에 흔히 하는 말로 '어릴 때 술에 한번 심하게 취하면 커서도 술을 안 먹는다'는 속설이 있었고 더구나 구충제 대신 등불용 석유를 한 잔씩 마시는 때이기도 했다. 대대로 우리 집안이 술을 너무 좋아해 아름답지 못한 일들이 종종 일어나서 궁여지책으로 내리신 할아버지의 결단이 이이제이 즉 오랑캐는 오랑캐로 잡는 방식으로 처방하신 게 하필이면 어린 손자인 나였나 보다.

이제 겨우 걸음마를 시작한 어린애가 독한 소주를 한 잔이나 먹었으니 비틀비틀 횡설거리다 쓰러져 잠이 들었고 다음날 아침에야 겨우 깨어났단다. 그때 약효가 있었는지 성인이 되어서도 집안사람들에 비해 술을 많이 마시는 편은 아니다.

한 달 전 미국에 다녀올 때 양주 2병을 구입해 한 병은 집에서 먹고 한 병은 시골에 가져가 아버님께 외국 술 맛을 보여 드릴 요량이었다. 마침 추석이 며칠 안 남아 자동차 트렁크에 싣고 다니다가 고향에 내려와 명절 선물과 같이 마루에 내려놓는데 아버님이 유독 양주병에 관심을 두시면서 "저건 뭐냐" 하시기에 "예- 000대통령이 즐겨 마셨다는 그 양주인데요. 맛보시라고 외국 갔다 오면서 한 병 사 왔어요."

마음속으로 산소에 다녀와서 동네 어르신들 불러 한 잔씩 대접해 드리면서 아버님 어깨도 높여 드리고 생색도 낼 심산이었다. 혹 부족해도 트렁크에 한 병이 더 있으니 걱정은 없었다.

그런데 아버님이 아들 보다 마음이 급하셨는지 슬그머니 옆집에 가셔서 "우리 아들놈이 고급술을 사왔는데 한잔 하세."

두 분이 집으로 오셔서 그 양주를 호기 있게 마루에다 척 하니 내놓고는 대접 두 개를 가져오셨다. 그리고는 어깨에 힘을 주시며 금빛 화려한 박스 포장을 열고 많이 해보신 것처럼 폼 나게 뚜껑을 열고는 "이래뵈도 물 건너 온 술이라네." 자랑하시고 대접에다 절반씩 따라 한 잔은 친구에게 또 한 잔은 아버님이 안주도 없이 막걸리 마시듯 꿀꺽꿀꺽 다 마셔 버렸다. 그리고 부족하신 듯 병을 들어 사발에 톡 톡 털면서 "별맛도 없는 게 독하기는 엄청 독하네." 하시고는 잠에 떨어져 지금까지 주무시는 것이었다. 그 독한 술을 냉수처럼 마셨으니 인사불성이 확실해 은근 걱정되었다.
그렇게 한동안 주무시다가 저녁때쯤 힘겹게 일어나시며
하시는 말씀!

"딱 두 잔밖에 안 나오더라. 한 병 더 없냐."

두고두고 아껴 먹으려던 술을 꼼짝없이 내놓을 수밖에
없었다.

숭늉과 커피

"선생님이 학교로 한번 오시래요."

아들 녀석이 집에 오더니 이번에도 또 같은 말을 한다. 여름부터 들어온 이야기였지만 눈코 뜰 새 없이 바쁜 농사철이라 좀처럼 시간을 못 내고 차일피일 미루다 보니 벌써 초가을이다.

가을 농사만 마무리하고 무슨 일이 있더라도 학교에 한번 가 봐야겠다는 생각으로 서둘러 가을걷이 끝내고 장에 가는 옷차림으로 버스에 올랐다. 모처럼 도시 구경이라 호기심도 있었지만 선생님이 보자고 한다는 것은 아무래도 좋은 일 같지 않아 마음이 무거웠다. 아니나 다를까 성적이 문제였다. 사고를 일으키는 문제 학생은 아니지만 성적이 하위권에서 맴돈다는 선생님 말씀. 하기야 도시로 유학가기 전까지만 해도 시골에서 농사일을 거들었으니 도시에서 학원과 과외로 단련된 실력 있는 놈들과 경쟁하는 것 자체가 애초부터 무리라고 생각은 했었다. 하지만 아무리 시골 학교라 해도 줄곧 1, 2등만 했던 아들 녀석이 아닌가!

뾰족한 해결책 없이 지켜보자는 일상적인 대화만 나누고 그냥 헤어질려니 예의가 아닌 것 같아 싫다는 선생님을 모시고 근처 식당으로가 식사를 대접했다.

집에서 먹는 밥하고는 비교할 수 없을 정도로 고급 반찬이라 반주로 막걸리 한 사발을 들이키면 직성이 풀리겠지만 선생님 앞이라 내색은 못하고 주저하자 눈치 챈 선생님이 "한잔 하시겠어요" 하신다.

역시 선생님이라 달라도 뭐가 다르다 생각하고 조금 기다리니 기대와는 달리 작은 잔에 한약 같은 술이 나왔다. 막걸리가 아니면 숭늉이라도 한 사발 벌컥벌컥 들이마시면 직성이 풀리겠는데 코딱지만 한 잔에 그것도 반 정도만 담아 주니 인심 한번 고약하다는 생각이 들었다.

처음 보는 술이라 바라만 보고 있는데 선생님이 느긋하게 잔을 들어 입으로 가져가는 것을 보고 나도 따라서 난숨에 입에다 털어 넣고 꿀꺽 삼키고 말았다. 생전 처음 먹어보는 쓴맛도 쓴맛이지만 너무 뜨거워 비명소리가 나오는 것을 억지로 참아내며 태연한 척 선생님을 바라보니 걱정

스러우면서도 웃음을 참는 얼굴로 "뜨거운 것을 잘 드시나 봐요" 하신다.

이 곤혹스런 자리를 어떻게 모면해야 하나 하는 순간 커피가 떠올랐다. 아! 이게 밥 먹고 소화제처럼 마신다는 그 커피로구나!

당황해 촌스런 행동을 수습한다는 게 내 의지하고 전혀 상관없는 말이 튀어나오고 말았다.

"선생님, 날씨도 추운데 한잔 더 하시지요!"

역주행

누가 봐도 그 사나이는 참 운이 좋았다. 아니면 구원의 손길이 뻗었는지도 모른다.

오토바이 위에서 한 사나이가 경쾌하게 질주를 한다. 얼마쯤 달렸을까? 갑자기 자동차 불빛과 함께 새까만 물체가 덮쳐 왔다. 사나이는 튕겨져 십여 미터를 날아 포돗빛 도로에 나동그라지고 오토바이와 검정색 고급승용차는 강렬한 박치기를 한 후 형편없이 망가진 모습으로 서로를 노려보며 으르렁거리고 있었다. 한마디로 처참했다.

오토바이 헬멧은 삼십 미터쯤 굴러가고 있고 슬리퍼는 먼 거리에서 영문을 몰라 서로를 바라보고 있으며 사나이는 움직임이 없다. 순식간에 일어난 일이라 정확히는 알 수 없지만 두 사람 다 브레이크를 밟지 않고 달리던 속도 그대로 부딪친 게 틀림없어 보였다.

얼마 후 죽은 듯 움직이지 않던 사나이가 부스스 일어나더니 그것도 두발로 걸어 헬멧을 찾아 들고는 슬리퍼까지 찾고 있는 게 아닌가!

이렇게 큰 사고는 처음인 듯 멍하니 허공만 쳐다보고 있던 승용차 운전자는 뜻밖의 상황에 정신을 차리고 안도하는 빛이 역력했지만 본인에게는 전혀 잘못이 없는 거들먹거리는 자세로 차에서 내렸다.

기적이라고 할까? 아니 틀림없이 신의 간섭이 작용했다라고 해야 맞을 것이다. 컴퓨터 시뮬레이션으로 천천히 되짚어 사고 이전으로 돌아가 보았다. 유리창이 깨졌다는 전화를 받고 교체하기 위해 설명해준 약도를 따라 가던 사나이가 언덕길이 나오자 오토바이 속력을 높여 정상에 다다라 기어를 바꾸는 순간이었고 반대편 승용차 역시 오르막길이라 속력을 냈고 시야가 제로인 정상 딱 그 지점에서 오토바이 앞 타이어와 승용차 앞 번호판이 정면으로 부딪쳐 사나이는 튕겨져 날았고 정확히 0.3초 뒤에 오토바이 핸들이 오른쪽으로 꺾이면서 오토바이 왼쪽 엔진과 정면충돌한 것이다. 정면충돌 시 그 각도가 조금이라도 빗나갔다면 사나이는 튕겨 오르지 못하였고 왼쪽 발은 짓이겨 잘려 나갔을 것이다.

다행인 것은 땅에 떨어지는 순간 사나이가 거의 무의식적으로 몸을 둥그렇게 말아 뒹굴었는데 그 자세로 보아 유도 유단자의 실력으로 보였다. 구원인지 행운인지 사나이는 멀쩡하게 숨을 쉬고 있다.

이봐요? 여기가 일방통행 도로라는 걸 몰라요?

사실 그 사나이는 몰랐다. 시골에서 상경한 지 얼마 안되었고 녹색 신호와 빨간 신호만 잘 지키면 되는 줄로 알았지, 일방통행 도로가 있다는 사실조차 몰랐다.

결국 경찰서에 가서 조사 받고 모든 피해 보상은 오토바이 운전자가 부담해야 한다는 결론으로 사건은 마무리 되었다.

6개월 치 봉급을 한 순간에 날려버린 사나이는 앞날이 캄캄하기만 했다. 고스톱 판에서 평생 뒤집어 써야 할 독박을 오늘 한꺼번에 뒤집어쓰고 어딘지 모르게 억울했지만 체념한 듯 담담한 표정으로 한마디 했다.

"알던 모르던 법은 지켜져야 한다잖아!"

면허증 따기

지금은 지갑에 카드는 기본이고 주민등록증과 운전면허증은 필수 소지품이다.

내가 운전면허증을 딸 때는 합격하기가 굉장히 어려웠고 합격하면 신분이 상승하여 기사양반이라는 대우를 받았다. 생각건대 일반인이 난생처음 국가시험을 치르다 보니 실력은 있지만 마음이 긴장되고 몸이 떨려서 시험에 떨어졌지 않나 싶고 시험 방식도 지금처럼 전자처리방식이 아니고 시험관 판단으로 처리됐다.

그날도 시험 순서를 초조하게 기다리고 있는데 뒤에 있는 키 큰 여자 역시 긴장하는 것은 나와 별반 차이가 없어 보였다. 그런데 어디서 많이 본 얼굴이라 자세히 보니 그 유명한 국가대표 농구선수가 아닌가?

농구코트를 종횡무진 누비던 TV 속 당당하던 모습은 어디가고 불안해하며 떠는 모습을 보니 유명한 스타도 시험 앞에서는 어쩔 수 없나 보다 생각하며 순서를 기다렸다.

내가 운전면허 취득한 것을 고백하건데 수험표에 인지 붙이는 면이 부족해 별지를 사용한 후에 합격했는데 그것도 시험관의 관대한 아량이 아니었나 싶다.

운전면허 이야기하다 보니 입심 좋은 지인이 생각난다. 술이 한두 잔 들어가면 어김없이 운전면허 딸 때의 무용담을 자랑삼아 큰소리치며 술판을 웃음바다로 만든다. 필기시험은 한 개 틀려 박수를 받았고 S코스 T코스 크랭크 코스를 바람처럼 통과하고 주행까지 단 한 번에 합격한 운전의 귀재라고 자찬하며 대한민국에서 본인처럼 운전면허를 통과한 사람 있으면 나와 보라고 큰소리친다. 그런데 그 다음이 더 재미있다.

그 아내가 운전면허 시험을 치르는데 번번이 낙방이다. 그녀 역시 인지 붙일 곳이 부족할 정도로 너덜너덜해져 이면지를 사용해야했는데 수없이 떨어져 언제 붙을지 가망이 없었던 것이다. 그 아내의 변명은 언덕에서 출발할 때마다 미끄러져 거기만 가면 정신이 하나도 없고 가슴마저 쿵쾅거려 온몸이 마비 상태란다. 그 이야기를 들은 남편이 궁리에 궁리를 거듭한 끝에 마지막 수단이라며 내린 처방이 기발한 미인계다.

다음 시험 날 그녀의 차림새는 바람난 여자를 방불케 하는 빨간 미니스커트 정장에 하이힐과 입술까지 빨간색이고 머리도 생머리로 남자 눈길 끌기에 충분했다. 순서가 되어 운전석에 앉아 옆에 있는 시험관을 향해 던지는 말이 "오늘은 합격할 것 같은 느낌이 드는데 합격하면 축하주 살게요" 하고는 믿는 구석이 있는지 능숙하게 운전하여 그 어려운 비탈길도 통과하여 드디어 합격했다.

미인계 처방 효과가 있었는지 우연인지 모를 일이지만 어느 술집에서 만나 분위기 살리며 축하주 한잔씩 하는데 웬 사내가 나타나 "당신 누군데 내 마누라한테 수작 부리는 거야? 너 오늘 잘 걸렸다! 본때를 보여 주마!" 했더니 슬그머니 줄행랑을 치더라는 호기 넘치는 무용담을 들을 때마다 배꼽 빠져 눈물이 나곤 했다.

지금은 이런 낭만은 찾아 볼 수 없으니 추억으로 간직할 뿐이다.

콩나물

흔히들 음식에 대해서 논하는 자가 많다. 한식 중식 양식을 가리지 않고 모든 분야에 해박한 지식을 자랑하며 동물성 식품은 원기 보충에 좋고 식물성 식품은 장수에 좋고 무공해 식품은 건강에 좋다며 나름대로 과학적인 근거를 들이대며 강조한다.

옛말에 '노래를 잘 부르려면 닭 모가지나 날계란을 먹으라.'고 했다. 또한 '닭 날개를 먹으면 바람을 피운다.' 라는 말도 있는데 모두 생김새와 기능에서 유래되지 않았나 싶다. 그렇듯이 우스갯소리 같은 콩나물에 대한 나의 지론을 펴본다.

노래를 잘 부르려면 콩나물을 먹으라고 권하고 싶다. 음식 중에서 가장 음악적인 식품이 콩나물이다. 우선 모양부터 예사롭지 않다. 머리가 크고 몸이 길어 중심 잡기가 어렵고 럭비공처럼 어디로 튈지 몰라 천성적으로 움직이려는 역동성이 있다. 모든 타악기의 체를 보면 하나같이 콩나물 모양이다. 음악책을 열어보면 오선지에 콩나물들이 이리 걸리고 저리 걸려서 오묘하고 아름다운 선율을 만들어낸다. 베토벤이나 조용필도 콩나물각대기를 잘 배열해서 스타가 된 것이다. 물론 타고난 음악적 소질과 노력의 산물로 얻어진 결과이지만 말이다.

하물며 그 콩나물을 삶아서 먹는다면 아무리 음악을 등지고 살고 부르는 노래가 돼지 멱따는 소리라 하드래도 콩나물이 오장육부에 걸려 도레미파솔라시도를 쏟아내는데 궁둥이가 얌전하게 있겠는가! 오장은 말 그대로 축음기가 되어 노래를 쏟아내고 들썩거리는 어깨춤에 흥이 난 젓가락 장단은 주막집을 흔들고 궁상각치우 홍겨운 가락은 끝이 없을 것이다.

또한 콩나물시루가 있는 시골 초가집 온돌방의 아랫목을 상상해보라! 따뜻한 온기에 정겨운 이야기가 꽃을 피우고 곤히 잠든 손자 놈 쌔근거리는 소리와 할머니의 자장가 소리는 현대의 디스코 가락을 무색케 할 것이다. 또한 콩나물이란 게 경제적으로도 부담이 없어 돈 몇 푼만 가지고 시장에 가도 하루 반찬거리가 해결된다. 자취생의 주머니사

정도 헤아려주고 전기세 연탄 값 걱정하는 서민층 아주머니의 가계부를 너무도 잘 아는 대표적인 서민식품이다.

아침에 시원한 콩나물국에 밥 말아먹고 출근해 보라! 발걸음도 가볍고 기분 또한 상쾌하리라.

만원 버스에서 발등 밟히고 단추가 떨어져 나가도 뱃속에서 울리는 흥겨운 가락은 자가용이나 택시가 부럽지 않을 것이다. 비록 짜증스런 일이 있더라도 오선지 위에 걸려 있는 콩나물을 생각하며 아내에게 바치는 노래 한 곡쯤 마음속으로 불러 보라! 마음에 평화가 찾아올 것이다.

이렇게 말하면 우리 집안이 대대로 콩나물 장사로 살아온 것이라 생각할 수도 있겠지만 미안하게도 콩밭 매는 농사꾼 집안이다. 지나가는 말로 한 소리이니 한번 웃고 말 일이다.

장수마을

퇴근하는데 집 근처 도로에서 촬영준비 하느라 분주하다. 10여 대 차량이 줄지어 있고 야간 조명과 카메라를 설치하고 연출자들은 대본을 외우기도 하고 서로 이야기를 나누며 촬영준비에 여념 없이 모두들 진지한 모습이다. 야간 촬영을 하나 보다 생각하며 혹시 유명 탤런트라도 있나 눈여겨보는데 아쉽게도 차에 있는지 보이지 않아 집으로 들어 왔다.

다음 날 출근하는데 그때까지도 웅성거리며 그 자리에 있었는데 밤샘 촬영을 마치고 철수 준비를 하는지 촬영하는 모습은 보이지 않았다. 우리는 안방에서 편안하게 드라마를 보는데 촬영하는 사람들은 날 새워가며 고생한다 싶어 미안한 마음이 들었다.

시골 어느 마을에 장수하시는 분들이 많다고 하여 방송국에서 일정을 잡아 촬영하기 위해 그 마을에 도착했다. 역시 경치 좋고 산세 좋아 맑은 공기가 가슴을 깨끗하게 씻어주니 한눈에 봐도 자연의 혜택을 많이 받고 사는 장수마을이라 느껴졌다. 마을 회관에 모이신 어르신들 모습 역시 밝은 얼굴에 활력이 엿보였다. 촬영준비를 마치고 동네 막내격인 이장님에게 궁금한 질문을 던졌다.

"장수마을이라서 그런지 할아버지와 할머니 모두 여유가 있고 정정하시어 행복해보이네요. 그런데 오면서 눈여겨보았는데 젊은이들이 보이지 않네요."

"세상 참 알다가도 모른당께! 여기 이곳에서 살면 우리처럼 오래오래 살 텐데 누가 잡아먹기라도 하나, 아니면 빨리 죽고 싶어 안달이라도 났나, 다들 도시로 가버리고 우리 노인네들만 남아있으니 내 나이 칠십인데 이 동네에서 제일 젊은 놈이 나랑께."

한 분 한 분 인터뷰를 마치고 마무리로 접어드는데 이 마을에서 가장 나이가 많으신 오늘의 주인공 할아버지께서 갑자기 몸이 아프셨는지 나오시질 않았다. 모두들 걱정하고 있는데 저만치에서 이쪽으로 천천히 걸어오시는 모습이 보였다. 빨리 오시라고 모두들 손사래를 치는데도 그 할

아버지는 먼 산 바라보시다가 곡식 자라는 들판을 바라보시고 꽃도 쳐다보며 한가하게 오시는 것이었다. 일정에 쫓기는 PD가 급한 마음에 달려가 부축하며 "좀 빨리 오시지 그랬어요?" 했더니 "아이고! 나 숨 넘어가 죽겠다! 아직은 더 살아야 하니까 급하게 서둘지들 말라고!" 하시더니 한심한 듯 촬영 팀을 향해 "그렇게 정 급하면 어제 올 일이지 오늘 와서 요란 떨고 야단들이야!"

배달의 민족

배달의 선두주자는 당연 중국집이다. 특별한 날이나 출출할 때 전화 한 통이면 바로 해결이다. 빨리 와서 놀랍고 그 맛에 또 한 번 놀란다. 쫄깃한 면과 고소한 자장을 비벼 한입 가득 삼키면 세상 부러울 게 없다. 사시사철 된장국에 꽁보리밥만 먹다가 어쩌다 먹는 자장면은 별미 중에 별미다.

그 다음은 다방의 커피 배달이다. 전화로 몇 잔이라고 주문하면 아리따운 아가씨가 종종걸음으로 달려와 설탕과 크리머에 미소까지 곁들여 타주는 커피 맛은 숭늉은 저리 가라다. 친절하게도 한두 잔 정도 여유 있게 가져와 뒤늦게 나타난 사람에게 공짜 커피 대접을 할 수 있어 금상첨화다. 이건 7080세대의 추억이다.

지금이 진짜 배달의 시대다. 공장 제품도 오토바이나 용

달차로 배달시킨다. 우리가 생활하면서 가끔 놓치는 게 있는데 매일매일 받아보는 우편물이 따지고 보면 배달의 원조라 해도 틀린 말이 아니다. 지금은 집배원이라 부르지만 얼마 전까지만 해도 우편배달부라 했다. 요즘 젊은이들은 스마트 폰 배달 앱으로 집에서 모든 걸 해결하고 외국 제품도 손가락으로 몇 번 두드리면 원하는 날 받아 볼 수 있다. 대기업이 제품의 질을 최우선시 하지만 소비자에게 배달되는 물류시스템을 더 중요하게 여기는 세상이니 택배는 생활의 기본이 되었다. 이제는 드론이라는 작은 헬리콥터가 조종사 없이도 집까지 배달한다니 참 편리한 세상이다.

그런데 왜 하필이면 우리 민족을 배달의 민족이라 했을까? 진짜 배달을 잘해서 배달이라는 호칭이 붙었을까?

옛날 책을 보던 중에 놀랍게도 단군왕검 이전에 환웅이 다스리던 배달의 시대가 있었다는 사실을 알았다. 또 그 이전에 환국이라는 앞선 역사가 있었다는 내용도 있지만 깊은 내용은 역사학자에게 맡기기로 하고 여기서는 배달만 생각한다. 배달의 역사에 대해서 가르치지도 않았고 그래서 배울 수도 없었지만 우리 민족 대대로 이어 오는 민족의 혼은 우리 생활 속에 고스란히 녹아 배달의 민족이라는 말이 자연스럽게 생겨났나 보다. 그래서 어떤 민족의 전통이

나 생활습관은 오랜 세월이 흘러도 DNA처럼 변하지 않고 그들의 삶에 녹아들어 역사가 만들어지는 게 틀림없다.

'피는 물보다 진하다' '피는 못 속인다.'는 말이 우연히 생긴 게 아니라 혈통의 다른 표현이니 우린 누가 뭐래도 배달민족이고 배달의 후손이다.

걱정

언제부터 자동차 검사를 직접 검사장에 가서 하고 있다. 예전에는 단골 카센터에 맡기면 몇 시간 만에 찾을 수 있어 편리했는데 지금은 직업이 세분화 되어 대행비로 상당한 금액을 지출해야 한다.

그 전에는 자동차 검사장이 어디에 있는지도 몰랐고 자동차 전문가가 가지 않고 일반인이 직접 가서 해도 된다는 사실 조차 몰랐다.

직접 가보니 검사에 대한 상식도 조금은 알게 되고 금액도 저렴해 경제적으로는 좋은데 시험 보는 학생마냥 가슴이 두근거린다.

차를 맡기고 기다리는 내내 불안한 마음이다. 기본적인 점검은 했는데도 혹시 잘못된 곳은 없을까? 제동장치 결함으로 불합격은 아닐까? 그러면 다시 와야 하는데 언제 시간을 또 내지? 오래된 차라 배기가스가 문제되는 것은 아닐까? 걱정에 걱정을 하느라 안절부절 서성거리다가 보면 어느덧 시간이 다 되어 "000차량 고객님" 하고 검사원이 부르면 걱정부터 앞서 불합격이 아닐까? 초조한 마음부터 드는데 "합격입니다. 안녕히 가십시오." 한다.

휴- 안도의 숨을 내쉬고 괜한 걱정을 너무 많이 했다며 또 걱정을 한다.

우리가 미래에 일어날 일에 대한 걱정 중 95% 정도는 걱정하지 않아도 자연히 지나간다는 통계가 있지만 사람 마음은 그렇지가 않은가 보다. 하늘이 무너지면 어떡하지, 땅이 꺼지면 어떡하지 등등 괜한 걱정을 수없이 하지만 5% 미만의 확률은 항상 95%를 삼키고 만다.

기름 넣는 걸 깜박하고 고속도로를 타게 되면 걱정이 이만 저만이 아니다. 어제 기름 넣을 생각을 왜 못했을까? 도중에 기름이 바닥나면 견인차에 끌려가야 하나! 주유 표시등에 빨간불이 들어 왔는데 휴게소는 20km는 더 남아 있어 마음은 불안하고 초조해 더욱 멀게만 느껴진다. 비상수단으로 내리막길에서는 기어를 빼고 달려 볼까?

별별 생각을 다하며 걱정 속에 휴게소에 도착하여 가득이라 외치고 영수증을 받는다. 속으로는 다행이다 하면서도 평소보다 많은 금액이 나온 걸 보고 동네에서 넣었더라면 만원은 절약할 수 있었다며 미리미리 챙기지 못했다고 걱정하고 날려버린 만원 때문에 또 걱정을 한다.

그러니 백 가지 중에 하나만 맞아도 본인의 선견지명에 스스로 감탄하고 걱정하기를 참 잘했다며 또 다음 걱정을 준비한다.

하지만 장점도 있다. 미래에 대한 대처를 할 수 있다는 점이다. 미리미리 사고를 예방하고 준비한다는 것은 좋은 습관이다.

여기서 곰곰이 생각해볼 필요가 있다. 내가 걱정하던 95%가 무사하게 지나갔으니 얼마나 감사한 일인가! 그리고 5%는 사전에 대비를 했으니 더 더욱 감사한 일이 아닌가!

부전자전

돌이켜 보건데 1960년대 우리의 소원은 배불리 먹는 것이었다. 내가 태어나고 자란 동네가 면소재지와 멀리 떨어진 산골마을이라 유독 심했을 수도 있지만 우리나라 농촌생활은 거의 다 비슷했지 않나 싶다.

논 보다 밭이 많은 관계로 쌀보다는 잡곡이 주를 이루었으니 쌀밥 먹는 날은 제삿날이나 생일날 같은 특별한 날로 손으로 꼽을 정도였다. 6.25전쟁이 끝난 지 10여년쯤 지난 때라 가난에 허덕일 수밖에 없었고 더구나 산으로 둘러 싸인 비좁은 마을에서 식구는 계속해서 늘어나다보니 콩나물시루 같은 작은집에 5형제는 기본이고 10형제가 넘는 집도 있었다.

이러한 상황이라 잘 먹고 잘 산다는 것은 한 가닥 희망일 뿐 한해 수확한 곡식으로 배고픔을 면하기에는 턱없이 부족했다.

하지만 그때는 인정이 많아 어느 집이든 조금이라도 색다른 음식을 만들면 이웃을 불러 한 식구처럼 같이 먹었다. 들에서 일하다 먹는 새참도 혼자 먹질 못하고 지나가는 사람들 불러 막걸리에 김치깍두기일망정 나누어 먹었다. 모든 게 부족했지만 음식은 서로 나누어 먹는 걸 당연하게 여겼으니 인심을 베푸는 게 아니라 차라리 배고픔을 나누었다고 해야 맞을 것 같다.

예로부터 식사예절에 '밥 먹을 때 흘리지 말라'고 했다. 겉으로는 예절을 강조하지만 속으로는 곡식 한 톨이라도 아껴야 한다는 배고픔의 절박한 표현이 아니었을까? 그러니 그 자식들 역시 배고픔에 단련되어 절약은 기본이고 근면 성실이 몸에 배었다.

그 이후 1970년대부터 새마을운동과 산업화가 시작되면서부터 잘살기 시작했고 그 결과 잘 먹어 배가 남산만해진 배사장이 부자의 상징으로 떠올랐다. 하지만 인정은 오히려 메말라 이웃 간에 훈훈한 정은 점차 사라졌다.

우리 부모님들 그 어려운 환경 속에서도 자식농사에는 심혈을 쏟아 어느덧 열매를 맺으니 먹고 사는 것은 어려움 없는 나라가 되었다. 이제는 먹는 게 넘쳐나 풍요로운 세상이다.

어느 날 우리 가족이 대형마트에서 먹을 것을 고르는데 종류가 너무 많아 어떤 것을 사야 할지 고민하면서 여기저기 둘러보는데 저만치에서 아들 녀석이 물건을 들었다 놓았다 한참을 망설이고 있었다. 궁금해 슬그머니 다가가 눈여겨보니 가격에 신경을 쓰는 것 같아서 "금액 따지지 말고 먹고 싶은 것 있으면 마음대로 고르라"고 호기 있게 말하는데도 듣는 둥 마는 둥 가격 비교에 열중이다. 언제 왔는지 아내가 아들 녀석을 바라보다 의미 있는 웃음을 지으며

"어쩜 아빠 물건 고르는 것하고 이리도 똑같을까?"

"누가 그 아버지에 그 아들 아니랄까봐 저리 궁상을 떠는지 몰라."

자칭 개방되고 현대적인 감각을 가진 아버지라고 생각했는데 아직도 내면에는 가난했던 습관이 남아 은연중에 겉으로 표출되고 있었나보다. 그래서 자라던 시대와 환경이 중요하고 한 집안의 가풍도 이렇게 생기나 보다. 절약하는 습관이 몸에 배고 올곧게 자란 아들이 오늘 따라 대견스러우면서도 짠한 마음이 든다.

좋은 전통은 살리고 버릴 것은 버리는 게 현명한 생활이 아닐까?

오늘 따라 부모님이 보고 싶다.

목탁소리와 망치소리

바람까지 잠잠한 조용한 새벽. 아침을 깨우는 산사의 목탁소리가 고요한 계곡을 울린다.

얼마나 더 목탁을 두드려야 숱한 중생들이 구제될 지 기약은 없지만 중생들의 안위와 평온을 책임질 무거운 숙제를 풀어가는 수도승의 한결 같은 채찍은 하루도 빠짐없이 계속된다.

마음에 평화가 찾아오고 온갖 잡념들이 사라지는 무아의 경지를 찾아가는 수도의 길.

세속의 공기마저 거부하고 속세의 인연을 칼로 무 자르듯 끊어버리고 새로운 세상을 향해 끊임없이 목탁을 두드린다. 이것은 자신에게 수도 없이 회초리를 내리치는 것처럼 부처의 마음 즉 득도를 향한 고난의 길 그 자체가 그들의 삶이다.

서울 하늘 아래 무작정 상경한 사나이가 먹고 살기 위해 미래를 위한 망치를 하루 종일 두드리며 하루하루를 이어간다. 시골에서 삽과 곡괭이로 땅을 치는 것과 망치로 못을 때리는 것의 차이는 별로 없지만 더 나은 삶을 향한 그의 몸부림이 아닐까?

직업에 귀천이 없다고 하지만 망치소리의 리듬은 왠지 서글픈 가락이다. 문명이 발달해 하늘을 날고 땅을 달리는 속도가 빨라질수록 그 차이는 더욱 커진다. 같은 사회의 일원이지만 아침이 다르고 저녁이 다르니 생활 자체가 다르다. 큰 틀에서 보면 정해진 법에 따라 순조롭게 돌아가는 것 같지만 밑바닥을 사는 인생은 법과는 거리가 멀어 보인다. 역설적이게도 법이 있다는 것은 그것을 지키지 않기 때문에 지키라고 생긴 게 아닐까?

하지만 누구를 위해 누가 만든 것인지 모를 일이다. 밑바닥 서민들의 하루하루는 새로운 법이 생기기 전이던 후던 변한 게 별로 없고 그저 지금까지 살던 방식 그대로 묵묵히 착하게 살고 있을 뿐이다.

음식이 아닌 사람을 요리해 내편으로 만드는 세상! 알맹이보다는 겉포장에 정성을 들이고 거짓과 과장이 물위에 기름처럼 뜨는 세상! 순진한 서민들에게는 딴 세상이다.

'본전에 드립니다.' '밑져도 본전'이라는 말을 어디까지 믿는 게 좋을까를 생각하기 전에 그럴 수밖에 없는 그들의 처지를 헤아려 봄은 어떨까?

스님에게 시주를 하면서 부처님 자비를 바라는 마음이 전혀 없다라고 힘주어 말할 수 있는 사람이 과연 몇 명이나 될까? 설익은 머릿속에 목탁소리와 망치소리가 뒤섞이지만, 삶의 현장에서 느끼는 것은 망치로 종을 치면 깨지지만 못을 치면 무언가를 만들어낸다는 것이다.

오늘도 어김없이 울리는 망치소리는 행복을 향한 사모곡이 아닐까!

어느 죽음

극히 정상적이었다. 청춘 남녀가 만나 사랑하고 결혼해서 아들딸 낳고 잘사는 지극히 평범한 집안. 결혼 몇 년 만에 내 집까지 마련해 누가 봐도 금실 좋고 단란한 가정이다.

남편은 성실한 가장으로 대기업에서 촉망받는 인재로 부서에서도 평이 좋고 아내 역시 알뜰하게 살림 잘해 칭찬이 자자하고 친척 간에도 인기가 높다. 자식들 대학 보내고 시집 장가보내 어디다 내놓고 자랑할만하고 그 남편 역시 순탄하게 사회생활을 마치고 정년퇴직을 했다. 이제 남은 것은 인생을 즐기며 여유롭고 한가하게 살디기 지식들에게 재산 나누어주고 때가 되면 편하게 하늘나라에 가면 그만이다. 그래서 취미 삼아 여행도 하고 유명 맛집을 찾아다니며 즐거운 시간을 보내고 있었다.

그러던 어느 날 부부가 등산을 갔다가 실수하여 남편이

절벽에서 떨어졌다. 119구급차에 실려 응급실에 도착했는데 "살아날 가망이 없다"는 청천병력 같은 의사의 말에 온 가족이 초비상이었다. 이제 막 제2의 인생을 시작했는데 이게 무슨 날벼락이란 말인가!

중환자실로 옮겨 할 수 있는 방법은 다 동원해 보았지만 전혀 진전이 없자 의사가 눈을 열어 보더니 마음의 준비를 하라고 했다.

여기서 먼저 짚고 넘어갈 게 있다. 사람이 죽으면 보통 3일장으로 장례를 치른다. 그런데 왜 하필이면 3일인가를 의아하게 생각하는 사람들이 있을 것이다. 아마 조선시대부터가 아닐까 싶은데 부모님이 숨을 거두시면 극진하게 예를 다해 장례를 치르고 49제를 거쳐 3년 상을 치렀다.

그런데 사망진단을 지금처럼 의사가 하는 게 아니라 그 집안의 대표 격인 어르신이 하거나 그 집 장남이 확인했는데 그 방법으로 허리 밑에 손을 넣어 손이 들어가지 않으면 마지막 힘이 다 빠진 걸로 알고 운명하셨음을 결정한다.

드라마나 영화에서는 숨이 끊기고 나서 고개를 옆으로 떨어트리면 사망으로 처리하지만 고개의 힘 보다 허리의 힘이 더 늦게 빠진다는 것을 경험으로 알았던 것이다.

여기서 웃지 못 할 사건이 벌어졌다. 앞에서 말한 모든 절차를 밟고 수순에 따라 장례를 진행하고 입관식을 마쳤다. 오늘 밤만 지나면 준비해둔 묘지로 모시는 출상 날이다.

그런데 이게 무슨 일인가! 12시를 넘긴 시간에 관 속에서 이상한 소리가 나기 시작했다. 귀신인가?

기절초풍하여 서로 얼굴만 쳐다보며 부들부들 떨다가 용기를 낸 장남이 관에다 귀를 대고 들어 보니 사람의 목소리가 들려 부랴부랴 관 뚜껑을 열어 제치니 아버님이 살아서 일어나시는 게 아닌가! 바로 그날이 3일째 되는 날이었다고 한다.

사망진단이 내려져 모든 의료 장치를 제거하고 천으로 얼굴을 덮으려는 순간! 죽음에서 턱걸이 하듯 의식이 돌아온 그 환자! '나 아직 안 죽었다'는 신호로 눈을 뜨고 아내를 바라보았다.

의사 선생님 잠깐만요! 내 남편이 살아났어요! 세상에 이렇게 좋을 수가! 하나님 감사합니다!

분명 이런 소리가 들릴 줄 알았다. 하지만 어찌된 영문인지 아내와 눈이 마주치자 시선을 외면해버렸고 이 얼굴을 덮고 말았다. 그런 후 영안실 냉동고로 향하는지 움직이기 시작했다. 곧 움직임이 멈춰지고 문 열리는 소리기 났다. 이제 들어가면 모든 게 끝장이다.

분명 아내가 내 손을 잡고 울면서 옆에 있었기에 마지막 신호라 생각하고 혼신의 힘을 다해 아내의 손에 힘을 주었다. 처음 눈이 마주칠 때는 경황이 없어서 못 보았을 거라고 생각했었다. 그래서 전력을 다해 아니 죽는 힘을 다해 살아 있음을 호소했다. 서로 손을 잡고 있었기에 내가 살아 있다는 신호가 분명히 전달됐음을 아내 손을 통해서 느낄 수 있었다.

이제는 살았구나! 마지막 관문에서 기사회생 하는구나! 어떻게 살아온 인생인데 내가 이렇게 죽을 수는 없잖아!

하지만 나지막하게 속삭이는 아내의 목소리가 귓속으로 흘러 들어왔다.

"당신은 이미 죽었다고 의사선생님이 말했잖아!"

그리고는 슬그머니 손을 놓아버렸다.

믿음

언제부터인가 교회를 다니고 있다. 신앙이란 인간이 의지할 수 있는 대상을 마음속에 심어 놓고 믿고 따르는 게 아닐까? 미신이라 함은 신이 아닌 것을 신으로 섬기는 것이다. 그래서 내가 섬기는 신이 아니면 미신이고 이단이다.

물에 빠지면 지푸라기라도 잡듯 인생을 살면서 어려움이 닥쳐와 도저히 자기 능력으로 해결할 수 없을 때 전지전능하신 능력자에게 의지하여 어려움을 극복하고 마음의 평화를 찾는 게 종교를 갖는 이유일거다.

어린이는 엄마아빠가 이 세상에서 제일 든든하고 의지할 수 있는 튼튼한 성이고 모든 즐거움과 행복도 부모님에게서 나오니 부모님이야말로 최고의 능력자다. 아빠엄마 손잡고 환하게 웃으며 아무 걱정 없이 걸어가는 아이의 가슴속에 과연 예수가 있겠는가! 공자와 석가모니가 있겠는가!

그저 엄마 아빠가 곁에만 있어주면 세상 부러울 게 없다.

어린 시절 내가 자라던 집에서 건너 마을에 갈려면 공동 묘지를 지나야 했다. 밝은 대낮인데도 혼자 가면 무서워 지나기를 꺼려했는데 어느 날 저녁, 급한 심부름으로 공동묘지를 지나가게 되었다. 어찌나 무서운지 귀신이 금방 튀어나올 것 같고 나뭇가지 흔들리는 작은 소리도 귀신이 부르는 소리 같고 나뭇가지에 옷깃만 스쳐도 뒤에서 잡아당기는 것 같아 머리가 쭈뼛쭈뼛 섰다.

그런데 한번은 집에서 키우고 있는 개를 데리고 갔었는데 미물인 동물일망정 위안과 의지가 되어 두려움 없이 다녀올 수 있었다.

우리 모두의 마음속에는 하나님이 있고 우주가 들어있다. 세상 모든 종교가 신의 이름을 달리해 부르지만 근원을 찾아가면 하늘로 향하고 하늘에 계신 하나님으로 종결된다.

아이구! 하나님 죄송합니다.

달란트

성경을 읽다보면 달란트와 만나 이야기가 나온다. 사랑과 은혜 감사와 용서 등 수없이 좋은 말들로 그 두꺼운 책을 빼곡히 채우고 있는데도 유독 달란트와 만나가 눈에 들어오는 것은 믿음이 부족한 탓도 있겠지만 달란트는 현대적인 감각이 느껴져 경제생활과 밀접한 관계가 있을 것 같고 만나는 순수한 우리 말 같아 친근감이 들었기 때문이다.

달란트가 재능이란 뜻을 포함하고 있어 탤런트란 말도 생겨났고 또 다른 뜻은 무게의 단위로 사용하고 재산을 상징하기도 한다.

그렇다면 1달란트의 화폐가치는 얼마나 될까? 놀랍게도 1달란트의 무게는 약 35kg이고 이걸 금으로 환산하면 15억 정도인 셈인데 5달란트 2달란트 1달란트는 상당히 큰돈이다.

평소에 1달란트는 많아야 한 달 봉급정도로 생각했는데 상상을 초월한 금액이다. 적은 돈으로만 생각하다가 몇 십억이란 어마어마한 계산이 나오니 성경의 초보자인 내가 잘못 짚어도 한참 잘못 짚은 것이다.

현 사회에서 우리가 추구하는 게 자유와 평등이 아닐까? 세상 모든 사람이 평등하면 귀하고 천함이 없어 모두가 행복할 텐데 아이러니하게도 행복을 향한 계단은 너무나 길고도 멀다.

또한 자유가 있으니 뭐든지 내 맘 대로 할 수 있고 어떤 것이든 가질 수 있어 누구나 다 부자일 텐데 빈부의 격차는 어김없이 생겨난다.

달란트가 사용되던 그 시절에도 빈부의 격차가 심했나 보다. 주인이 종 3명에게 100억이 넘는 돈을 나누어주었다는 걸 보면 지금의 재벌과 비교할 정도로 큰 부자였을 것이다.

지금 세상에서도 1달란트만 있다면 규모 있는 사업을 할 수 있다는 계산이 나오는데 그때 그 종도 마음만 잘 먹었다면 제대로 된 사업을 할 수 있었을 텐데 말이다.

모세가 이스라엘 백성을 데리고 광야를 헤멜 때 배고픔을 면해 주기 위해 40년 동안이나 하늘에서 내려온 생명의 양식이 만나이다.

성경을 처음 접했을 때 순수 우리 말 같은 느낌에 만나라는 단어가 신선하게 느껴져 여러 번 보았던 기억이 있다. 그럴 수밖에 없었던 것이 먹는다는 범주에 속해 '만나 식당'이나 '만나게 먹는다.'는 우리말이 연상되었고 만나 역시 배고픔을 해결해주었던 음식이기 때문이다.

조금 더 깊게 들어가면 일용할 양식으로 하루 먹을 양만 허락하고 욕심을 내면 스스로 없어져 과욕을 금하라는 지상 명령이기도 하다.

개인적인 생각 한 가지 덧붙인다면 만나와 라면이 일맥상통하는 면이 있다고 본다. 만나와 라면을 비교한다는 것 자체가 성경에 벗어나고 엉뚱하지만 배고픔을 해결해 준다는 점에서는 공통점이 있다고 볼 수 있다. 만나는 가나안 땅에 들어가면서 끊어졌지만 라면은 배고픈 사람에게 없어서 안 될 이 시대의 만나가 아닐까?

감사

살면서 취미생활에 열을 올리느라 적지 않은 돈과 시간을 쏟아 붓는다. 여기에 관심이 없는 사람들은 왜 내 돈 써가며 그 고생을 하나 싶지만 나름 의미와 보람을 찾는 즐거움을 선물로 받기도 한다.

나는 그 많은 취미생활 중에 유독 산에 가기를 좋아한다. 산이 있어 산에 간다는 말도 있지만 우리나라 65% 이상이 산이라 가장 먼저 눈에 띄기 때문에 그것이 산을 찾는 이유라면 이유일까?

흔히들 운동을 못하면 몸치라 부른다. 나는 어릴 때부터 몸으로 하는 것은 자신 있어 했다. 가령 맨 몸으로 하는 달리기나 힘으로 하는 팔씨름 또는 등짐지기 삽질하기 등 농사일도 곧장 잘해 어르신들로 부터 칭찬 들으며 자랐다.

그런데 축구나 배구 같은 운동은 공과 몸이 한 몸처럼 움직여야 환상적인 게임이 되는데 몸 따로 공 따로니 영 시원찮다. 그래서 몸으로 할 수 있는 등산을 취미로 택했는지도 모른다.

다행히 북한산 근처에 살고 있어 시간되는 대로 산에 오르는데 1~2년도 아닌 10년 이상을 다니다보니 동네 길처럼 훤했다. 그런데 항상 내 눈을 유혹하는 '등산로 아님'이라는 화살표 방향은 출입금지 구역이라 호기심만 가득할 뿐 바라만 보고 다녔다.

그러던 어느 날 앞서가던 사람이 그길로 곧장 가는걸 보고 이때다 싶어 뒤따라갔는데 그는 처음이 아닌 듯 다람쥐처럼 빠르게 올라갔다. 나도 등산에는 어느 정도 이골이 난 편이라 열심히 따라갔는데 그 사람 갑자기 힐끗 뒤를 돌아보면서 "힘드실 텐데요"라는 말을 남기고 순식간에 시야에서 사라졌다.

지금까지는 줄곧 그 사람 꽁무니만 쫓느라 주변 상황을 인식하지 못 했는데 갑자기 혼자 남게 되니 모든 게 생소하고 더럭 겁이 났다. 무서움에 사방을 둘러봐도 지나가는 사람은 없고 바위와 넝쿨만 무성했다. 도저히 혼자는 앞으로 갈 수 없다 판단하고 오던 길로 돌아서는데 우리나라에도 이런 정글이 있나싶게 첩첩 산중이고 바위 아래로는 낭떠

러지가 이어져 한 발 내딛기도 어려운 진퇴양난이었다.

여기까지 어떻게 올라왔을까? 생각하는 순간 바위에서 그만 미끄러지고 말았다. 그 와중에도 어떻게 잡았는지 돌부리를 잡고 대롱대롱 매달렸다. 밑으로 떨어지면 영락없이 죽을 상황이고 두 손은 점점 힘이 빠져 죽음이 코앞이었다. 살려달라고 목이 터져라 소리쳐도 대답은 없고 이대로 죽나보다 포기하고 무조건 하나님에게 매달릴 수밖에 없었다.

하나님 아버님 살려 주시면 뭐든지 다 하겠습니다! 제발 살려만 주십시오!

간절하게 애원하고 울부짖으며 그동안 살아오면서 잘못한 여러 일들을 떠올리고 후회와 회환의 눈물을 쏟아 내며 간절한 기도를 드리고 또 드렸다. 순간 하늘이 열렸다.

"아저씨 제 소리 들리세요!"

세상에 이보다 더 반가운 소리가 세상 어디에 있을까 이제는 살았구나! 이어 다시 들리는 소리.

"겁내지 말고 침착하게 오른쪽으로 조금만 이동하시면 나무가 있으니 그 나무를 잡고 내려오세요."

젖 먹던 힘까지 내는 천신만고 끝에 한손으로 나뭇가지를 붙잡을 수 있었다. 정신없이 내려와 하나님만큼 고마운 생명의 은인에게 감사 인사를 하려고 찾아보니 그 사람은 이미 사라지고 없었다. 땅으로 꺼졌거나 하늘로 솟지 않았으면 도저히 시간적으로는 설명할 수 없는 상황이라 어리둥절해 꿈이 아닌가 싶었다. 분명 119 대원이라 생각하고 소속을 물어보고 다음에 시간 내어 떡 한 바구니 준비해 찾아가야겠다고 마음먹었는데 아무도 없다니! 내가 도깨비에게 홀린 걸까?

놀란 가슴을 진정시키며 겨우겨우 내려와 집으로 오는데 별 생각이 다 들었다. 그 중에서 전쟁터에서 구사일생으로 살아나 생일이 두 번이라는 사람 이야기도 떠올라 나도 오늘을 제2의 생일날로 정해 일 년에 두 번으로 할까? 그럼 다시 태어나게 한 그 사람은 어디에서 찾나? 분명 사람 목소리였으니 어딘가에는 있을 거야! 아니 실체가 없으니 하나님일 수도 있어!

하지만 믿음 부족으로 대충대충 형식만 갖추어 사는 나에게까지 하나님께서 생명의 은혜를 베풀어 주시는 않을 거라 여기면서도 모든 일에 감사하고 진실한 마음으로 살아야겠다고 다짐했다.

그 후로 생과 사의 갈림길에서 간절하게 울부짖던 그 만큼은 아니어도 그전보다는 더 열심히 더 깊게 믿음 생활을 하고 있다.

지금까지도 궁금한 것은 그때 나를 살려주신 분이 과연 누구일까? 오늘 내가 살고 있는 게 하나님 은혜일까? 아니면 운이 좋아 덤으로 사는 인생일까?

믿음 부족인 나 자신을 반성해 본다. 그때처럼 간절한 기도를 언제 또 다시 할 수 있을까!

아니 십분의 일만이라도 기도한다면 은혜에 보답하는 일이리라!

천사

　요즘은 대학 병원이라는 대형 병원이 여기저기 생겨 감기만 걸려도 큰 병원을 찾아가 긴 줄을 만든다. 사람 심리가 큰 병원에 가면 빨리 나을 것 같은 신뢰감이 먼저 든다. 하지만 대부분의 사람들은 병원가기를 꺼려해 참을 수 없을 정도로 고통이 심해진 뒤에야 병원을 찾는데 그때는 이미 병이 악화되어 손쓰기 어렵다.

　어느 날 나이 드신 분이 갑자기 쓰러져 병원 응급실로 실려 왔는데 종합 검진 결과 뇌에 종양이 발견되고 당뇨와 여러 병이 겹친 합병 증세다. 하루 빨리 뇌종양 제거 수술을 해야 했는데 다른 병 때문에 수술이 어려워 대기 상태에서 치료와 검사를 계속해 봤지만 별 차도가 없다.

　그 환자 고압적인 가장으로 평생을 살아왔는지 버럭 화를 내고 언성을 높여 주위 사람들을 놀라게 하고 반찬이 싱

겁다 맛이 없다, 까다롭게 트집 잡는 간호사들이 가장 꺼려하는 진상 환자였다. 이런 분은 상대하기가 무척 힘들어 무한의 인내심이 필요했다.

담당 간호사가 "왜 그렇게 짜증을 내시냐."며 이리 구슬리고 저리 달래면서 "기도로 마음을 다스리면 어떻겠느냐"고 상냥스럽게 권유도 해보고 마음이 편해야 병도 빨리 나을 수 있다면서 정성스레 간호를 했다.

그래서인지 어느 정도 마음이 풀려 약간씩 이야기를 나누게 되었는데 교회는 다니지만 치료 목적이고 그것도 권유에 못 이겨 형식상 다니신단다. 그러니 다 소용 없는 짓이라며 병원치료도 필요 없으니 당장 퇴원 시키라며 큰 소리로 소란을 피우고 간호사를 윽박질러 난처하게 했다.

그런데 어느 날. 고분고분 간호사의 설명에 따라 치료에 적극적으로 임했다. 그 간호사 하도 신기해서 환자를 물끄러미 쳐다보는데 난데없이 하시는 말씀이 어젯밤 잠자다 천사를 봤다는 것이다. '분명 이분이 병이 심해져 헛것이 보이는구나.' 생각하고 의사 선생님께 말씀드려 중환자실로 옮겨야겠다고 생각했다. 그러면서도 궁금해 넌지시 내용을 물어 보니 어제 밤 꿈속에 천사가 나타나 아기 바라보는 어머니처럼 자신을 지긋이 바라보고 있더라는 것이다.

문득 천사에게 애원하고 부탁하면 병이 나을 것 같아 손을 움직여 보는데 온몸이 꼼짝할 수 없고 말을 하려고 해도 입 밖으로 나오지 않았다. 다만 살려 달라는 간절한 눈빛으로 바라 볼 수밖에 없었는데 치료 잘하라는 어머니처럼 따뜻한 손으로 이마를 만져주고 사라지더라는 것이다.

아침에 일어나보니 이상하게도 몸이 가볍고 힘이 생겨 희망이 보이더라는 것이다. 그런 뒤로 불평불만이 사라지고 치료에도 긍정적으로 임했다. 그 간호사 역시 즐거운 마음으로 최선을 다했다.

그런데 놀라운 기적이 일어났다. 그 환자의 뇌종양이 점점 줄어들면서 하루가 다르게 호전되고 기력을 되찾아 마침내 건강이 회복되어 수술 없이 퇴원하는 날, 고생한 의료진에게 감사 인사를 하고 담당 간호사를 찾는데 보이지 않았다.

그동안 친절하게 간호해주어 고맙다는 인사라도 하고 싶었는데 보이지 않아 아쉬운 마음에 뒤를 돌아보니 그 간호사 환한 미소로 손을 흔들고 있었다.

순간 잘못 보았을까? 꿈에 나타났던 바로 그 천사가 아닌가!

자살 바위

잠깐 쉬어가는 기분으로 이야기 하나 하겠다. 어떤 곳에 죽기에 딱 좋은 바위 하나가 있는데 한번 마음만 먹으면 절대로 실수하는 법이 없는지라 그 괴상스런 바위를 자살바위라 부르게 됐다. 시국이 어수선했는지 비관주의가 만연했던지 여기서 죽으려는 사람들이 연일 줄을 지어 장사진을 이루었다.

세상 모든 일이 그렇듯이 경쟁률이 높다보면 들어가는 문이 좁은 법! 그 바위 역시 워낙 좁은지라 한 번에 한 사람씩만 소원을 풀어야 했다. 그래서 죽기 위해 줄을 서야 했는데 먼저 죽으려는 선두 다툼이 치열해 분위기가 사뭇 살기등등했다. 하루 종일 서로를 감시하느라 지루한 줄 몰랐다.

그런데 이변이 생겼다. 쭉 늘어진 뒷줄에서 갑자기 소란이 일더니만 어느 틈엔가 앞쪽으로 밀려와 모두가 우왕좌

왕 소란이 절정에 달했다. 결론은 깨끗했다. 소원을 푼 것이다. 만족한 듯 평온한 표정의 죽음 앞에 모두들 부러워하는 눈치였다.

사연인즉 먼저 죽으려고 새치기를 하다가 몰매 맞아 죽은 것이다. 이 이야기의 핵심은 죽음보다 중요한 것이 질서라는 것이다. 물론 너무 과장된 비교이지만 오늘을 사는 우리들이 한 번쯤은 생각해보고 고민해야 할 점이 아닐까?

갯벌의 노래

태고의 신비 녹아 질펀한 갯벌
빈틈없는 치밀함 속에 숨 쉬는 생명

형체 없는 흐느적이는 반죽 속엔
억겁의 세월이 켜켜이 쌓여
공룡 알 몇 개 햇빛 달빛도 녹아 있을 테고
눈여겨보면 조약돌과 바위
더 거스르면 육중한 돌덩어리였다니
비바람에 바위는 형태를 잃었을 테고

들을 수 있는 소리가 일부분에 지나지 않고
눈에 보이는 하늘이 우주의 전체가 아니니
바위를
자갈과 모래 심지어 갯벌까지 한 몸이라고
해도 무방할 테지
생과 사가 뒤엉킨 세상에서
갯벌과 바위 지는 태양과 솟는 태양 모두를
아우르는
당신의 노래에 귀 기울인다

5부

문학을 꿈꾸다

"성이어 계절이어"를 읽고

한수산 작가의 글들을 읽어 보면 단발머리의 소녀를 대상으로 애틋하고 청순한 사랑을 엮어나간다.

순진하고 깨끗한 사랑. 아직 세속에 물들지 않은 발랄한 예비숙녀들의 이야기와 생활 속 이모저모, 심산유곡에서 흘러나오는 맑은 물 같은 상큼한 이야기.

돌 틈바구니에서 이슬방울처럼 베어져 나오는 약수마냥 목마름을 해결해주고 버릴 것 하나 없는 알토란같은 이야기들이다.

대학 3학년을 마치고 4학년에 접어들어 취업문제 등으로 바쁘게 시간을 재촉하던 때 선이를 만났다. 선이를 처음 보았을 때 고등학교를 갓 졸업한 앳된 숙녀의 모습으로 단발머리가 몽실몽실 자라 뒷목을 약간 덮고 있었다.

우리 관계는 과외선생과 재수생이라는 인연으로 만났

다. 그녀는 항상 나를 따랐고 공부시간 외에도 줄곧 나를 찾아왔다. 선이는 막연하나마 나를 연모의 대상으로 생각했나보다. 하지만 나는 그러한 선이를 애써 여자로 생각하지 않았고 신경도 쓰지 않았다.

그러한 관계로 일 년이 지났고 특별한 사연 없이 대학입시를 앞두고 선이는 떠났다. 그리고 나와의 만남도 중단되었다. 서로가 아쉬움을 안으로 안으로만 쌓아놓고 헤어진 것이다.

다시 만난다는 어떠한 약속 한 마디 없이……

세월은 흘렀고 그녀는 나의 뇌리에서 서서히 사라져갔다. 나는 대학을 졸업하고 사회인이 되어 어느 정도 기반을 잡아가고 있었다. 그러던 어느 날 뜻하지 않은 곳에서 선이를 만났다. 괜스레 기분이 좋았고 약간의 설렘도 있었다. 단발머리 그때처럼 발랄한 모습을 옛 기억 속에서 찾아내며……

몇 번의 만남이 이어지던 어느 날 선이가 불행해지고 있다는 느낌을 받았다. 그 후로 선이는 어떤 남자와 결혼하고는 내 곁을 영영 떠나갔다. 나와 선이는 사랑할 수없는 운명으로 받아들이고 잊고 지내던 어느 날 신문 귀퉁이에서 선이 남편의 죽음을 보았다. 미망인이 되어버린 선이-

병마에 시달리는 선이를 병원에서 또 만나야 했다. 불치병으로 더 이상 병원치료가 소용없어 퇴원하여 하늘의 별이 되기만을 기다려야 했다.

그날 나는 선이를 내 방으로 데려다 놓았고 그제서야 그녀를 여자로 대했으며 사랑할 수 있는 대상으로 여겼다. 하지만 그녀는 그날 새벽 한통의 편지를 남겨놓고 죽음의 길로 여행을 떠나갔다. 과거의 추억을 더듬으며 한발 한발 다가오는 죽음을 의식하면서…… 이렇게 우리는 또 헤어졌다.

그러던 어느 날 죽음 일보직전에서 선이를 만났으며 수술을 마지막으로 밤하늘의 반짝이는 별이 되고 말았다.

한 많은 선이―

그녀는 태어나서 불행을 헤매다 애처로운 이슬로 사라졌다. 그 누구 때문이라는 변명 한 마디 못하고……

"성이여 계절이여 상처 받지 않은 영혼이 어디 있으랴"

이 소설은 무뎌진 동심을 불러일으키고 심금을 울리는 신비한 힘이 있다. 마음 저 밑바닥에서 아니 세포 하나하나에 이르기까지 전율을 일으키는 단어들!

사랑을 대상으로 하지만 아름답고 완전하게 이루어지지

않는 슬픔을 간직한 예쁘고 애달픈 사랑의 내면을 애잔하게 그린다.

작가의 세계를 아직은 잘 모르지만 혹 내가 글을 쓴다면 사랑으로 가득 찬, 사랑하고 싶어지는, 그래서 꼭 사랑을 하게끔 하는, 아름다운 사랑을 그린 작품을 만들고 싶다.

간밤에 온 손님

어젯밤 잠은 그렇게 달콤할 수가 없었다. 솜이불 같은 하얀 구름을 타고 하늘높이 날아 어머니 하얀 치마 자락에 싸여 꿈나라를 여행했다.

잠에서 깨어 창밖을 바라보니 아! 하는 소리가 나도 모르게 흘러 나왔다. 기다리고 기다리던 하얀 눈이 온 대지에 사뿐히 내려 앉아 세상을 온통 백색으로 바꾸어 놓았다. 깊은 밤 조용한 밤에 잠을 설칠세라 소리죽여 내려온 손님들! 부엉이도 바람도 소리 죽였으며 사뿐사뿐 소리도 크게 여겨 사아뿐 사아뿐 내려왔을지도 모를 하얀 꽃송이들!

그래서인지 창밖에는 셀 수 없이 수많은 손님이 찾아와 부산스러웠지만 아침까지 단잠을 잘 수 있었나보다.

어떻게 맞이해야 반가운 손님에 대한 예의를 다할 수 있을까? 하지만 답답하게도 내 마음을 글로 다 표현할 재주가 없다. 다만 주머니에 두 손 집어넣고 손님과 함께 걸을 수밖에 없다.

이렇게라도 해야 나의 벅찬 가슴이 진정될 테니까.

아기사슴 발자국 옆에 나란히 남기고 싶은 내 발자국은 오솔길 따라 이어지며 마냥 앞으로만 나아간다. 하지만 나의 발자국뿐인 뒤를 돌아보며 군밤같이 따뜻한 연인이 곁에 있었으면 하는 아쉬운 바람일 뿐!

지금 이 시간에도 내 머리 위에 쉴 새 없이 내려앉는 꽃송이들. 향기가 없어도 좋다. 콧잔등에 앉았다 작은 물방울로 스러진다 해도 좋다. 얼음처럼 차가우면서도 부드러운 감촉이 다정한 연인의 손길 같고 뜨거운 입술만큼이나 감미로운 느낌은 포근한 여인의 가슴 같다. 송아지의 초롱한 눈망울만큼이나 순수한 꽃잎들이 너울거린다. 분명 그들은 축복받은 하늘나라의 작은 요정들이리라! 아니면 진정 천사일지도 모를 일이다.

쏟아져 내리는 순백의 손님들! 내 작은 가슴을 넓게 펴 모두 다 안아보고 싶다. 그런 뒤 한 방울 물로 사라진다 해도 뜨겁게 사랑하리라!

5부 문학을 꿈꾸다

제야의 종소리

　일 년 삼백 육십오일. 시간으로 계산하면 팔천칠백육십이란 적지 않은 숫자가 나온다. 올해 출발은 순조로웠다. 준비 운동할 수 있는 빨간 날이 이어져 마음의 안정을 취하고 새 마음 새 뜻으로 출발한 게 엊그제 같은데 벌써 기나긴 여정이 지나 연말이다.

　어김없이 한 발 한 발 걷다보니 종착역인 마지막 밤을 맞이했다. 시계를 바라보니 열한시. 또 다른 출발을 의미하는 새해는 한 시간 즉 육십분만 남아 있다. 이때를 역사적인 순간이라고 해야 하나 마지막 최후의 순간이라고 해야 하나. 올해의 마지막 남은 시간이 육십분뿐이니 아주 짧지만 그 의미는 무엇보다도 크고 깊다.

　세월의 분수령에 올라선 지금 이 시각. 우주의 흐름에 비하면 한 순간 찰나에 지나지 않지만 이 육십분이 지나면 묵

은해가 가고 새해가 되는 것이다. 우리는 지금의 육십분을 평상시의 육십분으로 여겨서는 안 될 것이다.

팔천 칠백 오십 구 시간을 지나온 내력을 되새겨보고 그 순간순간들을 값지게 살았는지 미안함과 죄스러움은 없었는지! 이만큼 살아온 내 생의 의미와 책임은 어떠했는지! 연초에 무엇인가 해보겠다고 다짐했던 일들이 어느 정도의 만족을 가져왔는지! 올 한해 동안 일어났던 모든 것들을 정리하고 차분한 마음으로 반성의 시간을 가져야 할 것이다.

그리하여 가는 해에 미련이나 아쉬움 없이 웃음으로 작별할 수 있고 오는 새해를 두 손 들어 환영할 준비는 되어 있는지 다시 한 번 생각해보자.

세월이 실어다 주는 대로 나이만 먹다가 떠날 수야 없지 않겠는가? 무엇인가 의미를 남기고 떠나가자!

지금 이 시간이 지난다고 해서 갑자기 주름살이 하나 더 생기고 검은 머리가 백발이 되지는 않겠지만 조금 더 어른스러워지고 인간다워지자!

자기 앞에 주어진 삶을 향해 한 발 한 발 나아가며 그 발자국의 진실됨을 위해 노력하자. 그리고 자기 발에 비해 너무 크거나 작은 신발을 신지는 않았는지 다시금 뒤돌아 볼 것이다. 그리하여 마무리를 알짜로 하자. 시작의 마음가짐에 어긋남 없는 알찬 결실을 수확하자. 그리고 제야의 종소리가 울릴 때까지 자기 성찰의 시간을 조용히 갖자.

인생에 다시 오지 않을 이 시간을 위해!

새해

드디어 제야의 종이 울렸다. 방금 시간이 교차하며 해가 바뀐 것이다.

지난해에 떠오른 달이 마지막 빛으로 온 대지에 축복을 내릴 때 올해의 힘차고 밝은 태양이 떠오른 것이다. 떠오르는 태양과 지는 달이 서로의 모습을 확인이라도 하듯이 밝은 빛을 교차하며 축복과 영광을 잉태시켜 지구는 평화로움으로 행복의 노래를 부른다.

우리는 올해의 첫 태양이 떠오르는 지금 차분한 마음으로 새해를 맞이하자. 조급함과 서두름 없이 이 한해를 시작하는 거다. 그리고 떠오른 태양이 지기 전에 자기의 나아갈 길을 계획해보자.

살과 옷은 살아가면서 차차 입히기로 하고 최소한 뼈대만이라도 형태를 만들어 보자. 설령 그 목표가 수평선이든 산꼭대기든 하늘 끝이던 상관없다. 자기 능력과 분수에 맞는 알뜰한 꿈이면 충분하다.

많은 계획을 세우고 연말에 가서 허탈해 하는 것 보다 단란하고 소박한 꿈일망정 풍족하게 연말을 맞이하는 게 보다 값진 인생이라 하지 않겠는가! 그리고 우리의 마음을 새롭게 갖자. 비록 어제의 태양과 방금 떠오른 태양이 서로 다를 리 없지만 우리는 경이로운 마음과 새로운 눈으로 바라보자. 세월이란 게 시작도 끝도 없고 구분도 없지만 우리의 마음만큼은 새색시 맞이한 첫날밤처럼 소중한 의미를 부여하자. 그리고 오늘 아침의 창공을 바라보라. 더 없이 높은 하늘과 신선한 공기를 예사로 지나칠 일이 아니다.

또 동구 밖 느티나무에서 행복을 노래하는 까치 역시 무심코 보아 넘기지 말자. 오늘 아침 다소 얼굴 찡그리는 일이 있더라도 웃음으로 대신하고 모든 일들을 긍정적으로 받아들이자. 새해는 차분하고 명랑하고 유쾌하게 맞이하고 볼 일이다.

총각 선생님과 선녀님

오랫동안 병으로 고생하시던 은사님의 부음 소식을 받고 장례식장을 찾았다. 몇 호실인가 확인하고 성함을 확인하던 중 사모님의 이름이 바뀐걸 알았다. 그토록 인자하시고 가정적인 선생님이 혹시 재혼을? 아니면 사무처리가 잘못되어 엉뚱한 이름으로 쓰여진 건 아닌가? 하지만 선생님 성함이 맞고 사모님 성도 같았다.

우리가 선생님을 처음 만난 것은 초등학교 4학년으로 기억된다. 1, 2, 3학년 때까지는 담임선생님의 품에서 편안한 학교생활을 보냈는데 4학년부터는 담임선생님 배정을 못받아 여러 선생님들께서 돌아가며 조회를 하셨고 어쩔 때는 교감선생님이나 교장선생님도 담임 역할을 하시곤 했다. 아마 선생님 수에 비해 학생 수가 폭발적으로 증가해서 벌어진 일 같다. 하여간 우리는 부모 없는 자식마냥 천덕꾸러기 신세였다.

그러던 중 교육대학교를 졸업한 총각선생님이 우리 학교에 오셨는데 마침 비어 있는 우리 반 담임을 맡으셨다. 훤칠한 키에 하얀 얼굴은 동화 속 멋있는 주인공처럼 인기 만점이었고

커다란 뿔테 안경 속에서 뿜어져 나오는 눈빛은 의욕과 활기가 넘쳤다. 그동안 담임 없는 설움을 달래기라도 하듯 우리들은 교실이 떠나갈 듯이 큰 함성으로 선생님을 맞이했다.

훈훈한 분위기속에서 한 명 한 명 이름을 부르시며 얼굴을 익히고 드디어 선생님 소개를 하시는데 이름이 훈이고 성은 성이란다. 우리는 또 한 번 함성을 질렀고 우리 또래보다 나이 많은 여학생들은 은근한 눈길로 바라보는 눈치였다.

보통 선생님을 호칭할 때는 성씨를 앞에 붙였기에 당연히 성 선생님이라 해야 했는데 이름이 외자인지라 우리들은 성훈 선생님이라 불렀고 학교에서도 그렇게 통했다.

하여간 선생님의 사랑과 우리의 소원이 통했는지 5학년을 지나 6학년 졸업할 때까지 내리 3년간 담임을 맡으셨으니 사제지간의 정을 넘어 큰형님이나 큰오빠 아니, 아버님

같은 분으로 우리들 가슴에 아로 새겨졌다.

나는 그런대로 공부를 하는 편이여서 방학 때마다 받는 통신표에는 선생님의 예쁜 펜글씨로 품행이 단정하며 학업성적이 우수하고 전 과목에서 두각을 나타내고 있으며 특히 "글쓰기에 소질이 있음"이란 칭찬의 글이 적혀 있었다. 여기에 부합해 내 나름대로 사모님 개명에 대한 상상을 적어 보기로 한다.

처녀 총각 사랑이야기를 떠올리면 '섬마을 처녀'의 가요처럼 순진한 섬 아가씨와 서울총각선생님의 애틋한 사랑을 노래하거나 두메산골 시골처녀와 도회지 총각선생님의 간절한 사랑이 생각난다. 하지만 선녀와 나무꾼의 사랑은 전설이나 신화처럼 신비롭게만 여겨진다. 여기서 개명하신 사모님의 성함이 선녀임을 밝힌다.

기대와 설렘으로 처음 부임한 곳이 시골 농촌이라 여관도 없고 하숙집도 없어 학교 관사에서 자취하며 지내셨는데 어느 날부터 우리 반 친구네 집에서 하숙을 하기로 했다는 소문이 나돌기 시작했다. 그런데 하필이면 그 친구 집에 혼기를 꽉 채운 누나가 있다는 것을 생각하면 처음부터 하숙 자체가 상당히 의도적이지 않나 싶기도 했다.

소문은 현실이 되어 어느 여름날 그 집으로 이사를 가게 되었다. 여느 시골동네와 마찬가지로 가난한 곳이지만 그나마 그 친구 집은 다른 집에 비해서 다소 나은 편이고 살림살이도 깔끔하게 잘 정돈되어 있었다.

집 구조는 본체가 있고 그 옆으로 우물이 있고 그 옆에 사랑방이 있는데 작지만 아담한 방이었다.

시골의 낯선 집에서 첫날밤을 보내려니 잠은 오지 않고 밖에는 둥근달이 떠올라 야릇한 마음으로 창밖을 바라보는데 뭔가 아른거리는 게 있어 자세히 보니 선녀가 내려와 바로 옆 우물가에서 목욕을 하고 있는 게 아닌가? 몇 번이고 눈을 비비고 다시 봐도 사람이 아닌 선녀가 틀림없었다. 아무리 첩첩산중이라 해도 그렇지 내 눈으로 직접 선녀를 보다니!

안경을 다시 쓰고 쳐다봐도 선녀는 선녀였다. 갑자기 불경스런 마음이 들어 시선을 거두고 조용히 방바닥에 누워 잠을 청했다. 하지만 잠은 오지 않고 끙끙거리다 밤을 새우고 이른 아침 참을 수 없는 궁금증에 슬그머니 우물가를 살펴봤는데 선녀의 흔적은 찾을 수 없었다. 내가 꿈을 꾸었거나 헛것을 봤나!

하기야 요즈음 먹는 것도 시원찮고 무더위에 신경을 많이 써 심신이 허약해지고 체력도 떨어져 정신마저 혼미해진 것 같다. 앞으로 하숙집 밥을 잘 챙겨 먹으면 곧 나아지겠지 생각하고 학교에 출근했지만 도무지 일이 손에 잡히지 않아 어떻게 수업을 진행했는지 어떻게 하루를 보냈는지 정신 나간 사람처럼 머릿속은 온통 선녀 생각뿐이었다.

정신을 차린 후 빨리 퇴근하여 오늘 밤에도 선녀가 나타나나 확인해 보기로 했다. 잘 차려진 저녁을 먹고 어두워지기를 기다려 어제의 그 우물가를 눈여겨보는데 시간이 빠른지 선녀의 모습은 보이지 않았다. 그런데 갑자기 어젯밤처럼 내 눈을 의심해야 하는 광경이 일어났다. 어젯밤에 보았던 그 선녀가 방문 앞을 지나 안채로 사라지는 게 아닌가!

이리하여 이집에 선녀가 산다는 것을 확인하고 동화에 나오는 나무꾼처럼 언젠가는 선녀의 옷을 훔치기로 마음먹었다.

뜨거운 청춘 남녀가 한집에 살게 되었으니 자연스레 눈이 가고 마음이가 어느덧 옷도 훔치고 몸도 갔다.

결혼 20주년이 된 어느 날.

술은 냄새도 못 맡는 선생님이 거나하게 취해 선녀 앞에서 중대 선언을 하신다.

"내가 당신을 만나 지금까지 선녀의 나무꾼으로 살아왔지만 불만이 하나 있소. 선녀에게 전혀 어울리지 않는 당신의 이름이요. 이 이름을 지어주면 언제 하늘나라로 날아갈지 모르지만 오늘은 각오하고서라도 당신에게 가장 잘 어울리는 이름을 지어 주어야겠소. 선녀는 선녀다운 이름을 가져야 하니 '선녀'라 하겠소!"

선생님은 그렇게 영원한 나무꾼으로 선녀가 날아갈까 봐 평생을 염려하시다가 신선처럼 먼저 하늘나라로 가셨다.

사모님과 가족들에게 미안한 마음이지만 상복 입은 사모님의 모습은 날개 달린 선녀의 모습도 숨이 막힐 정도로 아름다운 모습도 아닌 그저 곱게 나이든 평범한 친구 누나일 뿐이었다.

그러니 우리가 말하는 천사나 선녀는 각자의 마음속에 있나보다.

선생님!

외람된 말씀이지만 저는 아직도 마음속에 선녀를 가져보질 못했습니다. 그리고 선녀라 불리는 사람을 사모님 말고는 본적이 없습니다. 시골처녀를 선녀로 만드신 선생님!

사랑합니다!

2류 작가

내 나이 스물다섯 58년 개띠다.

쥐 소 호랑이 토끼 용 뱀 말 양 원숭이 닭 개 돼지―

십이 지신이라 불리는 열두 동물 중 끝에서 두 번째고 열두 살씩 먹는 나이도 두 번 지났으며 형제 중에서도 둘째다. 나는 유독 2와 인연이 깊은가 보다. 호적도 2년 뒤에 올렸고 생일은 음력과 양력 차이가 2개월 정도다. 크게 불편하게 느낀 건 없었는데(학교 다닐 때 2살 동생들하고 다녀서 우격다짐으로 대장노릇해 오히려 좋았다) 군인일 땐 2년이나 늦은 후배 녀석들을 하늘처럼 떠받들어야 했으니 심사가 뒤틀리곤 했다. 그때마다 1년 참고 1년만 버티면 고참이 될 것이니 2년만 참자했다.

군복무를 무사히 마치고 제대하니 주민등록증에 육군 만기제대라는 영광스런 글씨가 적히고 품속에는 주민등록증과 운전면허증 2개를 소중히 간직하고 대한민국 국민임을 자랑으로 여기며 살고 있다.

'장차 나하고 같이 살 여자도 2명이 아닐까? 아니 아니 둘째딸이겠지'라고 생각하니 피식 웃음이 나온다.

일류대학 나와 석사 박사 판검사의 길은 애초부터 가당치도 않았고 그렇다고 형설지공 쌓은 사람처럼 바락바락 배움의 전당을 고수한 것도 아니다.

국민학교 성적은 상위권에 들어 우등상은 항상 내차지였고 반장 또한 여러 번 했다. 하지만 우물 안 개구리라고 했던가? 면소재지에 있는 중학교에 입학하니 상위권 들기가 쉽지 않았다. 학교라고 해야 야트막한 시골 뒷산 끝자락에 자리한 단층 건물로 남녀공학이다. 머리에 피도 안 마른 녀석들이 연애 운운하며 여학생 옆에 차고 산모퉁이나 후미진 골목을 들락거리고 가난에서 도망치겠다고 서울로 야반도주를 떠오르는 태양만큼이나 바라는 산간 오지 중에 오지다.

나는 그나마 부모님의 고집스런 집념으로 도시로 유학? 갈 수 있는 행운아였지만 부모님의 하늘같은 기대를 시골 촌놈이 감당하기에는 너무나 큰 산이었다. 학원과 과외를 일상으로 살아온 도시 애들과는 처음부터 경생 자체가 성립되지 않는 출발선이 다른 달리기라고나 할까?

처음이자 마지막으로 고등학교 첫 시험에서는 2등을 했지만 그 다음부터 상위권에서 점점 멀어지더니 중위권에 머물렀다. 부모님 기대를 저버리지 않으려고 밤잠 안 자고 열심히 공부했으나 성적이 오르지 않아 일찍이 대학은 포기하고 사회로 진출하여 이것저것 닥치는 대로 먹고살기 위해 전전긍긍 하루하루를 보내고 있다.

그렇다고 시골촌놈 한심한 놈 희망 없는 놈 하며 형편없는 놈 취급은 하지 마시라! 나에게도 가슴속 깊이 간직하고 있는 꿈이 있다. 그렇다고 거창하게 대통령이 되겠다거나 재벌이 되어 고급 수입차 굴리며 떵떵거리겠다는 것도 아니다. 가장 순수하고 기본적인 생활, 즉 깨끗한 돈으로 살겠다는 것이다. 정치판에 떠도는 세탁한 돈이 아닌 '글 세'로 살겠다는 것. 잘 모르겠다는 '글쎄'가 아니라 서당 훈장님이 먹고사는 양식 말이다.

국가공무원인 선생님이라면 교육부에서 다달이 나오는 월급으로 살겠지만 책 한 권 사기 어려운 지금 처지로 글쟁이가 된다는 것은 꿈처럼 요원하기만 하지만 어찌어찌해 등단이 된다면 원고료로 연명하다가 혹 출세하면 인세로 살아갈 수 있을지도 모른다.

장황한 이야기 끝에 시시껄렁하니 글쟁이가 뭐 대견스러운 거냐고 하실지 모르지만 나에게 있어서는 인생최고의 목표이자 가장 소중하게 간직해온 꿈이며 희망이다.

대통령, 재벌, 과학자, 선생님, 등등 나이에 따라 여러 번 꿈이 바뀌었지만 이 한 가닥 희망만은 내 가슴에서 단 한 번도 떠나지 않았다. 국민학교 때는 글쓰기가 재미있어 국어시간이 기다려졌고 중학교 때는 알량한 글 솜씨 키워보겠다고 문예부에 들어가 예비 작가흉내를 내며 신춘문예에 당선되는 망상에 빠지기도 했다.

고등학교 때는 문학 근처를 배회하며 죄 없는 연습장만 날리며 세월을 보냈다. 그리고 눈에 보이는 책이란 책은 하버드대 공부벌레라도 되는 듯, 아니면 책하고 무슨 원수라도 진 것처럼 좋은 글 나쁜 글 고를 틈 없이 때와 장소를 가리지 않고 마구잡이로 읽었던 것이다.

그 많은 책들을 지어낸 유명한 작가들은 도대체 무엇을 먹고살기에 어렵다는 글을 국수가닥 뽑아내듯이 술술 풀어내는지 궁금하고 부럽기만 했다.

작가 아무개라는 말만 들어도 기가 죽었으며 책표지를 장식한 당당한 얼굴은 숫제 우상이었다.

그 신은 하느님 같은 단일신이 아니라 그저 평범한 인간 모습으로 바로 옆에 있는 누나요 아저씨였으니 더욱 분통이 터져 속이 탔고 나 자신은 더욱 왜소해졌다.

그 출세한 사람의 숫자도 책 한 권을 가득 채울 만큼 많았다. 성공한 많은 사람(최소한 나에게 있어서는)들 중에 빛나는 머리에 먹빛가사 장삼을 걸친 모습도 책표지에 종종 등장하여 당당히 나의 우상으로 군림하기 시작했으니 점점 초라해지는 내 자신이 원망스럽기까지 했다.

도대체 그들은 어디가 잘났는가? 아무리 살펴보아도 내 모습과 별반 차이가 없다. 하지만 그들은 은쟁반에 옥구슬 구르듯 주옥같은 글들을 서슴없이 풀어낸다. 감정이 무딘 선머슴 같은 놈의 코끝을 찡하게 만들고 눈물까지 찔끔거리게 한다. 성공한 많은 사람 중에 어떤 사람은 인간시장이라는 간판을 내걸고 하느님과 맞장 뜨고 으름장과 협박으로 신과의 협상도 서슴지 않았다. 유교사상으로 무장한 세대에 금기를 깨는 엄청난 반란이었지만 한편으로는 가슴을 후련하게 씻어내는 청량제 역할을 해 세간에 커다란 반향을 일으키니 내 가슴은 바짝 바짝 말라갔다.

거기다 복장 터지는 일이 하나 더 있다. 어느 주간지나 월간잡지 귀퉁이에 내 또래의 글이 버젓이 인쇄되어 내 눈을 자극하니 휴지조각마냥 구깃구깃 쑤셔 박아 놓았던 자존심이 꽃뱀 고개 쳐들 듯 서서히 꿈틀거리기 시작해 배알이 뒤틀려 책장을 덮고 만다.

천성적으로 글짓기를 특별나게 잘하는 것도 아니고 웅변을 유창하게 하여 청중의 눈과 귀를 사로잡는 것도 아니다. 그렇다고 남들 다하는 연애라도 오지게 했으면 좋으련만 죽거니 살거니 따라붙은 계집애도 없었고 나 역시 목숨 바쳐 사랑하고픈 여자도 없었다.

출세한 사람의 두터운 이력서(장편 소설)를 읽으며 가슴 졸이다가 못난 놈의 어릴 적 일이 떠오른다. 콧물 흘려가며 골목대장 하느라 분주하던 그때는 누가 잘나고 못 나고 가 없었다.

주먹이 세고 코피 먼저 터트린 놈이 이기는 때여서 나는 일약 골목대장으로 군림했다. 누구보다 코피 터치는 데는 천재적인 소질이 있었으므로(내가 2살 형이었으니까) 나는 포부도 당당하게 골목골목을 누비며 그때 한창 유행이던 빨간 마후라를 골목이 떠나살 듯 소리소리 질러댔다.

그러던 중 음악 실기 시험이 있었다. 키가 후리후리하고 목소리 좋은 선생님이 풍금을 치시고 우리들은 지정곡을 불렀다. 드디어 내 차례가 되어 자리에서 벌떡 일어나 좌우를 둘러보았다. 여기서도 그 코피 터치는 실력으로 한다면 1등은 분명 내 것이었다. 우리 반에서 선생님과 여자애들 빼고는 내 주먹에 코피 안 터진 녀석은 몇 안 되었으니 의기양양 새벽 장닭 울듯 고개를 쭉 빼고 멋들어지게 뽑았다. 그때 노래 제목은 '기찻길'이라 생각된다.

한참 부르는데 선생님께서 "그만~" 하신다.

물론 부르나마나 백점이라 생각하고 앉으려는데

"너 지금 노래 부르는 거야 책을 읽는 거냐." 하시는 난데 없는 바람 빠지는 소리!

이게 웬 날벼락인가? 반 전체가 "와-" 하는 야유 섞인 함성(지금까지 나에게 짓눌려 왔던 것에 대한 반발이 덕지덕지 묻어나는 쾌보의 소리였으리라)으로 가득 찼다. 순간 얼굴은 홍당무가 되고 다리에 힘이 빠져 털썩 주저앉고 말았다. 그때 선생님이 왜 그리 밉고 원망스럽던지! 성깔대로라면 야무진 주먹으로 코피를 터트리고 싶은 마음 간절했지만 그는 대장 중의 대장이었으니 난들 어찌할 수 있으랴!

이 사건을 계기로 골목대장의 와성이 서서히 무너져 갔다. 시끄럽던 골목도 조용해지고 코피 터진 녀석을 데리고 와서 어머니와 언성을 높이는 일도 점차 사라졌다. 마침내 대장자리를 내놓기까지에 이르렀다. 아니 이제는 하라 해도 싫어졌다. 한창 자라는 콩나물시루에 뜨거운 물을 붓는 격이라고 해야 할까? 모든 생활에 주눅 들었고 자신감 없이 비실거렸다. 체육시간에는 교실을 지키며 책이나 뒤적거리는 나약한 신세로 전락했다.

하지만 내가 처음부터 주먹 휘두르는 말썽꾸러기는 아니었다. 착하다 순하다 여자 같다 고추 달려 있는 게 맞느냐 등등 사나이 자존심 건드리는 말에 오기가 발동해 남자라는 것을 보여주기 위해 일부러 골목대장을 자처했을지도 모른다.

한번 싫다고 하면 그것으로 끝이요 틀린 것도 옳다고 생각했으면 바락바락 끝까지 우겼다. 어디서 그러한 고집과 터무니없는 베짱이 나왔는지 나 자신도 믿기지가 않았다.

이러한 내가 골목대장이 싫어졌으니 허세 그만부리고 착한심성으로 돌아가 열심히 공부하라는 선생님의 깊은 뜻이 아니었을까? 어쩌면 체육시간 내내 교실에 혼자 앉아 책장 뒤적이며 장래 희망을 다짐했는지도 모른다.

그 이후로 글쓰기와 책읽기를 더욱 가까이하게 되었으니 내 인생에 있어서 값진 가르침으로 평생 밑거름이 아니었나 싶다.

조회하는 교장선생님도 아니고 이쯤에서 결론을 내려야

겠다. 나는 기필코 출세(작가)하겠다는 것이다. 밤하늘에 반짝이는 별들이 은하수 따라 잔잔하게 흐르는 물소리. 아기천사들의 해맑은 웃음과 거지왕자의 뒷이야기도 그려볼 것이다. 그리하여 한쪽 가슴을 잃어버리고 방황하는 사람의 상처도 아물게 할 것이다.

그래도 출세를 못한다면 마지막으로 고집 한 번 더 부려볼 것이다. '하느님 전상서'로 투서를 낼 것이며 옥황상제에게 무릎 꿇고 사정도 해볼 것이다. 잘나지도 못한 놈 평범한 소원 하나 못 들어줄 거냐고! 그만한 백도 없으면 하느님자리고 옥황상제자리고 다 내놓고 물러나라고

이도 저도 안 된다면 생명만큼이나 소중하게 지켜온 자존심 내팽개치고 2류 작가라도 부탁해 볼 것이다.

이제 나는 여러분들의 가슴속으로 집요하게 나라는 존재를 비집어 넣을 것이다. 그때 여러분들은 베스트셀러 맨 앞줄에 적혀있는 이름을 관심 있게 볼 것이며 책표지 전체를 장식하고 있는 거만한 얼굴이 누구인가를 눈여겨보아야 할 것이다.

미운 오리새끼

그놈은 태어날 때부터 마음에 차지 않았다. 아들이랍시고 낳아놓고 보니 쭈글쭈글하고 주먹만 한 게 내 속으로 낳았나 싶었다. 큰아들 낳았을 때는 포동포동한 살집에 달덩이처럼 토실하고 크더니만 이놈은 칠 개월이나 팔 개월 만에 나온 것처럼 금방이라도 핏방울이 찔끔 찔끔 베어져 나올 것 같아 키워낼까 싶었다.

또한 정성들여 키운다 해도 백일이나 지날 건지 아니면 몇 살까지나 더 살 건지 막연하기만 해 마음의 결정을 못 내렸다. 생각대로라면 모진마음으로 두 눈 딱 감고 뒤집어 놓고 싶었지만 그놈 인생도 있을 테고 배 아파 낳은 자식인지라 젖꼭지를 물렸던 것이다.

하지만 인명은 재천이라고 했던가! 바람 앞의 등불마냥 간들간들하면서도 잘도 버텨간다.

팔월 태양의 열기가 엄습할 때는 금방이라도 꼴깍하고 숨이 넘어갈 것 같고 젖꼭지를 물려도 빨아들이는 느낌은 간지러울 정도였다. 세차게 빨아들이던 큰아들과는 다르게 몇 번 빨다가는 신경질적으로 젖꼭지를 깨물고 투정을 부린다. 얼마나 아프던지 신음소리와 함께 볼기짝을 찰싹 때릴라치면 금방이라도 자지러져 죽을 것 같은 비명소리가 목구멍으로 넘어가곤 했다.

애초부터 기대도 안했고 백일 넘기기도 어려울 것 같아 별 관심 없이 키우는데 한 살 지나 두 살이 되었다. 그제야 부랴부랴 출생신고를 했다.

하지만 어찌된 영문인지 먹고 자는 시간을 빼면 하루 종일 칭얼대고 징징 댄다. 뭐가 그리 불만인지 삼신할미가 붙어 있는 건지 그저 쉴 새 없이 울기만 한다. 큰기침만 해도 울고 방문 여닫는 소리에도 깜짝 놀라 운다. 심지어 암탉이 눈앞에 얼씬거려도 울고 만다. 잠을 자는 것도 초저녁에는 아무리 얼러 재우려고 해도 막무가내로 엄마 아빠 힘들게 하더니만 한밤중에 잠들고 새벽이면 첫닭 울기 무섭게 눈을 뜬다.

태어나면서부터 심통주머니를 달고 나왔는지 사람 못살게 구는 것도 가지가지다. 고기음식 만들어 아들이랍시고 살코기를 밥숟갈에 올려 가져가면 고개를 틀고 만다. 그리고는 나물이나 김치 시래깃국 같은 채소음식만 찾는다.

약골로 태어났으니 기름기 있는 음식이라도 덥석 덥석 잘 받아먹으면 좋으련만 쓴 약 보듯 외면하니 될 성싶은 나무는 떡잎부터 알아본다고 도대체 이 녀석은 잘 자라기는 틀려버린 놈이다. 떡잎부터 싹수가 노랗고 시들시들하니 어느 세월에 자라 기둥감이 되겠는가! 그렇다고 뿌려주는 비료라도 제때제때 받아먹는다면 밉지나 않겠다. 몸에 좋은 진국은 이리저리 피하고 기름기 없는 야채만 먹고 살겠다니 딱할 노릇이다.

그리고 또 맹랑한 게 있다. 세월이 지나니 사람행세는 해도 될 만큼 어느 정도 형체는 갖추어졌는데 도대체가 고추 달린 사내 모습은 찾을 수 없고 되어가는 꼬락서니가 꼭 계집애를 닮아간다.

또래 애들과 어울릴 생각조차 없이 그저 저 혼자 양지바른 구석에 자리 잡고는 하루 종일 시간을 부낸다. 조그마한 손으로 땅을 헤집기도 하고 작은 돌멩이나 조개껍데기 사금파리를 주워다가 이리 만지작 저리 만지작 긴 하루해를 보낸다.

소변 볼 때도 밑 터진 바짓가랑이로 여자아이마냥 앉아

서 일을 본다. 그리고 오줌 싼 곳을 손으로 조물락거리고 신기해라 하며 노는 것이다. 뭐가 그리 바쁜지 앞마당과 뒤뜰을 분주히 다니며 만진 것 또 만지고 싸리문 앞에서 개구리 팔짝거리는 것을 따라 하기도 하고 궁둥이를 하늘로 쳐들고 거꾸로 된 나무가 신기한지 고추가 신기한지 흔들어댄다.

그렇게 자라더니 국민학교 들어갈 나이가 되면서부터 어릴 적 고집과 나약함이 여자아이의 착한심성으로 바뀌어 아들이 아닌 딸을 키우는 것 같다.

아빠는 들에 가고 엄마가 시장에 갈려고 "아가 집 보면서 놀고 있으렴." 하면 "네." 하고는 엄마가 있고 없음에는 관심도 없이 그저 하는 일에만 열심이다.

어스름 저녁때쯤 엄마가 장에 다녀오면 반갑기는 하나 보다. 쪼르르 달려와 "엄마 나 줄려고 맛있는 것 사왔지" 하며 치맛자락에 매달린다. 다행히 과자라도 사왔을 때는 좋아라 받아먹고 빈손으로 왔다 하면 "다음에는 꼭 사와야 돼" 하고는 저 하고픈 것 하러 간다.

또한 같은 또래의 계집아이와 놀 때는 의젓하기까지 해 흐르는 콧물을 닦아주고 옷매무새까지 만져준다. 그 모습을 바라보면서 저 녀석이 딸이었으면 하는 생각을 자주 하게 된다. 하긴 바로 밑에 동생이 여자아이였다.

갓난아이 때부터 어찌나 예쁜지 깨물어 주고 싶을 정도였는데 너무 예쁜 게 탈이었는지 돌을 못 넘기고 하늘나라 아기별이 되고 말았다. 그래서 터울이 긴 동생이 태어난 것이다. 나이 차이가 나긴 하지만 친동생 아니랄까봐 어지간히도 잘 보살펴준다.

저 자랄 때는 울음으로 하루를 보내더니만 동생은 울 틈을 주지 않는다. 누나나 되는 양 이것저것 꼼꼼하게 잘 챙기고 병아리 딸린 암탉처럼 항상 옆에 붙어 다니며 엄마 언니 노릇을 다 해낸다. 엄마가 한결 수월했다.

그놈 그놈 하던 말이 "아이고 내 새끼"로 바뀌었다.

바쁜 농사철에는 저녁밥 지을 시간이 부족해 항상 밤늦게 저녁을 먹어야 했다. 혼잣말로 "저 녀석이 딸이었으면 밥 짓는 것을 시킬 텐데" 중얼거리곤 했다.

그런데 어느 날 농사일 마치고 피곤한 몸으로 집에 오니 저녁상이 차려져 있었다. 너무 의아해 내 새끼를 찾는데 부엌에서 얼굴을 쑥 내밀며 "내가 한 밥 먹어봐"하며 씩 웃는다.

문득 생각이 났다. 상 차리는 것을 유심히 바라보던 일. 아궁이에 불 지피는 것을 시키지도 않았는데 거들던 모습.

간장과 소금은 어디에 있는지 등등……

상황파악을 하고 저녁을 먹는데 밥이 정말 맛있게 잘 되었다. 고맙기도 하고 대견하기도 하고 저 작은 손으로 고추 달랑거리며 쌀 씻고 반찬 만들었을 생각을 하니 웃음이 절로 나왔다. 하여간 또 걱정거리 하나는 덜었다.

그런데 한 가지 욕심이 더 생겼다.

기왕에 고추 달고 나왔으니 계집애 티를 벗고 종아리에 수북하게 털이 돋아나고 듬성듬성 콧수염 자란 의젓한 청년이 되어 군에 갔으면 좋겠다. 신체검사에 합격하여 대한민국 군인이 되면 신체상 결격사유는 없을 테니까!

그 녀석

나에게는 친동생도 아니고 사촌동생도 아니며 그렇다고 남이라고 말하기 어려운 동생이 있는데 그놈이 별났다.

우선 태어남부터가 그렇다. 첫째가 딸이요 두 번째가 아들 그리고 연거푸 딸 둘에 마지막이 그놈이다. 딸은 안중에도 없던 아들 아들 하던 시대라 그 부모역시 기필코 아들 하나 더 있어야 한다는 신념으로 기회를 엿보다가 화투판에서 마지막 승부를 거는 식으로 한 판 찍은 게 천행으로 아들이 태어났으니 잘 날리 만무하다.

도토리만큼 작은 키에 뒤통수는 왔다 갔다 삼천리요 눈은 위로 째진 실눈이고 코는 밀가루 반죽 조물딱거려 붙여 놓은 것 같은 빈대 코다.

요즈음처럼 가족계획 운운했다면 아들 딸 하나씩 딱 좋은 가정이 됐겠지만 생기는 대로 낳던 시절이라 다섯은 보통이었다. 그 후로 가족계획이 실행되면서 대대적으로 콘돔이 보급되기 시작했다. 그것은 생명을 점지해 주는 삼신할미의 권한을 무력화했고 새 생명에게는 생사여탈권을 쥐고 흔드는 막강한 권력을 행사했다. 아차 했으면 세상 빛 못 봤을 녀석이다.

그래서인지 엄마 아빠가 은밀한 곳에 숨겨놓은 그 위대한 물건을 귀신같이 찾아내 커다랗게 풍선을 불어 여기저기 자랑하고 다니며 한개만 달라고 조르는 친구에게 선심 쓰듯 나누어 주기도 한다.

세상에 나오면서부터 어머니 속 어지간히 썩히고 자라더니 어느덧 젖 떼고 걸음마를 시작했는데 이때부터가 더 문제였다. 흥부전에 나오는 놀부가 심술의 대표적인 인물이라고 하는 것쯤은 듣고 읽어서 다 알고 있지만 그것은 어디까지나 소설 속 이야기다. 그런데 소설 속 주인공이 실제로 나타난 것이다. 아니면 전생의 놀부가 환생하여 나타난 것처럼 그 녀석 이야기만 나오면 동네 어른 아이 할 것 없이 모두 고개를 절레절레 젓고 눈길마저 피한다.

눈에 보이는 것 중에서 예쁘고 좋은 것은 모두 다 그 녀석 것이다. 빨갛게 익은 홍시가 감나무사이에서 얼굴을 내밀면 아예 그 감나무 밑에서 떨어지기만을 기다렸다가 날

름 주어가는 녀석이 그놈이고 남의 집 토끼장에 예쁜 토끼
가 있으면 기를 쓰고 잡아다가는 자기토끼집에 넣고는 자
기 것이라고 바락 바락 우긴다. 어떤 때는 이웃집 오리 떼
를 몰고 와 마당 안으로 몰아넣고는 사립문을 닫아 버린 후
천연덕스럽게 먹이까지 준다.

　심지어는 어머니 손잡고 지나가는 어린아이 인형까지
빼앗는 심술! 그렇다고 가지고 놀 장난감이 없는 게 아니
다. 서울 간 누나가 지난 설 때 사다준 연발장총(동네에선
단 하나 뿐이다)이 있고 그 형이 카우보이 동생 만든다고 사
다준 챙이 살짝 올라간 근사한 모자와 권총까지 달린 탄띠
가 있으며 기차도 있고 비행기도 있다. 하니 그 녀석의 심
통은 어떤 심통인지 알다가도 모를 일이다.

　그리고 먹는 것도 가관이다. 모처럼 아버지가 장에 가서
고등어 몇 마리 사다가 집안 식구들 먹으려고 음식을 차려
놓으면 다른 식구들은 안중에도 없다. 오랜만에 고기반찬
이 나오니 웃통 벗고 달려든다. 그리고 밥은 두 세 숟갈만
먹고 고기로 배를 채운다. 또 이웃집에서 모처럼 별미라고
음식을 가져오면 제일 먼저 달려들고 "아버지 먼저 드리고
먹어야지" 하는 어머니의 말은 들은 척도 안 한다.

　여기에 눈물이 나올 정도로 웃어야 할 황당한 일이 또 하

나 있다. 아마 세 살이나 네 살 때의 일이라 기억된다. 산언덕 끝자락에 자리 잡은 국민학교가 있고 후미진 곳에 변소가 있는데 공포심을 일으킬 정도로 크다. 전교생이 사용하는 공동변소는 오줌 누는 데가 옆으로 길게 있고 그 맞은편에는 앉아서 일을 처리하는 곳이 있다. 시원스레 일을 끝낸 오줌 물은 중앙에 있는 구멍을 통하여 그곳으로 떨어진다. 기이하게도 항상 오줌의 양이 많아 퐁당퐁당 소리가 여기저기서 들린다. 여름이 되면 그곳에 똥파리의 왕성한 번식력으로 생긴 구더기들이 우글거려 마치 해면 위의 거대한 해파리 떼가 움직이는 것처럼 살아서 출렁인다. 그 까만 퇴적물 속에서 신기하리만치 하얀 구더기들이 밝은 빛을 향해 탈출을 시도한다. 시멘트벽을 따라 한참 기어오르다가 또르르 굴러 떨어지를 반복하지만 탈출할 수 있는 유일한 구멍은 오줌이 들어오는 그 길 뿐이다. 점심때쯤 변소에 가보면 그 구멍을 통하여 꾸역꾸역 비어져 나온다. 이때다 싶어 거기에다 오줌을 갈기면 홍수 만난 듯 모두 떠내려간다.

한데 어느 일요일 그 녀석하고 학교를 갔는데 운동장에 있어야 할 녀석이 어디로 갔는지 보이질 않는다. 한참을 찾아 헤매는데 그 공포의 변소에서 앙 하는 울음소리가 나지 않겠는가! 한걸음에 달려가 보니 이게 웬일이냐? 그 작은 구멍으로 꾸역꾸역 나오는 구더기를 잡아 두 손으로 움켜쥐고는 양 볼이 미어터져라 먹고 있지 않는가? 통통하니 살이 오른 구더기를 아작 아작 씹어 먹는데 톡 톡 구더기 터지는 소리가 경쾌하게 들린다.

한데 말이다. 그 구더기가 녀석의 뜻대로 모두다 입안으로 들어가 주면 좋으련만 악착같이 기어 나오는 놈들이 있어 그 구더기들을 입안으로 집어넣으면서 앙앙대고 있지 않는가?

한 마리라도 더 먹어야겠다는 생각으로 눈가에 눈물을 주렁주렁 달고 나를 올려다보는데 아이고 족보에도 없는 이 형 울어야 됩니까, 웃어야 됩니까? 하여간 그 일로 온 집안이 발칵 뒤집혔고 동네에서는 더욱 유명해져 인간 에프킬러라는 훈장까지 목에 걸었다.

요란스런 하루하루가 지나다보니 어느새 그 녀석도 취학통지서를 받게 되었다. 그 녀석이 학교에 다니게 되었으니 집안이나 동네가 조용하긴 하겠는데 학교가 어찌될지 걱정이다.

입학 날 또래 아이들과 마찬가지로 어머니 손잡고 학교에 입학했고 집안사람들의 호기심어린 눈총을 받으면서 며칠을 조용히 보냈다. 그러던 어느 날 학교에 다녀오더니 무슨 비밀이라도 털어놓듯이 자기 담임선생님이 처녀란다 그것도 자기 맘에 쏙 드는! 그때는 그냥 그러나 보다하고 지나쳤는데 그 다음날 담임선생님이 찾아 온 것이다.

일인즉 이렇다. 입학식을 마치고 반을 나누었는데 그 녀석은 2반이었다. 그리고 찾아온 여자선생님은 1반 담임이신데 말씀에 따르면 수업이 시작될 때쯤 2반 그 녀석이 1반으로 쪼르르 달려와 책상에 앉아 자리를 잡는단다. 2반 남자선생님이 출석을 부르다가 그 녀석이 없는 걸 확인하고 1반에 와 보면 천연덕스럽게 앉아있다는 것이다. 남자선생님이 데리고 가려고 해도 무작정 안 간다고 버티며 예쁜 여자 선생님 반으로 바꿔달라고 울며불며 통사정을 한단다. 그러기를 며칠 실랑이 하다가 부모님께 상의하러 오신 것이다.

아니 이게 어찌된 일입니까? 아무리 조숙한다하여도 갓 입학한 녀석이 사춘기일리는 만무하고 그렇다고 족보를 아무리 뒤져 봐도 바람둥이 조상님은 찾아볼 수 없다. 게다가 그 부모는 동네에서 점잖기로 소문난 부부다. 더 중요한 것은 녀석의 여자짝꿍이 엄청 예쁘다는 것이다. 어린 녀석 눈에 벌써부터 콩깍지가 낀 건 아닌지! 하여간 사람은 커가면서 다듬어진다고 하니 지켜 볼 수밖에―

　　　　　　　　5부 문학을 꿈꾸다

난 단박에 잘 살 거야

어린 시절 길을 가다 동네 어르신을 마나면 인사말이 "진지 잡수셨습니까?"였다. 얼마나 가난에 찌들려 끼니 걱정을 했으면 굶주린 배는 채웠는지를 확인하는 게 윗사람에 대한 예의로 자리를 잡았겠는가? 가난의 상징인 보릿고개는 넘어야 할 숙제가 아니라 숙명이었다. 알량하게 농사 지어 뒤주 속에 넣어둔 곡식을 곶감 빼먹듯 한 끼 두 끼 때우다 보니 봄이 오기 전에 바닥이 났다.

해질 무렵이면 집집마다 뒤주 긁는 소리요 배고프다 보채는 어린애의 울음소리다.

이때쯤 들녘에는 보리가 고개 숙일 만큼 자랐지만 아직 영글지는 않았고 식량은 바닥이나 살길이 막막하다. 이 고개를 넘어야만 꽁보리밥일망정 배불리 먹을 수 있다.

상황이 이러다 보니 보릿고개를 넘기 위한 싸움은 처

절했다. 독이 없다 싶은 식물들은 모두 배를 채우기 위한 사료였다. 식량이라고 하기에는 너무나 하잘것없는 잡초 나부랭이였으니까.

쑥이 뿌리 채 뽑히고 나물 역시 자라기가 무섭게 국거리가 되었다. 우리네 조상님들 이렇게 살아가는 게 한두 해가 아닌 평생을 겪는 연례행사라 이때면 인심인들 좋을 리 없다.

두 눈 뜨고 죽을 수는 없는 노릇이다. 너도 나도 부잣집으로 몰려가 가을에 두 세배로 갚겠다고 약조하고 곡식 몇 됫박씩 빌려와 하루 두 끼 멀건 죽으로 허기를 채우기 일상이다.

그렇다고 가을에 두 세배로 갚을 수가 있느냐 천만에 말씀이다. 세월이 흐를수록 빚만 더해가니 평생을 부잣집 머슴마냥 지내다가 하얀 쌀밥 한 그릇 못 먹어 보고 세상을 떠나고 저 세상에서 일 년에 딱 한번 제사상에 올라온 흰 쌀밥을 먹을 수밖에 없다.

배를 채우기에 급급하니 가정 역시 화목할 리 만무하다. 무던히도 참던 아내가 슬슬 바가지를 긁기 시작한다. 그것도 하루 이틀이 아니다. 두 눈 멀뚱멀뚱 뜨고 천장 바라보며 여편네의 잔소리와 배고프다 보채는 어린 자식들 칭얼대는 소리를 듣고 있자니 슬그머니 부아가 치미는 것이다.

에라 모르겠다 나도 돈 좀 만져보자 하고 벌떡 일어나 마지막 생명줄 같은 비상금을 털어 노름판으로 달려간다. 하지만 노름판에 간들 그냥 돈이 굴러 들어오는 게 아니다. 오히려 기다렸다는 듯이 고수들이 군침부터 삼킨다. 그 바닥에서 이골이 난 꾼들 앞에서 어리숙하기 그지없는 숙맥이다.

기를 쓰고 용을 써도 비상금은 바닥이 나고 손바닥만 한 밭뙈기 논배미 저당 잡히고 결국에는 가산을 탕진하고 야반도주를 한다. 땅을 치고 통곡한들 방법이 있겠는가! 가슴을 치고 이빨을 깨물어도 소용이 없는 노릇이다.

그 광경을 바라보는 아들놈의 입에서 빠드득 소리가 난다.

난 단박에 잘살 테야! 이잉 샹─

실수

누구나 다 그러하듯이 나 역시 전지전능하신 하나님은 실수를 전혀 하지 않는 완벽한 존재로만 알았다. 인간처럼 잠자는 것도 없고 모든 일에 촌보의 오차도 없이 이십사시간 정해놓으신 시간표에 따라 일사분란하게 움직이시는 완전무결 하신 분! 그분은 우리들이 가장 위대하게 받들어 모시는 신이고 내가 어렸을 때 그토록 신고 싶어 하던 운동화나 하얀 고무신보다 몇 천배나 몇 만 배나 값지고 그 무엇과도 비교할 수 없는 유일 무일한 존재! 그러한 신께서 실수를 저지른 것이다.

사실 그 실수는 아주 작고 사소해서 하느님 자신도 모르고 그냥 지나쳤는지도 모를 일이다. 하지만 완전하신 분이 빚어낸 실수였기에 내 눈에는 솜사탕이나 뻥튀기처럼 커다랗게 보였다.

그것은 가을 초부터 징조를 보이기 시작했다. 게으른 가을을 막차로 실어 가고 다음주자인 겨울을 보내주지 않았다. 깜박하시어 다음날 첫차로 보내 주시겠지 하고 기다렸지만 그 다음날도 그 다음날도 그냥 지나쳤다. 그러니까 가을이 가버린 대지에 주인 잃은 공허만 남았다. 다음 계절인 겨울이 찾아와야 모든 일이 순조롭게 돌아가는데 어찌된 일인지 하느님께서는 그 자리를 공석으로 두셨다.

　　천사의 나팔소리 울리며 힘차게 달리는 하늘열차가 고장난 것도 아니고 승객이 너무 많아 무정차로 가는 것도 아니었다. 그렇다고 하늘의 시계가 천천히 돈다는 것은 더더욱 만무하고 하늘나라 열차는 예나 지금이나 정상운행이었다. 그러던 어느 날 기다리고 기다리던 겨울이 기적을 울리며 왔다. 무슨 일로 늦잠을 잤는지 부시시 눈을 비비며 부랴부랴 바짓가랑이 동여매고 마지못해 오는 것처럼 성의 없이 왔던 것이다.

　　나는 이것쯤은 애교로 봐주어 실수라 생각하지 않았다. 나름 하늘나라의 사정도 있으리라 여겨 그 늦은 겨울을 군소리 없이 맞이했다. 한데 그 다음이 더 큰 문제였다.

　　다름 아닌 대학 수능시험. 의례히 대학입시하면 동장군의 전유물로 당연시 해왔다. 시험 하루 이틀 전에는 어김없이 맹추위가 찾아와 수험생의 몸과 마음을 꽁꽁 얼어붙게 해 중압감을 가중시켰다. 항상 그러하듯이 입시한파가 매년 몰아쳤고 올해에도 추울 거라는 생각에는 한 치도 의심의 여지가 없었다. 그런데 시험이 이틀 앞인데도 찬바람 대신 따뜻한 날씨가 이어지고 있으니 하느님께서 바쁘시거나 아니면 동장군이 잠시 출장을 떠났으리라 여겼다.

그런데 하루 전까지도 포근했으며 양지바른 산중턱의 계곡에는 봄인지 겨울인지 몰라 안절부절 하던 진달래가 마침내 꽃망울을 터트리는 촌극까지 빚어졌다.

그래도 우리들은 근심이나 걱정을 하지 않았다. 오늘밤이나 내일 아침에는 분명히 추워지리라는 기대감으로 잠을 청했던 것이다. 그런데 웬걸 아침에 눈을 떠보니 화창한 날씨에 햇빛까지 내리 쬐고 있지 않은가! 하지만 우리들은 여기서도 하느님을 저버리지 않았다. 지금 당장은 춥지 않지만 시험시간에 맞추어 추워질 거라고 생각하고 두 겹 세 겹 끼워 입고 만반의 준비를 했던 것이다. 하지만 시험이 다 끝나가도 날씨는 포근했고 콧잔등에는 송알송알 땀방울이 맺히고 손으로 부채질을 해야만 했다. 웬일일까?

어쩌면 그랬는지도 모른다. 수험생들이 하나같이 하느님전상서로 진정서를 냈거나 항의성 편지를 보냈거나 아니면 간절한 기도가 통했는지 모를 일이다. 항상 추웠으니까 이번만큼은 포근하게 해달라고 부탁을 드렸던가. 그것도 아니면 수면제를 별빛에 실어 동장군에게 보냈거나! 하지만 이것은 나의 어처구니없는 상상일 것이다.

우리 인간은 항상 하느님의 손바닥 안에 있어야 했고 인간은 절대로 신이 될 수 없었으므로 모든 처분을 달게 받고 그 다음 시험인 연합고사를 치르기로 했다. 우리는 여기서 하나님에 대한 마지막 기대를 걸었다. 하지만 기대와는 반대로 밋밋한 날씨로 실망만 더했다. 마지막 기회마저 놓쳐버린 우리들은 누구를 원망하기에 앞서 허탈한 기분이었다.

맹숭맹숭한 나날을 보내던 어느 날 드디어 매서운 한파가 시작됐다. 너무나 늦어버린 겨울 손님을 반갑게 맞이하면서도 어딘지 모르게 뒤통수를 한 대 얻어맞은 기분이었다.

아무리 하나님이라 할지라도 실수하신 것은 당연히 인정하셔야 한다. 나이가 많아 기력이 쇠약해 병원에 입원하셨거나 아니면 인간에 대한 불만을 표현하신 것인지 아니면 너무 바빠 일정을 건너 뛴 것은 아닌지 그것도 아니면 희미해진 시력 때문에 입시 날짜를 잘못 보셨는지!

그렇다면 도수 높은 안경을 맞추어 크리스마스 선물로 보내드려야 할 텐데 하나님에게 바락바락 대들고 따지는 놈에게 산타할아버지가 찾아 줄지는 의문이다.

산타할아버지가 오지 않는다면 하는 수 없이 나의 자서전 한 페이지에 기록해두었다가 이승을 떠나 하늘나라로 오라 하실 때 기필코 따져 볼 것이다. 인간의 잘못은 벌을 받아야 하고 신의 잘못은 실수로 여겨도 되느냐고!

요지경 세상

뭐 화끈한 게 없을까?

공해로 가득 찬 메마른 하늘을 쳐다보며 씁쓸한 입맛을 다시는 가슴이 텅 빈 사람, 사람들!

쟁반같이 둥근달에 계수나무 벗하여 떡방아 찧던 토끼.

호박 같이 둥근 세상 에헤야 놀아보세 하던 시절.

강나루에 배 띄우고 세월을 낚던 시절.

새마을 은하수 장미 구분 없이 호랑이 담배 피우던 시절.

옛날 옛적 아버지의 아버지가 살던 시절일까? 할아버지의 할아버지가 살던 때일까?

그 손자가 어느 날 요지경 세상으로 내동댕이쳐졌다.

둥근 세상보다 모난 세상이요. 낚시 드리우는 것보다 그물 치는 것이요. 싸리 울타리 대신 콘크리트 벽에 철조망이고 참외 서리도 절도죄가 되는 세상!

조상님들!

그렇다고 장죽 휘저으며 노발대발하지 마십시오. 괜히 건강이 걱정됩니다. 왜 있잖습니까? 고혈압인가 뇌출혈인가 하는-

세상은 변했다 이겁니다 변해도 한참 변했습니다. 뽀얗고 텁텁한 막걸리밖에 모르시던 우리네 조상님들. 빼갈이나 꼬냑이라는 술 구경인들 하셨겠습니까?

달나라 계수나무 밑에서 토끼가 방아 찧는다고 하시던 말씀 철석같이 믿고 떡방아 찧어오겠다고 쌀 가지고 달나라에 간 암스트롱이 얼마나 무안했는지 알기나 하십니까?

그리고 춘향이와 몽룡이의 사랑 이야기하시며 점잖 빼시던 조상님, 순진한 사랑 타령 그만 하십시오. 지금 젊은 이들 코웃음 칩니다. 호롱불 밝히고 원앙금침 위에서 떨리는 손으로 족두리 풀 때 '아이! 부끄러워'하는 것 영 성깔에 안 맞다 이겁니다. 화끈하게 걷어붙이고 달려들어 몸과 마음을 불태우는 뜨거운 사랑! 단 한 번으로 끝나도 좋다 이겁니다. 화끈하게 하고 화끈하게 집어 치우는 겁니다.

나 싫다고 떠나는 님.

가는 길에 영변약산 진달래 뿌려 고이 보냅니다. 이수일

바짓가랑이 부여잡고 징징 울며 짜며 왜 붙잡습니까? 싫다고 떠나는 사람 붙들어봤자 뻔한 인생 아닙니까? 이 세상에 여자가 그 여자뿐이며 남자가 그 남자뿐입니까? 옛날에 조상님이 즐겨 말씀하시던 천생배필 얼마나 좋습니까? 그때는 좋았지요. 하지만 지금은 확 바뀌었습니다.

죽자 살자 목숨 바쳐 사랑하다가도 홀연히 떠나면서 하는 말이 또 다른 천생배필 찾아 간다네요. 지금껏 당신과의 사랑은 천생배필을 찾다 잠깐 들린 주막이라나요. 도대체 몇 번째가 천생배필이 되는지 아이고 야단났습니다.

이 손자 녀석 이쯤에서 고백하나 하겠습니다. 옛날 같으면 감히 말이나 꺼냈겠습니까마는 세상이 변했으니 솔직히 말씀 드리겠습니다.

지금 이 손자 놈 연애중이랍니다. 소위 말하는 사랑이라는 것. 그것도 화끈한 사랑 말입니다.

그 여자 이 손자를 죽자 살자 사랑하고 미친답니다. 이 손자 없이는 단 하루도 못 산다나요. 그럴 때는 저도 덩달아 맞장구 쳤습니다. 그런데 그 여자가 생각하는 천생배필이란게 이 손자 녀석으로 만족할까요? 그리고 또 그 여자가 천생배필을 찾다가 몇 번째로 저에게 왔을까요?

이거 원 뒤죽박죽 혼란스러워 골치 아픕니다. 세상 어떻게 돌아가는지 정신이 하나도 없습니다.

조상님 이 손자 잘 살고 있는 거 맞죠?

5부 문학을 꿈꾸다

기다림

조그만 외딴 주택가. ○○관사라는 팻말이 보였다. 멈칫 그냥 지나치려다가 그곳으로 핸들을 꺾었다. 왠지 을씨년 스럽고 냉한 분위기가 쓸쓸하기까지 하여 스산스럽고 고 적했다.

관사라는 곳이 주말부부의 대명사인 것처럼 남편이 일 주일이나 한 달에 한두 번 정도 들리는 곳. 그래서 주말이나 일요일에만 활기를 띠는 곳. 도시와 멀리 떨어져 생활이 불 편한 곳이지만 부득이한 사정으로 이곳에 모여 사는 가정 들의 공동체. 그리움과 기다림으로 얼룩진 얼굴들! 아이들 은 아빠를 기다리고 아내는 남편을 기다리는 외로운 표정.

어느 날 깔려오는 어둠을 제치고 차 한 대가 미끄러져 들 어온다. 점점 가까워져오는 엔진소리에 혹시나 하면서 귀 기울이는 여인네들! 더욱더 가까워지는 차 소리에 조금 더

짙은 확신을 가지고 창가로 다가 선다. 커튼을 살며시 재치고 호흡을 가다듬으며 혹시 그이가 오는 것이 아닐까? 기대감으로 가슴을 졸인다.

이러한 여인네들의 마음을 아는지 모르는지 차는 주택가 중앙에 와 멈춘다. 여인네들의 시선이 하나같이 그 차로 모아진다. 평일이라 아이들은 아빠가 온다는 것은 생각도 못하고 쌔근쌔근 곤히 잠들어 꿈속에서 아빠를 만나는지 가끔씩 입을 방긋거린다.

그때 나는 보았다. 불빛을 뒤로 하고 창가에 기대어 있는 여인의 모습을. 기다림에 지친 애잔한 눈동자와 시리도록 고운 두 볼, 그리고 그 여인의 버릇인지는 몰라도 오른손으로 머리카락을 이마 위로 쓸어 올리며 빤히 쳐다보는 그 얼굴.

발랄한 이십대의 싱싱함이 아닌 삼십을 넘어 완숙으로 치닫는 여인의 포근함. 동양의 여성미가 몸 구석구석에 배어 있고 욕정으로 기다림이 아닌 진정으로 남편을 섬기고 사모하는 여인! 집 떠나있는 남편 속옷 걱정하고 빨래를 깨끗이 세탁하여 차곡차곡 쌓아놓는 정성어린 마음.

나는 더 이상 그 여인을 바라 볼 수 없었다. 시선을 거두고는 빠른 동작으로 기어를 넣고 출발했다. 그 여인의 실망하는 눈빛을 나로서는 감당할 수 없었다. 어서 빨리 여기를 떠나야 한다는 마음으로 액셀러레이터에 힘을 주었다.

오늘은 그랬다. 늦은 시간이어서 그냥 집으로 가려고 했는데 혹시나 하는 마음으로 그곳으로 갔던 것이다. 아내를 찾아나선지 삼 개월째. 어느 날 갑자기 말 한마디 편지 한 장 없이 모든 물건은 그대로 놔두고 몸만 떠나버린 아내. 속 시원히 이유라도 알고 싶다. 어디서 어떻게 살고 있는지 왜 떠났는지 도대체 의문투성이다.

나밖에 몰랐고 나만을 사랑했던 아내가 사라져 버린 것이다. 모를 일이다 모를 일이다. 나를 저버린 이유가 도대체 무엇일까? 아니면 피치 못할 또 다른 사연이 있을까? 그러기에 더욱더 아내를 잊을 수 없다. 무슨 일이 있어도 찾아야만 한다.

한데 오늘만큼은 내가 실수를 했다. 그나마 다행인 것은 아빠를 그리며 잠든 아이를 깨우지 않았던 것이다. 만약 그때 잘못하여 경적이라도 울렸다면 하는 아찔한 생각을 하며 집을 향해 운전대를 돌렸다. 혹시 오늘 아내가 집에 와 있을지도 모른다는 생각으로!

항상 그랬듯이 창가에 기대어 머리카락 이마 위로 쓸어 올리며—

답장

깜짝 놀랐습니다. 우리 나이에 이런 일이 일어나다니!

총무에게 전화하여 확인했더니 친구들이 문병 다녀왔고 추석 즈음에 다시 한 번 얼굴 보기로 했었다는 답변을 들었습니다.

제 아버님께서 3년 전 초여름에 뇌졸중으로 쓰러지셨는데 말씀을 전혀 못하시고 한쪽 마비로 병원과 요양원에 계시다 작년 9월에 돌아가셨습니다. 서로의 답답한 마음과 안타까움 그리고 간병의 어려움 속에서도 3년은 사시겠지 했는데 어느 날 끝내 말씀 한마디 못하시고 가시더라고요. 당시 87세였습니다.

첫 번째 기일을 고향집에서 지내고 온 지 며칠 지나지 않아 친구의 소식을 접했는데 마지막 배웅을 못해 미안할 따름입니다.

주신 문자 내용과 아버님의 상황이 비슷한데 그중에서 특히 생명연장 치료의 고민은 모두를 가슴 아프게 했습니다. 그때 내린 결론이 최선이고 잘한 결정이라고 생각하는 게 답이 아닐까요? 무의미한 치료와 사람의 도리 사이에서 많은 갈등을 했겠지만 결정권이 없는 당사자의 의견은 애초부터 없으니까요.

주절주절 써보는 글이 한 번 더 이어질지 이번으로 끝날지 몰라 '이런 친구도 살고 있네' 하며 살아가는데 보탬이 될까 해서 몇 마디 적어 봅니다.

대학 진학을 포기하고 인생 최초로 고뇌와 번민으로 방황하다 친척이 운영하는 액자 공장에서 기술을 배워 한때는 잘나갔고 동창모임에도 열심히 다녀 보람도 있었습니다. 대학 나와 공직에 있는 친구들 보다 경제적으로는 남부럽지 않게 산다고 으쓱한 마음까지 들기도 했지만 그것도 한 순간! 불어 닥친 IMF 한파에 속수무책으로 무너져 모든 걸 잃고 죽음을 수없이 생각했지만 '세상은 나 혼자 사는 게 아니라는 것' '내 인생은 내가 책임을 져야한다는 것' 그리고 '사람이 병과 사고로 죽는 것보다 스스로 죽는다는 것이 훨씬 더 어렵다는 것'을 알게 되었지요.

그 후 어떠한 형태로든 빚은 해결하고 죽어야지 하는 마음으로 다시 출발을 했습니다. 하지만 모든 상황은 180도로 변하여 모두들 외면했고 주위사람들도 서서히 떠나갔지요. 아니 내 스스로 마음의 문을 닫고 사람들을 피했다는 게 맞을 겁니다. 모든 모임 역시 뒤로 하고 철저히 나를 감추었고 버스나 지하철을 탈 때도 누가 알아볼까봐 항상 마스크를 끼고 다녔죠. 부모님 생신뿐 아니라 설과 추석 친척 모임까지 모른척하고 삼백육십오일 일만 하니 몸은 힘들지만 마음은 오히려 편했다고 해야 하나요. 왜냐하면 친척 모두에게 빚을 졌었으니까요.

한번 실패하니 대한민국에서 내 이름으로는 할 수 있는 것은 아무것도 없더군요. 사업도 다른 사람 명의로 해야 하고 내 주민번호는 몰라도 타인의 주민번호는 기억해야 하니 나의 존재는 사라지고 다른 사람으로 살아간다고 해야 맞죠. 요즈음 말하는 투명인간이란 삶 그거하고 딱 맞네요.

이렇게 살아가니 내 이름을 불러주는 사람도 없고 그럴 일도 없지요. 하지만 빚 독촉 만큼은 어떻게 알았는지 꼬박꼬박 찾아오니 이름과 주민번호에 대하여 당당하지 못하고 항상 주눅이 들지요. 국가에서 나의 존재는 노숙자에다 고액체납자 출국금지된 자이겠죠. IMF 때 경매로 넘어가는 서울 집을 뒤로 하고 야반도주하듯 도망칠 때 '사나이로

서 아니 남편과 아빠로서 무너지는 자존심은 차라리 죽는 게 낫다'는 생각뿐이었고 '식구들에게 못할 짓을 하는구나' 생각하니 오기도 생기더라고요. 그 후로 대인 기피증이 생겨 사람 대하기가 겁이 났고 타인의 시선이 무서워 아무도 없는 계단으로 걸어 다녀야 마음이 편했지요. 지금도 누구를 만나는 것 보다 전화나 문자 이메일로 연락하는 게 훨씬 편하고 부담이 적습니다.

정신적 공황으로 방황하던 차에 지인의 소개로 근처에 있는 교회를 알게 되어 삶의 도피처삼아 나가기 시작했습니다. 은혜롭게도 대한민국 음치 일등임에도 불구하고 성가대를 섬기고 있으니 지금은 피난처가 아닌 안식처가 되었습니다.

세월이 지나니 조금씩이나마 상처도 아물고 재기의 발판이 마련되어 지금은 생활용품을 판매하는 물류회사에 액자를 납품하고 있습니다. 급한 불은 껐지만 잔불정리까지 하려면 시간이 더 필요할 것 같습니다.

잘 풀리지 않는 사업을 계속한다는 게 얼마나 많은 스트레스를 받는지 얼마나 힘든지 당사자가 아니면 모를 겁니다. 심지어 같이 사는 아내까지도 예외일 수는 없죠. 친구 역시 과도한 스트레스를 이겨 내지 못했나 봅니다. 하지만 말씀하셨듯이 가족이라는 든든한 울타리가 있어 힘든 시간들을 이겨낼 수 있었고 용기와 희망이 있었겠죠.

지금 상황에서 아버님이나 친구가 본인 인생을 본인 손으로 마무리 할 수 없었다는 게 가장 가슴 아프고 안타깝네요. 슬픔 중에서도 그나마 위안이 되는 것은 두 딸이 성인이 될 때까지 버텨준 게 친구의 마지막 선물이며 가장의 진념이 낳은 결과라고 봅니다.

여기까지가 친구의 역할이고 이제부터는 아내가 가장으로써 홀로서기를 해야 하고 나머지 뒤치다꺼리를 감당해야 할 것입니다.

다행이랄까. 이별연습을 3년이나 했다니 갑자기 허허벌판에 내몰린 상황보다는 다소 진정된 마음으로 의연하게 대처하리라 믿습니다.

저희 어머님도 무릎과 허리 어깨 등등 각종 병을 달고 사시면서 아버님이 쓰러지시기 전까지만 해도 병수발을 해야 하는 중환자이셨는데 2년여의 시간 동안 마음의 준비를 하셨는지 남편 없음을 이겨내시고 지금은 정정한 할머니가 되셨습니다.

저 역시 힘들고 어려울 때 가족이 함께 했다는 것. 특히 아내가 흔들림 없이 가정을 지켜 주었기에 오늘이 있다는

5부 문학을 꿈꾸다

것. 항상 감사하는 마음으로 살아갑니다.

우리 두 딸도 아빠를 믿고 따라 대학을 졸업하고 시집갈 나이가 되었으며 둘째 누나와 십년 터울인 늦둥이 아들은 작년에 합격한 대학이 마음에 안 든다고 재수하며 열심히 공부 하는 중입니다.

또 하나의 버팀목은 읽기와 쓰기를 좋아해 '내 이름으로 된 책 한 권 만들겠다'는 희망이 있어 어려움을 참아낸 것 같습니다. 정신없는 일의 틈바구니에서도 5분, 10분의 시간이 허락되면 틈틈이 읽고 쓰며 노력하고 있답니다.

평소 대학 못 보내 미안해하시던 아버님 가슴에 살아생전 책 한 권 안겨 드리고 싶었는데 벌써 고인이 되셨고 친구들에게는 내가 쓴 책인데 읽어 볼래 하며 짠- 하고 화려하게 모임에 복귀하려고 했는데 기약이 없네요.

매년 신춘문예에 출품은 하지만 심사위원들 눈에 차지 않나봅니다.

핑계 같지만 스승이나 문우 없이 혼자 쓰고 있으니 실력이 제자리걸음이어서 등단은 저 멀리 있는 무지개처럼 느껴집니다. 주위 몇몇 사람들은 복지센터에 가서 문화 강좌를 들어 보라고 하는데 현실을 넘는 사치스러운 일 같아 아직은 마음이 허락지 않습니다.

애초 나의 인생계획은 육십까지만 일하고 조용한 곳에 서재 한 칸 만들어 읽고 쓰며 시간을 보내려고 했는데 올해가 벌써 회갑이네요. 욕심 많게도 이제는 칠순으로 계획을 수정해 준비하고 있습니다. 모든 게 순조롭게 풀린다면 칠순 때 책을 출판해 늦었지만 아버님께 먼저 드리고 친구들에게도 한 권씩 선물하고 자랑해야죠. 그리고 친구 몫은 총무를 통해 전달하겠습니다.

처음 주신 문자가 황망한 가운데 예의상 보낸 의례적인 문자라 생각하고 열어보니 누군가가 내 이름을 불러주고 있었지요. 내 이름으로 오는 빚 갚으라는 편지만 보다가 ○○께가 들어가는 글자를 보니 생소하면서도 경이롭고 내이름이 맞긴 맞나 하는 생각까지 들더군요.

그리고 내가 '누구다'라고 당당하게 본인의 이름을 밝힌다는 게 참 부러웠고요!

내용 역시 뭐하니 뭐해서 뭐 하겠다는 통상적인 글이 아니고 마음을 솔직하게 드러내는 진심이 담긴 내용이었습니다. 그래서인지 꼭 답장을 해야겠다는 생각이 들었고요.

다짐했듯이 두 딸을 내놓아라 할 정도까지는 아니어도 다른 사람에게 뒤지지 않을 만큼 키워 낸다면 훗날 하늘나라에 가서 떳떳하게 친구를 만날 수 있고 고생했다는 칭찬

5부 문학을 꿈꾸다

도 받을 수 있겠지요.

쓰다 보니 제 자랑 아니 구구절절 하소연만 했나 봅니다. 그리고 지난번 총무와 통화할 때 "우리들이 앞으로 몇 번이나 더 얼굴 볼 수 있겠나"에 절감하고 되도록이면 모임에 참석하기로 다짐했습니다.

아무쪼록 슬픈 마음을 빨리 잊고 생활에 안정을 찾으시고, 여러 일이 평탄치는 않겠지만 어제의 태양과 오늘의 태양은 분명 하나라는 사실을 가슴에 새기며 흔들림 없이 남은 길 걸어가시기 바랍니다.

미리 쓰는 유언장

이제 눈이 어두워 글쓰기가 힘들고 걷기도 불편해 지팡이에 의존하고 세발로 거동해야 하는 나이가 되었소. 하루에 한 번씩 문자 주고받던 시절도 옛 추억이 되었고 마음으로만 편지를 보내고 있으니 이 세상 보다는 저세상을 가까이 해야 할 때가 되었나 보구려!

내 인생 후반을 기름지고 맛나게 만들어준 김 여사에게 마지막으로 고맙다는 인사를 하오. 나를 오라버니라고 불러주었고 여자가 남자보다 오래 사는 게 자연의 이치이니 내가 먼저 작별인사를 하는 게 틀린 일은 아니라 생각되오.

사실 내가 이 나이까지 살아온 것도 다 김 여사의 덕이라 생각하오. 생업에 찌들어 죽는 날까지 허덕여야 하는 인생을 용케도 발견하여 격려와 후원, 용기와 배려로 사람 냄새 나는 삶을 살게 해주었으니 어떠한 감사의 말과 행동도 대신할 수 없다는 생각뿐이오. 본인은 해 준 게 아무것도 없다고 부인하지만 마중물 같은 이정표는 길 잃은 사람에게는 희망의 불빛이라 생각되오.

마음의 병으로 죽든 스스로 죽든 이미 몇 십 년 전에 하늘나라에 가 있어야 할 사람이 이렇게 글을 쓰고 있으니 우리가 친구됨을 운명적이라 아니할 수 없구려!

아내는 인생의 동반자임에 의심의 여지가 없고 내 반쪽임에도 틀림없지만 인생 전부를 채워줄 수는 있는 완전무결한 슈퍼 우먼은 아니라 생각하오. 그걸 원한다면 신이길 바라는 내 욕심이 아니고 뭐겠소.

살을 맞대고 살아왔지만 인생살이의 고달픔을 달래고, 얽힌 실타래를 풀다보니 문학이 어떻고 시가 어떻고를 이야기의 주제로 삼는 다는 것은 참 어려운 현실이었소.

사실 현실 핑계가 아니라도 부부 사이에는 어울리지 않는 분야가 아닌가 하오. 철학자 소크라테스의 아내를 우리는 악처라 하지 않소. 여러 이야기가 분분하지만 현실에 대한 잔소리와 간섭 때문이라 생각이 되오. 그 부족한 부분을 김 여사가 대신 채워줘 마음이 한결 깊고 넓어진 것 같소. 고마웠소!

하지만 우리 할멈 나와 가족을 위해 평생을 몸 바쳐 헌신

한 배우자임에 틀림없어 노고와 감사함에 찬사를 보내고 있다오. 내가 다시 태어나도 신부로 맞이할 사람이오.

평생 고생을 달고 살았기에 할멈은 손사래를 치겠지만 못 이기는 척 응해준다면 다시는 고생 안 시키고 행복하게 잘 살 수 있도록 모든 것을 감당할 마음이라오.

쑥스런 이야기 한마디 덧붙인다면 여자관계만큼은 할멈에게 떳떳하고 당당하게 말할 수 있소.

학창시절과 군 시절 그리고 사회활동을 하면서 유혹의 손길이 전혀 없었던 것은 아니지만 고집스럽게 동정도 순결인양 간직하고 살다가 지금의 할멈에게 동정을 바쳐 사랑했다오.

내 품에서 하룻밤을 보낸 여자는 할멈밖에 없지만 믿고 안 믿고는 내 몫이 아니니 이제 와서 생색낸다고 특별히 달라질건 없다고 생각하오.

아쉬운 점은 우리가 조금만 더 빨리 만났더라면 동인지를 만들어 함께 활동도 하고 내놓으라는 책 발간하여 작가의 반열에 오르지 않았을까 하는 생각이오.

우연이랄까 운명이라고 할까? 김여사를 만남은 내면성장이 무엇인지 모르는 팍팍한 삶에서 마음을 열고 닫을 수 있는 삶의 여유와 내 마음을 내가 바라볼 수 있고 향기롭게 살찌우는 가슴을 만들어준 세월이었다고 생각하오.

수필인지 시인지 자서전인지도 모른 어정쩡한 책 한 권 만들어 내 칠순 때 가족과 지인에게 한 권씩 선물하고는 아쉬운 눈물 많이 흘렸다오.

반듯한 책 한 권 펴내어 나 이렇게 살았노라 자랑도 하고 싶었고 거동도 불편한 늙은이가 소설가가 되다니 대단한 노익장이구만하는 칭찬도 받고 싶었다오.

또 하나 아쉬운 것은 김여사를 할멈에게도 소개하고 칠순 때 초대도 하고 싶었지만 우리 할멈 마음 상해할까봐 죄인마냥 김여사에게 책 한 권만 보내고 말았소.

책 받아본 김여사가 성경책 다음으로 읽고 또 읽어 겉표지가 누더기가 되었다고 이야기할 때 책도 아닌 것을…… 시력도 안 좋으면서…… 속으로만 되뇌었다오.

거듭 말하지만 인생 후반부터 지금까지 미안스러운 두 사람이 있소. 첫 번째는 집 친구로 김여사와의 인연을 말 못하고 지금까지 살아왔는데 그렇게까지 할 필요가 있었을까? 하는 생각이 드는구려. 얼굴 한두 번보고 문자 연락한 것밖에 없는데 불륜이나 되는 것처럼 숨겨왔으니…… 처음부터 말하고 양해를 구했으면 좋았을 텐데…… 친구는 내가 만든 또 다른 가족이라는 말도 있는데 말이오.

또 김여사의 남편과 술 한잔 하면서 이해를 구하려고 했는데 기회를 만들지 못해 거듭 미안한 마음이오. 아직까지 얼굴 한번 못 봤으니 소심한 내 성격 탓으로 돌리고 싶소. 쓰다 보니 유언장이 아니라 장문의 편지가 된 것 같소.

망설이다 마지막에 유언이랄까 부탁이랄까 언젠가 정순이라는 여자를 얼핏 이야기 했던 것 같소. 나보다 한 살 어린 고종사촌 동생이오.

학번과 나이가 김여사와 같고 동향이었으니 중학교 때나 고등학교 때 동창이었을 수도 있소.

초등학교 3학년 때 얼굴을 처음 보았고 매년 방학 때면 외가인 우리 집 시골로 와 농촌 생활을 나와 같이 지내다 방학이 끝날 때쯤 집으로 가곤 했소. 초등학교 중학교를 보내면서 동생이 아닌 여자 친구로 자리를 잡았고 모든 면에서 나를 능가하여 누나 같은 존재로 지냈소.

고등학교 시절에도 다른 여자는 마음에 들어올 틈이 없었고 애인 같은 존재로 사춘기를 보냈으니 아마 첫사랑의 여인이라고 고백을 해도 맞을 것이오. 감정 감성 모두 풍부하여 나로 하여금 문학도의 꿈을 갖게 한 것도 그 여인이고 사랑을 알게 한 것도 그 여인이었소. 하지만 친구가 아닌 친척이라는 사실을 너무나 잘 알기에 순수한 마음으로 친구 같은 오누이로 지냈소.

첫사랑이라고 말했지만 넘지 말아야할 선을 넘은 적은 없었소. 고등학교 졸업 후 대학진학을 포기하고 자책감과 자괴감으로 방황하면서 더 이상은 서로의 마음에 자리를 잡으면 안 된다는 것을 약속이라도 한 것처럼 마음의 문을 닫고 서로를 밀어 냈소.

그러한 시간이 오십년이나 지나갔소. 전화 한 통화 없이- 마치 연락을 하면 큰일이라도 일어날 것처럼 말이오.

그러한 세월을 지내다 필연이랄까 고모님의 장례식장에서 얼굴을 보게 되었소. 쌓인 말이 산더미 같다 한들 그 엄숙한 자리에서 무슨 말을 할 수 있겠소. 애틋한 마음이었지만 연락처 교환 없이 그냥 떠나 왔소. 아직도 잘한 행동인지 판단이 서지 않소.

세월이 지나 행운처럼 만난 김여사의 권유로 다시금 글을 쓰면서 맨 먼저 그 여인을 주인공으로 소설을 만들어 가기 시작했소. 지금은 완성이 다되어 출판만 하면 되는데 어떠한 연유에서인지 출판을 적극 반대하고 있소. 본인은 모든 것을 정리하고 조용히 살고 있으니 세상에 드러내기 싫다며 고집을 부리고 있소. 가명으로 썼다고 해도 막무가내요. 그렇다고 승낙 없이 출판하기는 내 자신이 허락하지 않소.

나로 인하여 다시 세상으로 나갈 것 같아 무섭고 겁이 난다며 더 이상은 전화하지 말라는 대화를 끝으로 연락 없이 지낸지도 몇 년이 흘렀소. 어찌 생각하면 방법이 있을 것 같기도 한데 지금 나에게는 방법이 없소. 팔순이 지난 지금 저세상으로 가야 할 날이 오늘일지 내일일지 모르는 상황이라 출판하기에는 무리인 듯싶소.

혹- 내일이라도 승낙의 전화가 온다면 좋으련만……

내가 죽은 후에 그 여인에게 나의 뜻을 전하고 설득한다면 허락하지 않을까 하는 생각이오. 물론 쉽지는 않겠지만 김여사의 노력을 부탁하오. 다른 사람을 찾아 부탁하려고 했지만 아무리 생각해도 김여사밖에 없소. 결코 만만해서 하는 부탁이 아니오. 김여사라야만 내가 안심하고 편히 눈을 감을 것 같소.

많은 것을 받아서 행복한 사람이 보답은 못할망정 또 다른 짐을 주고 있으니 가는 날까지 애물단지인가 보오. 면목이 없소.

한 가지 위안을 삼는다면 내가 쓴 글 중에서 여사의 마음에 와 닿는 것이 있다면 그 글들은 김여사를 주인공으로 쓴 글이 맞을 것이오. 여기에 나오는 세 명의 여인들은 오늘의 나를 만들어준 보배 같은 사람들이었소. 행복했다오.

출판에 필요한 모든 것은 준비가 끝나 택배로 보내려고 포장하여 보관 중이오. 죽음이 임박하면 발송하겠소. 이후 문제는 두 여인네들이 상의해서 처리하기 바라오.

나는 충분히 행복한 사람이었으니 나 떠남을 슬퍼하지 마시오. 남은 여생 슬프지 않게 살기 바라오.

미리 감사

전화벨이 가늘게 떨렸다. 모르는 번호라 망설이다 받아 보니 집주인이라며 "세 사느니 그 집을 사면 어떻겠느냐" 는 감당 못할 뜻밖의 말이 흘러 나왔다. 그리고 싶은 마음 은 굴뚝같았지만 빚에 허덕이는 형편이라 엄두를 못 내고 아직은 아니라며 전화를 끊었다. 그 후로 머리가 복잡해졌 다. 계약당시 "돈 벌어서 이 집 사세요" 하던 집 주인의 말 이 생각났다. 그때는 으레 하는 말이라 생각하고 지나쳤는 데 다시 들으니 새롭게 다가왔다.

다행히 대출 규제지역은 아니라 매매가의 70%는 은행 대출로 가능하고 30%를 어떻게 마련하느냐가 문제인데 아무리 계산해 봐도 방법이 없었다. 혹시나 해서 은행에 전 화해서 물어봤더니 내 집 마련을 하려면 최소한 30%는 현 금을 가지고 있어야 된다며 바로 전화를 끊어버린다. 하기

5부 문학을 꿈꾸다

야 "내 돈 없이도 집을 살 수 있다면 나처럼 월세 사는 사람은 없겠지"라고 생각하며 들뜬 마음을 가라 앉혔다. 내일 남편에게 전화해서 상황 설명이라도 해야겠다고 마음먹었다.

오늘 아내 전화를 받았다. 드디어 올 것이 왔다는 느낌이었는데 아니나 다를까 집을 사자고 했다. 아내와 약속한 게 있어 항상 눈치만 보고 있었는데 막상 현실로 닥치니 가슴이 철렁했다. 아무리 노력해도 상황은 좋아지지 않고 빚 독촉에 월세 내기도 벅차니 내 집 갖는다는 건 생각뿐이어서 아내 잔소리에 무관심한 척할 수밖에 없었다.

오늘 또 친구 집에 갔다가 심사가 뒤틀린 모양이다. 모임에 다녀오면 하루 이틀은 침대에 누워 꼼짝을 안 한다. 호화롭게 잘 사는 친구 집 구경하고 오면 월세 살고 있는 처량한 신세 때문일 것이다. 하지만 쭉 세살이만 한 건 아니다. 번듯하게 내 집 마련해 남부럽지 않게 살았는데 사업이 한번 어려워지더니 상황은 점점 더 나빠져 급기야 경매로 하루아침에 날렸다.

월세 찾아 이곳으로 이사 오면서 5년만 고생하면 다시 집 사주겠다고 아내, 아니 온 가족에게 장담했는데 10년이 지난 지금에도 아무런 신전이 없다. 내 나이 정도면 내 집은 아니라도 최소한 전세는 살아야 할 텐데 최저 임금 수준의 봉급으로는 나아질 게 없어 가족들 눈치 보며 하루하루 지내다 보니 집안에 활기가 없고 가족 간 대화도 점차 줄어들었다. 그러다보니 식사 후 긴 시간 동안 침묵만 지키고 있어 적막감과 냉기만 돌았다.

한번은 생각지 않게 10만원이 생겨 그 돈 전부 로또를 샀는데 5등 2장이 맞아 다음 회에 바꾸었더니 두 장 다 꽝이었다. 아내 잔소리 듣는 날 한두 장씩 사보기는 하지만 결론은 원금만 날리는 꼴이다.

가장으로써 면목 없어 될 수 있는 대로 밖으로 나돌고 일주일이면 한두 번 집에 가는데 오늘은 집에 가서 죽이 되든 밥이 되든 결론을 내야만 할 것 같다.

그렇지 않아도 여기저기 알아보고 있었다. 계약기간이 얼마 남지 않아 부동산에 알아봤더니 지금 나온 월세는 없고 설령 나온다 해도 우리 형편에 맞는 물건 구하기는 어렵다고 했다. 그나마 지금 살고 있는 집이 그동안 세 살아온 집중에서 가장 마음에 들었다. 계속 살 집이라 생각하고 몇 년 전에 집수리를 했는데 갑자기 좋은 조건으로 새 집을 마런하게 되어 이 집을 세 놓게 되었다는 집 주인의 말이 전혀 틀리지가 않았다. 하지만 지난달 월세가 밀린 상태라 연장해 달라는 말은 꺼내지도 못 하고 주변에 다른 집을 알아보는 중인데 쉽지가 않았다. 더구나 말 못할 사정이 있다. 집안 살림살이에 온통 빨간딱지가 붙어있다.

어느 날 남편의 체납으로 압류하려 왔다는 말에 당황하여 문을 열어 주었더니 모든 물건에 압류장을 붙이고 장롱이며 가방 심지어 싱크대까지 뒤지더니 물건 몇 개를 골라 압수해가고 오라 가라 귀찮게 했다. 남편은 남편대로 여기저기 알아보고 찾아가 사정도 해본 모양인데 효과는 없고 지금까지도 압류딱지 붙인 상태로 살고 있다.

처음에는 마음이 두근거리고 불안해 도저히 집안에 있을 수가 없었다. 초인종 소리만 나도 가슴이 덜컥 내려앉아 택배 받기조차 불안하고 초조해 하루 종일 주변을 서성거리다 어두워져서야 집으로 들어오곤 하다가 급기야 신경쇠약으로 병원신세를 졌지만 지금도 힘들긴 마찬가지다.

어디다 내놓고 하소연할 상황이 아니라 다른 사람 일처럼 넌지시 알아봤더니 '집안 살림은 부부 공동명의로 한다.'는 법이 있어 절반은 남편 것이라 그 절반에 대해서 압류를 했을 거라는 대답이었다.

잘 나가던 사업이 경매로 끝나면서 남편 이름으로는 아무것도 할 수 없어 처음 월세 계약부터 내 명의로 했고 남편은 다니는 공장으로 전입한 상태고 월세는 남편 봉급으로 부족해 두 딸의 도움으로 해결하곤 했다. 이러한 상황에서 이사를 간다 해도 압류딱지가 걸림돌인건 확실했다. 남편에게 "이 집에서 계속 살 수 있는 방법이 없겠냐"고 했더니 알아보겠다며 나가더니 지금까지 소식이 없다.

아내 이야기를 듣고 출근하는데 마음이 무거웠다. 내 신세도 처량하지만 아내의 마음고생이 마음에 걸려 찹찹했지만 달리 뾰족한 수가 없어 멍하니 하늘만 바라보고 있었다. 순간 어디선가 실낱같은 음성이 들렸다.

"너 누구 알잖아. 지금 그 사람에게 전화해 봐!"

문득 정신을 차리고 휴대폰을 검색해보니 다행히 그 사람 번호가 있었다. 지금까지 모든 사람들과 연락을 끊고 지내다가 모처럼만에 전화를 걸었다. 안 그래도 내 생각 하고 있던 참이라며 반갑게 전화를 받아 편한 마음으로 자초지종을 설명하고 방법이 없겠냐고 했더니 본인 일처럼 알아보겠다며 며칠만 기다려 보라고 했다. 아내에게는 방법 찾고 있다고 하면 마음만 들떴다가 나중에 실망이 클까봐 말 못하는 무심한 며칠이 아주 길게 지나갔다.

그렇게 시간이 지나고 드디어 전화가 왔다. 그 집을 담보로 90%까지 대출을 받을 수 있으니 10%만 준비하라고 했다. 금융계통에 실력이 있다고 들었지만 반신반의하며 되물었더니 70%는 1금융권에서 하고 20%는 2금융권에서 하는데 아주 어렵게 알아봤다며 준비하라고 했다.

기다리던 남편의 전화가 왔다. 지금 알아보는 중인데 90%는 대출로 할 수 있으니 10%만 준비하라고 했다. '아니 집 사는 것도 좋지만 그걸 나보고 해결하라니' 짜증스럽게 중얼거리다 야속하고 무능한 남편을 탓해봐야 별 소용없음을 알고 두 딸과 상의하기로 했다.

오히려 딸들이 좋아하며 급하게 알아보더니 신용대출로는 부족해 보험대출까지 받으면 나머지는 해결할 수 있다고 하여 결정을 내리고 집주인에게 의사를 전달했다. 일은 일사천리로 진행되어 계약을 마치고 잔금 날짜가 잡혔다. 한 푼 없이 집을 산다는 게 꿈 같은 일이라 지금까지도 실감이 나지 않지만 잘만 처리된다면 가능할 수 있다는 생각이 들었다.

다행히 취득세는 형식적인 보증금이지만 그걸로 해결할

수 있어 한숨 덜었는데 월세와 이자를 비교하면 다달이 10만 원 정도 더 들어가게 되니 고민에 빠졌다. 하지만 다 된 일이라 밀어 붙이고 남편에게 말하니 회사에 상의하겠다고 했다.

드디어 잔금 날이 다가와 아침부터 서둘러 모든 서류에 서명을 마쳤다. 그런 후 집 주인 속사정을 들어보니 피치 못할 사정으로 이 집을 팔게 되었는데 처음에는 불가능해 보여 불안했지만 잘 처리되어 고맙다고 했다. 그리고는 내가 복이 많다고 했다. 속으로 '내 인생에 복은 무슨 복?' 하는데 덧붙이는 말이 "이 집 수리할 때 처음 집 살 때 보다 더 기분이 좋았는데 지금에 와서 보니 새로 올 사람을 위해 그렇게 열심히 수리했나하는 생각이 들고 역시 복 임자는 따로 있다"고 했다. 덕담에 기분이 좋아 "이 돈으로 모든 일이 잘 해결되어 마음 편하게 살면 좋겠다."고 한마디 하고는 마지막 인사를 나누고 헤어졌다.

그날 밤 축하파티 한다며 온 가족이 모였다. 남편이 건배 하자더니 선물 하나를 내놓는다. 회사에 사정 이야기를 했더니 그동안 일하는 게 마음에 들어 특별히 나에게만 10만 원 올려줄 테니 다른 직원들이 눈치채지 않게 처신하라고 했단다.

와! 오늘 건배사는 다 같이 야호!

성탄절을 앞둔 추운 어느 날. 월세 살이 설움 속에서 내 집 마련의 환상에 빠져 성냥불 켜는 소녀의 심정으로 걸어가고 있는데 부활절에 자주 보았던 달걀이 눈에 들어왔다. '이번 연말 행사에 달걀을 선물하면 어떨까?'하는 생각이 머리를 스쳤다. '선물 중에서 가장 싼 것이지만 마음은 전달이 되겠지' 생각하며 인원에 맞춰 구입했다. 작은 선물이라 미안한 마음이었는데 '모두 좋아하더라'는 총무의 감사 문자에 몇 배의 행복감이 밀려왔다. "무엇을 달라는 기도가 아니라 주실 것을 믿고 미리 감사드려라. 그리하면 은혜가 넘치리라!" 하시며 '미리 감사'를 강조하는 목사님의 마음을 조금이나마 알 것 같았다.

지인 소개로 교회에 다닌 지가 10년이 지났다 지금까지도 열성적으로 다니지는 못하지만 일요예배만큼은 빠지지 않고 항상 그 자리를 지키고 있다. 그동안 어디다 자랑할 만큼 좋은 일을 한 기억도 없지만 그렇다고 나쁜 일 저지르는 것도 아니니 하나님 뜻에 역행하는 것은 아니라 생각하며 스스로 위안을 삼고 지내는 정도다.

매년 초에 교회에서 그 해 나아갈 목표를 설정해 발표했는데 그동안은 항상 하는 행사로만 여기고 큰 소리로 따라서 기도만 했었다. 그런데 올해 선정한 성경말씀 "내게 관계된 것 완전케 하실지라"는 소리를 듣는 순간 마음이 뜨거워지더니 눈물이 주르르 흘러 내렸다. 이어 "모든 일을 너의 머리로 하지 말고 하나님 뜻에 따르라"는 음성이 멀리서 들리는 것 같았다. 설교 때 가끔씩 내 마음에 들어온 것 마냥 속마음을 송두리째 알고 있어 온몸이 찌릿한 전율로 감동 받기도 했지만 음성이 들리는 건 처음이었다.

그때 그 음성하고 "너 누구 알잖아. 지금 그 사람에게 전화해 봐!" 라는 소리가 같은 의미로 들리는 것은 '미리 감사'에 대한 응답을 합리화하려는 내 작은 믿음 때문만은 아니리라!

형제

지쳐서일까. 한동안 멍하니 생각에 빠졌다.

구름과 바람이 어떻게 만들어져 나에게까지 오는 걸까? 그들에게 몸과 마음을 맡기면 과연 나는 다른 모습으로 변할 수 있을까?

가을바람이 불어오는 계절의 끝자락에서 문득 무언가를 해야 될 것 같아 지금껏 변함없던 일상의 틀에서 잠시 빠져나오기로 했다. 시계추처럼 365일 왔다 갔다 반복되는 생활에서 벗어나 태엽을 풀어 놓고 잠시 무한의 세계에 흠뻑 빠져 보기로 큰맘을 먹었던 것이다.

세파에 시달려 항폐해진 마음을 치료할 방법은 없을까? 아니 최소한 위안이라도 받는다면 소득이라면 소득이겠지!

막연하게 기대 반 설렘 반으로 그곳으로 향했다. 한 번 와본 곳이라 생소하지는 않았지만 그때의 분위기하고는 사뭇 달랐다. 어머니 치마폭으로 달려가듯 고향 가는 기분이었고 아늑하고 아름다운 자연풍경은 모든 시름을 내려놓기에 충분했다. 몸 속 암 덩어리를 제거하기 위해 힘든 항암치료를 끝내고 마침내 완치 판단을 받았을 때 이런 기분일까!

넓은 벌판에 뿌려진 씨앗들이 새록새록 고개를 내밀며 인사하듯 바위 같던 일상을 밀어내고 새롭게 꿈틀거리는 몸의 변화를 느끼면서 가슴을 크게 하여 공기 먹는 하마처럼 마음껏 들이마셨다.

복잡 복잡한 일상을 나 몰라라 팽개칠 수 있다는 게 내 스스로도 놀랐지만 편안하고 여유로운 마음에 바라보는 사물도 예쁘게만 보였다.

무대에 조명이 비치고 기대하던 주인공이 화려한 모습으로 등장할 때 유독 거기만 밝은 빛으로 감싸 모든 관중의 시선이 한곳으로 모아지듯 콩깍지 모양의 이 계곡만 도드라져 콩알 같은 진주들이 다람다람 줄지어 있다. 아마 신선이 놀기 위해 만들어 놓은 놀이터라 생각이 들 정도였다.

앞에서도 말했듯이 단지 단풍구경만 위해서 여기에 온 건 아니다. 어제 오후 늦게 도착하여 이런저런 이야기들을 나누면서 얽혀버린 실타래를 풀어갈 수 있는 단서 하나를 찾아냈던 터라 다소나마 마음이 안정되어 모든 게 예쁘게 보여서일 거다.

여러 상처 중 하나라도 치료가 된다면 그래서 그것을 계기로 다른 상처들도 하나씩 아물어진다면 본래 내 모습을 되찾을 수 있다는 기대감이 작용하여 아름다운 경치가 눈에 들어오고 마음에 여유가 생겼나보다.

그동안 봄볕에 예쁜 꽃들이 수없이 피어나도 눈에 들어오지 않았다. 아니 볼 여유가 없었고 단풍이 아름다운 모습을 자랑해도 예쁘다고 느끼지 못했다. 그러한 내가 모든 일을 뒤로 하고 이곳으로 온 이유는 선의로 시작된 일이 엉뚱한 방향으로 흘러 잘 지내오던 형님과의 관계가 꼬여 지금은 엉망이 된 실타래가 눈덩이처럼 커져버렸기 때문이다. 살면서 나름대로 방법을 찾기는 했지만 효과 없이 끝나버렸고 그 여파는 여러 방향으로 번져 곳곳에서 삐걱거리는 소리가 났다.

형님이나 나나 회갑이 지난 마당에 언제까지 방치할 수 없다는 생각으로 한 가닥 희망을 가지고 이곳을 찾아 온 것이다.

그동안 동생들도 민감한 문제라 선뜻 나서지 못하고 바라만 보고 있다가 자리가 마련되니 여러 이야기를 나누게 되었고 그 과정에서 얽힌 실타래를 풀 수 있다는 희망을 발견하고 함께 노력하기로 했다.

한 부모에게서 낳은 자식이라도 모두 똑같을 수는 없다고 했듯이 각기 다른 성격과 생활방식으로 살아 온 터라 바라보는 시선이 다르지만 피는 못 속인다는 말은 우리에게도 그대로 적용되었다.

같은 시골집에서 태어나 출생지가 같은 우리 형제들은 어린 시절을 그곳에서 보내고 새가 자라면 둥지를 떠나듯이 순서에 따라 서로의 삶을 선택했다. 그 후로 명절이나 집안 행사가 아니면 서로 얼굴 볼 일이 없어 이웃집 보다 못한 관계로 멀어질 수밖에 없었다. 하지만 모처럼 같은 공간에서 대화를 나누다 보니 짙게 깔린 안개가 걷히듯 수십 년의 세월이 날아가고 다시 그때 그 시절로 돌아간 기분이었다.

사실 갈등이라는 게 가장 가까운 사람으로 인해 발생하고 모르는 사람은 애초부터 그냥 모르는 사이이니 얽힐 일이 없다. 남녀가 만나 결혼할 때는 천상배필이지만 살면서 갈등이 심해져 이혼을 하게 되면 결국에는 남보다 못한 사이가 되고 만다. 그래서 부부는 무촌이라 했던 선조님의 촌수계산법에 고개가 숙여진다. 하지만 중요한 것은 갈등의 해결도 가장 가까운 사람들에 의해서 이루어진다는 사실을 다시 한 번 확인할 수 있었다.

따뜻한 밤을 보내고 편안한 마음으로 아침을 먹고 생각하니 지금껏 내가 살아온 날들 중에 잘한 일이 있다면 아마 그중에 하나가 이번이 아닐까하는 생각이 들었다. 깊지 않은 둠벙에서 생각지 않게 많은 물고기를 잡을 때처럼 기분이 좋았다.

찬바람에 울긋불긋 단풍든 그곳을 떠나 집으로 올 때 동생이 춥다며 따뜻한 핫팩을 선물로 주어 가슴에 안았더니 순식간에 그 온기가 몸으로 퍼져 기차 타는 내내 따뜻한 마음이었다.

풀어 놓은 태엽을 되감고 쳇바퀴 도는 일상을 위해 서둘러 집으로 오니 고귀한 진주들이 주르르 달려 나와 나를 반긴다.

평소 하숙집마냥 드나들던 집이 진짜 보물창고였음을 새삼 깨닫는 기분 좋은 외출이었다.

서생원

나를 약삭빠른 쥐새끼라 부르지 말라. 이건 내 본연의 특성이며 생존전략이니까.

얄밉고 성가신 존재로 따지자면 하루빨리 지구에서 사라졌으면 좋겠지만 그건 어디까지나 인간들의 바람일 뿐 나 역시 엄연한 지구 구성원의 하나로 끝까지 살아남아야 할 의무와 종족번식의 책임이 있다.

지구상에 수많은 생명체가 출현했다가 사라진 게 어디 한두 종인가? 원폭 속에서도 살아남은 우리는 인간보다 더 오래 살아남을 가능성이 크다. 하지만 두뇌가 발달한 그들은 그들 주위를 편리하고 풍요롭게 하기 위해 12종류의 동물을 선별해 달리기를 시켜 선착순으로 열두 달을 정했는데 처음에는 소 쥐 호랑이 토끼 용 뱀 말 양 원숭이 닭 개 돼지 순으로 달렸다. 그런데 두 번째인 내가 소 등을 타고 가다가 결승점 바로 앞에서 폴짝 뛰어내려 1등을 했는데 그 때문에 새치기 왕이란 오명을 얻었다.

굳이 변명을 하자면 뒤에 오는 호랑이가 무서워 죽기 살 기로 피하다 보니 소의 등을 타게 됐고 가장 몸집이 작은 내가 살아남기 위해서는 기왕이면 1등이 좋겠다고 판단하 여 약삭빠른 행동을 한 것이다. 그 대가로 평생을 다른 동 물들 눈치 보며 살아가야 할 업보를 진 셈이다.

사실 질서를 깨트린 점에 대해서는 입이 열 개라도 할 말 이 없지만 빠른 순발력과 예리한 판단력은 타고난 우리의 장점이며 타의 추종을 방불케 하는 예지력 또한 인간이 탐 내는 우리 고유 영역이다.

'태초에-'라고 시작되는 선조님의 글을 보고 알게 된 사 실이지만 그때는 길들여지지 않은 야생에서 먼저 발견한 놈이 먹고 사는 시대라 '세상은 넓고 먹을 것은 많다'는 가 훈 아래 부지런히 움직이기만 하면 먹고 사는 데는 지장이 없어 서로 간에 평화가 유지되었다. 그러던 어느 때부터 인 간이 집을 짓고 살기 시작하더니만 그들만 먹겠다고 식량 이란 식량은 모조리 휩쓸어 곡간에 쌓아 놓았다. 그러니 배 고픈 동물들, 즉 날고뛰는 짐승과 기는 것 모두 그곳으로 모여 들기 시작하면서부터 쫓고 쫓기는 먹이 전쟁이 시작된 것이다.

　그 전쟁 중에도 만물의 영장이라는 사람의 상투 꼭대기에 올라앉아있는 동물이 있으니 모두가 부러워하는 서생원 즉 우리들이다. 체면을 중요시하는 그들은 한사코 아니라고 하겠지만 사실 동고동락하는 거나 마찬가지로 항상 그들과 같이 밥도 먹고 잠도 같이 잔다. 심지어 그들의 일거수일투족 즉 귓속말과 숨소리까지 들을 수 있으며 부부간에 나눈 비밀도 우리 앞에서는 무용지물이었다. 오죽했으면 '낮말은 새가 듣고 밤 말은 쥐가 듣는다'고 했을까?

　인간들 입장에서 보면 쿨하게 양보하거나 허락한 것은 아니지만 어쩔 수 없는 적과의 동거를 일상으로 생각하고 서로 살아갈 방법을 찾을 수밖에 없다. 같이 산다는 게 늘 눈치 보고 생명까지 담보로 해야 하지만 피할 수 없는 운명이거니 생각하고 재치 있게 대처하며 하루하루를 살아간다.

　영악한 우리를 달래는 차원에서 서생원이라는 벼슬을 하사하긴 했지만 '똥이 무서워서 피하나 더러워서 피하지'라는 말을 입버릇처럼 하고 있으니 자존심 상하고 마지못해 베푸는 호의 같아 달갑지만은 않다.

　그렇지만 양반이 상놈을 인간 이하로 취급하던 시절에 하찮은 벼슬이긴 하지만 생원 대접을 받았으니 이런 가문의 영광이 또 어디 있겠는가? 12가지 동물 중에 벼슬 칭호를 받은 동물이 우리 말고 또 누가 있는가?

비록 미운 놈에게 떡 하나 더 준다는 식으로 서생원이라 불렀겠지만 무시할 수 없는 존재임에는 틀림없다. 더군다나 유전자마저 인간하고 99%가 같고 한 공간에서 살고 있으니 '겉모습만 다르지 속은 같다'라는 생각으로 으쓱한 건 사실이다.

그렇다고 마냥 좋아할 일만은 아니다. 아이러니하게도 그걸 핑계로 우리 종족을 마루타 취급하여 온갖 병 치료의 도구로 사용하고 쓰레기 버리듯 폐기처분하더니만 결국에는 신약을 만들어 놓고 100세 시대라 좋아하며 지구를 그들만의 소유물로 착각한다. 계급으로 따지자면 생원이 평민을 능가하지만 빛 좋은 개살구라고 천적인 고양이에게 죽는 것보다 우리보다 계급이 낮은 상놈이라는 인간들과의 싸움에서 죽어가는 수가 대다수다. 거기다가 노아의 홍수 때처럼 우리 모두가 몰살당할 만큼 커다란 위험에 빠져 홍역을 치룬 적이 있다. 페스트라는 흑사병이 전 세계를 휩쓸어 어마어마한 사람들이 전염병에 죽어 나갔는데 그 주범으로 우리가 지목되었기 때문이다.

사실 너무 억울하다. 사람이 없으면 오히려 우리가 더 불편하다. 우리가 먹고 사는 식량 전부가 그들이 모아둔 것 중 일부를 훔쳐 먹는다는 것쯤은 누구나 다 알고 있는 사실이다. 우리의 식량원인 사람이 없어진다면 옛 조상들처럼 야생생활로 다시 돌아가는 고난의 길인데 뭣 때문에 우리가 스스로 무덤을 파는 어리석은 짓을 했겠는가? 단지 우리들은 우리 생활방식대로 하루하루를 살아온 죄밖에 없다.

다시 한 번 강조하건데 애초부터 그러한 의도와 필요성은 전혀 없었다. 뒤늦게 알려진 사실이지만 바이러스란 빌어먹을 병균이 우리를 이용했을 뿐이고 인간 세상에서 벌어지는 일들은 우리와 무관하다. 이러한 사실을 깨닫기 시작한 인간들이 깨끗한 환경을 구호로 외치며 새로운 집을 짓기 시작했으니 우리도 급변하는 변화에 따라야 했다. 여기저기 고층 빌딩이 들어서고 아파트가 우후죽순처럼 솟아오르니 어떻게 대처를 해야 할지 참 난감한 상황이었다.

우리가 사는 이 나라에서도 새마을 운동이라는 환경미화 작업이 들불처럼 일어나 대대로 내려오던 보금자리를 하루아침에 망가트렸다. 하지만 변화의 물결은 우리 생활에도 긍정적인 측면을 가져 왔다.

가장 두드러진 게 음식의 변화다. 보리밥에 고구마만 먹던 식물성 식단이 각종 고기음식으로 바뀌어 영양 상태가 좋아지고 살이 올라 체격이 커지고 갈수록 신수가 훤했다.

또 하나는 주거 환경이다. 난방이 잘된 따뜻한 방에서 쾌적하게 지내다 보니 구질구질한 옛 집보다는 한결 낫고 추운 겨울도 걱정 없이 보냈다. 자연 시골 쥐도 도시 쥐 부럽지 않는 환경에 살게 되었으니 찌들게 살아가신 조상님께 미안할 뿐이다.

또한 교통이 편리해져 지게나 마차를 타면 하루 걸리던 이웃 마을이 큰소리치며 달리는 경운기를 타면 한 시간이면 족히 갈 수 있다. 자주 왕래하다 보니 정보를 공유하게 되어 세상 돌아가는 물정도 어느 정도 알게 됐고 4발로 가는 자동차를 타면 넉넉잡아도 하루면 서울에 갈 수 있다고 한다. 들리는 소문에 의하면 탐험심이 강한 젊은 쥐가 자동차 짐칸에 몰래 타고 서울까지 갔다가 세상구경 한번 잘하고 왔다는 이야기가 있다.

그가 말하는 것 중에 생활의 지혜가 담긴 꿀팁 하나가 있다. 서울에 도착하여 자동차가 멈추는 순간 짐칸에서 뛰어내려 주위를 둘러보니 휘황찬란한 야경에 정신을 차릴 수 없어 비틀거리는데 두 눈에 불을 켜고 정면으로 달려오는 자동차를 발견했다. 자칫 잘못하다가는 압사당할 절체절명의 위기에서 엉겁결에 두 불빛 사이로 납작 엎드렸는데 눈을 떠보니 구사일생으로 살아남았다. 하마터면 비명횡사할 뻔했다. 그러니 누구든지 서울에 갔을 때 이러한 일이 벌어지면 당황하지 말고 침착하게 중앙에 엎드리면 살 수 있다고 했다. 그 소문은 순식간에 퍼져 우리들 사이에 불문율로 상식처럼 되었다.

그런데 어느 날 난데없이 부고가 날아들었다. 평화롭던 마을이 갑자기 부산해지고 당사자의 부인이 슬픔을 이기지 못하고 그 젊은 쥐를 찾아와 항의하는 소동이 일어났다. 사연인즉 자기 남편이 서울에 갈 때 젊은 쥐 말대로 안전수칙을 달달 외워 만반의 준비를 했는데 막상 도착해 보니 정신이 하나도 없고 빙빙 돌아 중심잡기가 어려웠다. 간신히 정신을 차리고 앞을 보니 문제의 그 자동차가 두 눈 크게 뜨고 달려와 재빨리 꿀팁에 따라 중앙에 엎드렸는데 죽고 말았다는 것이다. 모두가 의아해하며 공포에 떨다가 며칠 후에 TV를 보고 알게 되었다.

딸딸이라고 불리는 새로 나온 자동차가 서울 시내를 누비고 다니는데 자세히 보니 중앙에 바퀴가 달려 세발로 다니는 특이한 구조의 자동차였던 것이다.

긴급회의를 소집하여 여러 대책을 강구해 보았지만 뾰족한 결론이 없자 가능한 도회지 출입을 삼가고 각자가 알아서 몸조심하기로 했다.

그 후로 서울 쥐와 시골 쥐의 교류가 뜸해지고 타 지방 방문도 줄었다.

시간이 흐르자 각자의 삶터에 안정이 찾아오고 예전보다 나아진 생활로 활기가 돌고 풍요로워져 여유로운 시간을 즐기고 있을 때 전혀 예상치 못한 사건이 터져 마을 전체가 술렁였다. 바로 공포의 쥐포 사건이다.

문방구겸 점방에 새로운 제품이 하나 둘씩 진열되기 시작했는데 하나 같이 먹음직스럽고 냄새까지 고소해 입과 눈을 유혹했다. 그중에 눈을 의심케 하는 제품이 들어왔는데 이름 하여 쥐포다.

꼬마 녀석들이 처음 발견하고 이야기할 때만해도 반신반의 했다. 하지만 이 소식은 순식간에 흉흉한 소문으로 퍼져 해가 떨어지기도 전에 외출을 금하고 문을 걸어 잠그니 마을 전체가 공포의 도가니였다. 이대로 있을 수 없다는 판단으로 큰맘 먹고 실물을 보기로 했다.

어두워지기 시작하자 비장한 마음으로 문제의 그 점방을 향해 출발했다. 조심스럽게 들어가 실물을 보는 순간 뒤로 발랑 넘어져 기절하고 말았다. 간신히 정신을 차리고 다시 보니 영락없이 쥐 한 마리를 통째로 포를 떠서 허수아비

모양으로 말려 놓았는데 오금이 저리고 치가 떨렸다. 대역
죄를 지은 사람에게 사형 집행할 때 나무에 못 박아 죽였다
는 이야기는 들어봤지만 죄 없는 우리를 포 뜨고 말려 간식
거리로 팔다니! 피가 거꾸로 솟는 분함을 이기지 못하다가
여기저기 수소문해보니 남쪽 바닷가 어느 공장에서 제품
을 만든다는 정보를 알아냈고 안면 있는 친구에게 편지를
써 자초지종을 물었다. 초조한 며칠이 지나고 아이들 간식
거리나 어른들 술안주로 모두 팔려나갈 즈음에야 기다리
던 답장이 남쪽으로부터 왔다. 그 편지를 보고 나서야 흥분
된 마음을 진정할 수 있었다.

　큰 오해라며 그 공장이 생기고 나서부터 오히려 풍년든
가을처럼 먹을게 넘쳐났다며 자랑이 이만저만이 아니고
틈나면 한번 놀러 오라고 했다. 주인 없는 곡물 창고처럼
일 년 내내 먹을게 넘쳐나 평균 체중이 100g이나 늘어나 각
지에서 이곳으로 이주해 오는 수가 급증했단다. 내용인즉
우리 동족이 아니라 바다에 사는 물고기 종류로 옛날에는
고기취급도 못 받던 천덕꾸러기여서 그냥 버렸던 쥐치라
는 물고기란다. 어획량이 줄어들자 음식을 만들기 시작했
는데 영 맛이 없었던지 양념을 곁들여 포를 만들어 먹기 시
작했단다. 처음 정확한 이름은 쥐치포인데 왠지 발음하기

도 어렵고 촌스러워 인지도 높은 우리를 생각해내고는 가운데 글씨를 쏙 빼고 쥐포라 했단다.

닭이나 개, 돼지는 가축이라는 미명하에 먹거리로 사용했지만 유전자가 그들하고 거의 일치해 동족처럼 생각해서인지 아니면 우리의 민첩성 때문인지는 몰라도 다행히 우리의 고기는 식탁에 오르지 않았다. 그러다보니 쥐 고기 맛이 궁금하던 차에 호기심으로 먹어보니 맛 좋고 간식거리로는 일품이라 부리나케 팔려 나갔고 잡기 어려운 고기를 먹어 볼 수 있는 좋은 기회라 너도 나도 사 먹었던 것 같다. 사실 얄밉고 성가신 존재를 질겅질겅 씹는 즐거움을 무엇에 비하랴! 그것도 쥐구멍에서 두 눈 반짝이며 빤히 쳐다보는 것을 보면서 말이다.

크게 분노한 것에 대해 사과의 말씀을 드리지만 인간의 독특한 취향은 다른 동물들에게서는 찾아 볼 수 없는 괴팍스런 성향으로 우리로써는 상상 불가 이해 불가다. 그러면서도 우려스러운 것은 상당수의 사람들이 아직도 쥐포를 '쥐 고기'로 잘못 알고 있다는 것이다. 국가적인 차원에서 9시 뉴스를 통해 국민 모두가 정확한 정보를 전달 받을 수 있도록 대대적인 홍보를 부탁한다.

또 한 가지 마음에 안 드는 게 있다. "쥐약이다"라는 표현이다. 사실 우리가 가장 두려워하는 게 쥐약이다. 조심스러운 것으로 따지자면 우리를 따라올 상대가 없지만 치사하게 먹을 것으로 유혹할 때는 참기 어려워 목숨까지도 빼앗긴다. 쥐덫은 잘만 피해 다니면 되는데 구수한 냄새로 유인하는 쥐약은 알고도 당하니 그 약으로 희생되는 수가 상당하다. 목숨과 연결되는 쥐약소리를 입에 열린 것 마냥 쥐약, 쥐약 하는데 영 듣기 거북하고 다른 표현으로 '직방이다' '특효약이다' 하면 될 것을 굳이 심장이 멎을 만큼 깜짝깜짝 놀라게 하는지 이유를 모르겠다. 쥐약 먹은 우리를 먹고 개나 돼지가 죽는 2차 피해를 우리도 원치 않는다. 우리 때문에 누가 피해를 입는 것은 가슴 아픈 일이다. 혹 천적인 고양이라면 몰라도!

마지막으로 자랑 하나 더 하겠다. 인간들이 하는 말 중에 '태산명동 서일필'이라는 속담이 있다. 보통 허망하다는 뜻으로 용두사미를 고상하게 표현할 때 주로 사용하지만 우리는 그들하고 보는 시각이 다르다.

중국이란 나라에 커다란 산이 있어 태산이라 불렀다. 그 큰 땅덩어리 주인이 바로 우리 조상이고 실재로 억만장자다. 어느 날 누구라고 딱 집어 말할 수 없는 목소리가 굉장히 큰 사람이 그곳을 지나가다 땅 부자 얼굴이 궁금해 "주

　　　　　　　　　　　5부 문학을 꿈꾸다

인장 계시오?" 하고 불렀는데 그 소리가 얼마나 크던지 그 산에 사는 세입자 모두가 땅에 고개를 쳐 박고 벌벌 떨고 있는지라 땅 주인인 우리 조상님이 "감히 누가 나를 불러?" 하고 위엄 있게 수염을 쓰다듬으며 팔자걸음으로 나왔는데 바라보니 '쥐새끼 한 마리'라 생긴 말이라고는 하지만 수많은 세입자들을 관리해야 했으니 평이 좋았을 리가 있었겠는가!

지금까지 열거한 일들 모두 밀고 당기던 옛날 추억이니 이쯤에서 매듭짓고 이제는 서로의 삶에 열중했으면 좋겠다.

아파트나 빌딩이 들어서면서부터 우리의 활동영역도 많이 변했다. 처음에는 지하주차장이 그런대로 은신처였는데 언제부턴가 들고양이를 보호해야 한다고 TV에서 연일 떠들어대는 바람에 그곳마저 천적의 소굴이 되었고 우리는 하수도로 쫓겨나는 신세로 전락하고 말았다. 이제는 피차간에 눈치 볼 일도 없으니 억하심정을 누르고 봄볕에 노는 병아리 대하듯 예쁘게 바라봐주면 좋겠다.

쥐구멍에도 볕들 날 있다고 하지 않던가! 시골에 있는 원주민격인 시골 쥐들은 아직도 쥐약의 공포에 떨고 있으니 대승적인 차원에서 쥐약공장도 폐쇄하기를 부탁한다.

인간들 오만의 결과이긴 하지만 숨이 막혀 지구에 못살

겠다고 우주를 향해 이주 준비를 착착 진행하고 있는 모양인데 우리도 암암리에 준비하고 있으니 때가되면 성과가 나오리라 본다.

때가 되어 우주선에 탑승할 때 우리도 정식으로 표를 예매하여 좌석에 앉을 수 있도록 배려해주면 좋겠다.

그렇다고 우리가 투표권 달라는 것도 아니고 피선거권 달라는 것도 아니다. 우리도 최소한 그 정도의 예의는 있다. 간혹 종교 단체가 신도들을 등에 업고 무슨 당을 만들겠다고 나서는 마당에 우리도 마음만 먹으면 못할 것도 없다. 수로 따지자면 12명중에 1명은 쥐띠로 우리 표다. 그리고 우리 종씨가 전국인구 서열 13번째다. 틀림없이 승산이 있는 게임이지만 정치판에 뛰어들기는 싫다. 그러니 우주라는 새로운 땅에 살게 될 때 그동안의 감정을 털어내고 귀여운 토끼 보듯 사랑스런 애완동물 보듯 웃는 얼굴로 대해주면 좋겠다!

옆자리

전철을 탔다. 퇴근시간 보다 약간 빨라 한가할 거라 생각했는데 빈자리가 없었다. 마침 반대편 한곳이 비어있어 앉으려는데 오염물이 묻어 있는지 아니면 KTX 좌석처럼 누가 예약이라도 한 것처럼 엄두를 못 내고 눈치만 보고 있었다.

가까이 다가가 살펴보니 별 이상한 점이 없어 그 자리에 앉았다. 그리고 옆 아가씨를 보는 순간 심장이 멈추는 줄 알았다. 며칠 전 공원 벤치에서 만났던 그 여자하고 너무나 닮았기 때문이다. 차이 나는 거라고는 그때는 중년 여인이고 지금은 젊은 여자다. 마음을 진정하고 자세히 보니 귀걸이도 같고 하이힐도 같은 색인데 더욱 놀란 것은 손가락에 낀 반지가 분명 그날 내가 끼워준 반지가 틀림없었다.

나는 지금 친구 소개로 맞선 보러 가는 중이다. 얼마 전

전화로 너하고 딱 어울리는 아가씨가 있다며 만날 의향을 물어왔다. 혼기가 지났음에도 상대를 못 찾고 결혼하는 친구들 들러리만 서던 차라 거절할 이유가 없어 바로 날짜와 시간을 정했던 것이다. 그런데 공원에서 만난 그 기이한 인연의 여인과 너무나 흡사한 아가씨가 바로 옆에 앉아 있다니! 갑자기 머릿속이 복잡하기 시작했다. 그런 중에서도 전철은 몇 정거장 지났고 복잡한 머릿속을 정리하느라 무의식적으로 그녀에게 시선이 갔다. 의식했던지 힐끔 나를 쳐다보면서 눈이 마주쳤다. 다행히 처음 보는 사람 대하는 표정으로 어색하게 "지금 몇 시죠?" 하고는 서둘러 일어서더니 다음 역에서 내렸다.

뒷모습을 바라보니 그날 그 여인을 다시 보는 것 같아 꿈 같기도 했지만 나이도 많이 차이 나고 모르는 사람 대하듯 하는걸 보면 우연히 닮은 사람이겠지 생각하고선 맞선볼 여자를 상상하며 옷매무새를 바로잡고 나도 그 다음 역에서 내려 설레는 마음으로 약속장소로 향했다.

사실 나는 그 공원에 자주 가는 편이 아니었다. 어제 모처럼 사우나를 하고 체중계에 올라보니 평상시 보다 3kg이나 늘어난 숫자를 보고는 내일부터 공원에 나가 운동하기로 마음먹었다. 젊은 나이에 뱃살이 나오면 수영복에게 미안하고 비키니 입은 여성들의 호기심 많은 시선이 곱지 않을 것 같아서 내린 결론이었다.

하긴 요즈음 야근이다 회식이다 해서 몸 관리에 신경 못 쓴 건 사실이다. 오늘 따라 날씨가 좋아 기분 좋게 공원 이곳저곳을 살피며 한참을 달렸다. 달리면서 보니 그냥 지나칠 때는 작아 보였는데 생각보다 꽤 큰 공원이다. 신선한 아침공기를 마시며 시간 가는 줄 모르고 달렸더니 숨이 차 잠시 쉬어야겠다고 생각하고 벤치를 찾는데 정상 쪽으로 이어지는 산책로만 있을 뿐 마땅하게 쉴만한 곳이 없었다. 조금 더 가니 집 한 채 들어설 만한 공간에 각종 운동기구가 설치되어 있고 조금 떨어진 곳에 벤치 세 개가 보이는데 맨 끝에 여자가 앉아 있었다. 그 여인을 발견하고 문득 머리를 스치는 게 그렇게 이른 시간도 아닌데 이 큰 공원에 사람 한 명 없이 나 홀로 달리다 처음으로 이 여자를 본다는 게 이상하다는 생각이 들었다. 하지만 사람을 만났다는 반가움에 상황 파악 없이 그 여자 옆에 앉아 숨을 몰아쉬었다. 인기척에 고개를 돌려 나를 바라보는데 지친 듯 피곤한 모습이었다. 그다음 내 입에서 탄식 같은 비명소리가 가늘게 흘러 나왔다.

세상에! 이런 분이 어떻게 이 시간 이 자리에 있을 수 있단 말인가?

내 인생 최초로 가장 빠른 결론이 나왔는데 그녀는 바로 웅녀였다. 양귀비? 클레오파트라? 베아트리체? 도무지 인간과 비교할 수 없는 비범함으로 그 주위가 밝게 빛나 후광을 보는 것 같았다.

이어 얼마 전 인기리에 방영되었던 드라마가 머리를 스쳤다. 순간이동! 과거와 현재가 뒤섞여 상당히 혼란스럽고 1회분만 놓쳐도 도무지 이해가 안 돼 인터넷 다시보기에 들어가 봤던 기억! 근접하기 어려울 정도로 화려하게 차려입은 왕비마마께서 화면이 바뀌면 커트머리에 단아한 정장차림, 그리고 거기에 어울리는 하이힐까지 신고 나와 주위 사람들을 하인 부리듯 고압적인 소리를 지르던 장면! 그때의 왕비가 현대식 정장차림으로 다소곳이 벤치에 앉아 있는 것이다. 분위기에 눌려 엉덩이를 슬쩍 빼고 일어서려 하자 거역할 수 없는 눈빛으로 "조금만 더 있다가 가라"는 무언의 지시를 했다.

갑자기 돌쇠가 되어버린 나는 벤치에서 내려와 그분의 하명을 기다리듯 앞으로 두 손을 모으고 복종의 뜻으로 고개를 숙였다. 이어 하소연인지 하명인지 파악하기 어려운

"어제 늦은 오후부터 지금까지 여기 이 자리에서 사람을 기다리고 있었는데 날이 샌 이 시각까지도 옆자리가 비어 있었다"는 말이 무겁고 차분하게 흘러 나왔다.

"물이 너무 맑으면 물고기가 없는 법이지요"라고 하마터면 답을 할 뻔했다. 헛기침과 함께 슬며시 고개를 들었더니 인자한 표정으로 옆자리에 앉으라는 상상 못할 말을 하셨다. 다시 들어도 근엄하신 중전마마께서 내리신 분부라 엉거주춤 다가가 앉았더니 조용히 손을 내밀고 손가락을 펴시는데 눈이 부실 정도로 고운 손 가운데에 은빛 가락지가 반짝거렸다. 그리고 나를 한동안 바라보시더니 반지를 끼워 달라는 것이었다.

그런 분위기 속에서도 내가 총각이란 사실을 생각하고는 "왜? 제가!"라고 처음으로 내 말을 밖으로 내보냈다. 하지만 아랑곳없이 이유는 묻지 말라고 했다. 떨리는 손으로 반지를 들어 손가락에 끼우는데 그분 손을 잡을 수밖에 없었다. 순간 사극 드라마에서 어의가 중전마마를 진맥할 때 실을 사용하거나 시선은 방바닥에 두고 두 손 들어 옷깃 위로 진찰하는 것을 보았기에 불경죄를 범하는 것 같아 두 손이 떨리고 마음이 불안했다. 내 인생 가장 긴 시간이 지나자 별 다른 말없이 이제 가도 된다고 했다.

안도의 숨과 함께 도망치듯 돌아서는데 밝은 음성으로 "큰일을 했다" 하고는 앞으로 젊은이 인생에 나쁜 일보다는 좋은 일이 더 많을 거라는 의미심장한 아니 수수께끼 같은 말을 던졌다. 그리고 허공을 바라보시는데 조금 전 지치고 피곤한 모습은 사라지고 태양이 떠오를 때처럼 밝음으로 가득했다.

이해 못할 현실에 벙벙한 마음으로 그 자리를 벗어나면서도 머릿속으로는 마치 '전설의 고향'에 나오는 귀신에 홀린 기분이 들었다. 다행히 아무도 본 사람이 없어 나만 입조심하면 될 것 같다는 생각으로 마음속에서 지워버리기로 했다. 그리고 급하게 공원을 벗어나 집으로 오는 중에 맞선보라는 친구의 전화를 받은 것이다.

퇴근 시간 무렵이었지만 커피숍은 한가한 편이었다. 구석진 한적한 자리에 앉아 맞선 볼 여자를 기다리며 평소 내가 바라는 이상형이 나와 준다면 이번이 마지막 선이 될 수도 있고 그러면 아내가 될 수 있다는 달콤한 생각으로 사랑의 불을 지피며 상상의 나래에 빠졌다.

하지만 그녀는 오지 않았다. 30분이 지나고 두 번째 잔의 물마저 다 마실 때까지도-

한참 후에 화장실도 가고 싶고 친구에게 전화해 볼 겸 자리에서 일어났다. 그리고 김빠진 기분으로 친구에게 전화를 했다. 다행히 바로 받더니 친절하게 설명하기 시작했다.

전철로 가는데 옆자리에 앉은 청년이 치근덕거려 한 정거장 먼저 내려 택시로 가는데 아마 지금쯤 도착했을 거라며 흔한 기회가 아니니 신경 쓰라는 당부와 함께 잘되면 함은 본인이 지겠다며 전화를 끊었다. 화장실 거울로 단장된 모습을 확인하고는 다시 커피숍에 들어섰다. 그런데도 나를 찾는 여자는 없었다.

슬그머니 화가 나고 자존심이 상해 구석진 자리에서 일부러 등을 돌리고 앉았다. 조금 있으니 문 열리는 소리가 나고 이곳저곳 걸어 다니는 또각또각 하이힐 소리가 들렸지만 모른 척 외면하며 창밖을 바라보고 있었다. 조금 지나자 발자국 소리가 내 곁에서 멈추고 "혹시?" 하더니

"아니! 전철에서 만났던 그 치한?"

동시에 그녀를 바라보는 나도 까무러치게 놀랐다.

"어! 내가 반지 끼워준 그 여인!"

"웬 반지??"

고마운 인연들

멀찍이 거리를 두던 등단이 어느 날 선물처럼 왔다. 1등 공신을 꼽아보니 가슴에 새긴 두 사람이 있다.

시루 속 콩나물이 쏟아지는 물을 애타게 기다리듯 목마른 소년에게 시원한 물을 듬뿍 부어 주시던 자상하신 담임 선생님.

벌써 50년이 지났지만 "글쓰기에 소질이 있다"는 그 한마디는 한참 자라는 새싹에게 촉촉한 봄비와도 같았으니 지금도 내 몸에 보약 같은 단물이다. 지금은 고인이 되셨지만 그 은혜를 오늘에야 생각하고 있으니 참 한심한 제자다. 하지만 선생님은 어제 밤에도 오셔서 온화한 미소로 축하해 주시고 부모님처럼 따뜻하게 등 두드려 격려해 주시니 평생 내 마음의 기둥이시다.

그리고 또 다른 인연이 있다. 회갑이 다 되어 인생후반을 정리하려던 차에 또 다른 선생님을 만났다. 솔직히 그때는 선생님이 아니었다. 아버님의 급작스런 병환으로 병원에 갔다 서울로 오는 KTX열차 같은 좌석에 나란히 앉은 여인이었다. 어색함을 달래기 위해 차창과 TV를 번갈아보다가 서울에 다 와서야 말문을 트고 보니 같은 시대 동 학번이고 동향이었다. 같은 시대를 살았다는 추억 때문인지 스스럼없이 연락처를 주고받았다.

며칠을 까맣게 잊고 지내다가 모르는 번호를 발견하고서야 문자를 보냈고 답장 중에 '글 괜찮은데요, 취미로 쓰면 어떨까요?'라는 뜻밖의 제안에 그동안 잊혔던 소망이 살아나 문자가 아니라 계시록을 보는 것 같아 한동안 머릿속이 하얗게 되었다.

그래 맞아! 내가 글쓰기를 좋아했지!

생활에 찌들어 허둥대며 살아남기 위해 직진만하다보니 벌써 회갑이 눈앞이다. 정신없이 살아온 인생에 새로운 이정표를 알려주는 천둥소리였고 뒤이어 "여태 무얼 하고 있느냐?"는 담임선생님의 질책 같은 소리도 들렸다.

이때를 계기로 열심히 쓰다 보니 일기장 수준은 넘게 되었다. 가끔 잘 됐다 싶은 글을 보여주면 "일취일장 한다"는 격려에 용기가 났고 빈말일망정 기분이 좋아 으쓱한 마음에 신춘문예 도전도 했다. 하지만 심사위원의 예리한 눈빛은 어쭙잖은 시골 촌놈의 글 장난을 꿰뚫어 보고 있었으니 간절한 내 목소리는 허공으로 사라져 대답 없는 메아리였다.

젊음이 가득한 풋풋한 시절. 운전면허증 딸 때 청춘이 무색하게 번번이 떨어져, 합격만 하면 펄펄 날아다닐 줄 알았는데 막상 운전대를 잡으니 더 큰 난관이 기다리고 있었다. 한때는 운전을 포기할 정도로 어려웠지만 시간이 지나니 점차 익숙해져 짐짝 같던 자동차를 내 마음대로 움직여 어디든지 갈 수 있게 되었다. 이제 인생의 끝자락에서 고대하던 관문을 통과했으니 새로운 길을 가야겠다. 그렇다고 지금까지 살아온 인생을 홀대하거나 후회하지는 않는다. 생각과 동떨어진 길을 걸어왔지만 나름 보람도 있었고 행복도 있었다.

늦게나마 원하던 길로 접어들었으니 그동안 불편했던 옷을 벗고 나에게 어울리는 새 옷으로 갈아입고 편안한 마음으로 내 길을 가야겠다. 외출도 자주 하고 자연을 벗 삼아 손 내밀어 마음을 나누고 눈길 주고 받으며 가슴으로 노래하고 싶다. 그렇다고 명창이 되기 위해 피를 토하는 각고의 노력이나 유명한 글을 손이 닳도록 필사하는 수고를 원치 않겠다. 다만 눈 가는 대로 마음 흐르는 대로 부담 없고 편안한 글을 써 누구나 쉽게 읽을 수 있는 책 한 권 만들어 낸다면 꽤 괜찮은 삶이라 스스로 만족하고 인생 말미를 멋지게 장식했다는 노익장으로 기억되고 싶다.

한 발짝도 나가지 못할 때 '쇠도 갈다보면 바늘이 된다'는 격려의 문자로 좋은 글 쓸 수 있다는 가능성을 일러주고 용기와 힘을 주던 고마운 인연들이 오늘을 있게 한 1등 공신이라 생각한다.

또한 산만한 글을 단정하게 다듬는 법을 시어머니가 며느리에게 비법 전수하듯 알려주신 분도 있었으니 늦게나마 꿈을 이루게 하려는 축복의 손길이 아니었나 싶다.

관심없이 아무렇게나 들에 핀 꽃일지라도 스스로 피는 게 아니라한 수많은 관계의 끈이 작용하듯 오늘이 있기까지는 여러 곳에서 알게 모르게 도움 주시고 응원해 주신 분들의 공이라 생각한다.

흘러 넘긴 말이지만 내가 힘들어 할 때 "당신은 인생 후반에 잘 풀릴 거다"라고 했던 어떤 분의 말이 오늘 새롭게 다가오는 것은 고마움에 대한 내 마음의 표현이리라!

노해

전남 함평 출생.
『한국작가』 신인상 등단. 한국작가동인회 회원
한국cbmc 파주지회 홍보위원. 한국문인협회 파주지부 회원

긴 나날, 짧은 인생
가슴 따뜻해지는 소소한 일상들

초판 1쇄 인쇄 2020년 6월 2일
초판 1쇄 발행 2020년 6월 10일

지은이 노해
펴낸이 최종숙
펴낸곳 글누림출판사
책임편집 임애정
편집 이태곤 문선희 권분옥 백초혜
디자인 안혜진 최선주 김주화 | **마케팅** 박태훈 안현진

주소 서울시 서초구 동광로46길 6-6(반포4동 577-25) 문창빌딩 2층(우06589)
전화 02-3409-2055(편집부), 2058(영업부) | **팩스** 02-3409-2059
홈페이지 www.geulnurim.co.kr
블로그 blog.naver.com/geulnurim
북트레블러 post.naver.com/geulnurim
이메일 nurim3888@hanmail.net
등록번호 제303-2005-000038호(2005.10.5)
정가 15,000원
ISBN 978-89-6327-612-0 03810